AS SIRENAS DE BAGDÁ

YASMINA KHADRA

AS SIRENAS DE BAGDÁ

Tradução
Regina Salgado Campos

Sá editora

Titulo do original em francês: *Les Sirènes de Bagdad*

Esta publicação recebeu o apoio do Ministério Francês das Relações Exteriores, através do Programa de Apoio à Publicação (PAP) Carlos Drummond de Andrade.

Cet ouvrage bénéficie du soutien du Ministère français des affaires étrangères, dans le cadre du Programme d'Appui à la Publication (PAP) Carlos Drummond de Andrade.

Capa:
Moema Cavalcanti

Foto de capa:
Oleg Nikishin/Getty Images

Preparação de texto:
Isabel Cury

Revisão de texto:
Arlete Sousa

Projeto gráfico (miolo):
Eveline Teixeira

Impressão:
Bartira Gráfica e Editora S/A

ISBN – 978-85-88193-38-3

SÁ EDITORA
Tel./Fax: (11) 5051-9085
E-mail: atendimento@saeditora.com.br
www.saeditora.com.br

SUMÁRIO

Parte I — *Kafr Karam*

Capítulo 1 21
Capítulo 2 33
Capítulo 3 53
Capítulo 4 67
Capítulo 5 77
Capítulo 6 91
Capítulo 7 101

Parte II — *Bagdá*

Capítulo 8 117
Capítulo 9 133
Capítulo 10 145
Capítulo 11 155
Capítulo 12 165
Capítulo 13 179
Capítulo 14 193
Capítulo 15 205
Capítulo 16 219
Capítulo 17 231

Parte III — *Beirute*

Capítulo 18 241
Capítulo 19 251
Capítulo 20 265
Capítulo 21 277
Capítulo 22 287

Beirute volta a encontrar sua noite e impede-se de ver o que a horroriza. Se os tumultos de ontem não a despertaram para si mesma, isso mostra que ela caminha enquanto dorme. Na tradição ancestral, não se perturba um sonâmbulo, nem mesmo quando ele pode se prejudicar.

Eu a imaginava diferente, árabe e orgulhosa de o ser. Enganei-me. É apenas uma cidade indefinível, mais próxima de seus fantasmas do que de sua história, enganadora e volúvel, decepcionante como uma farsa. Talvez seja por causa de sua teimosia em querer se parecer com as cidades inimigas que seus santos padroeiros a renegaram, entregando-a assim aos traumatismos das guerras e às precariedades dos dias futuros. Ela viveu um pesadelo em tamanho natural — para que lhe serviu isso?... Quanto mais a observo, menos consigo entendê-la. Há em sua desenvoltura uma insolência que não convence ninguém. Esta cidade mente como respira. Seus ares afetados não são mais do que artimanhas. O carisma que lhe atribuem não combina com seu humor; é como se cobrissem de seda uma desagradável ignomínia.

Não vale a pena sofrer antes do tempo, repete ela sem convicção. Ontem, gritava seu ódio através de suas avenidas de vitrines fortemente trancadas. Esta noite, ela vai gozar um prazer intenso. Novamente, as noites lhe serão muito benéficas. As luzes e os cartazes em neon já se fazem notar. No vai-e-vem dos faróis, os carros muito potentes acham que são geniais. É sábado, e a noite prepara-se para extirpar os motivos de discórdia. As pessoas vão se exceder até de manhãzinha, tão intensamente que os campanários do domingo não vão afetá-las.

Cheguei a Beirute há três semanas, mais de um ano depois do assassinato do ex-primeiro-ministro Rafic Hariri. Percebi sua má-fé desde que o táxi me deixou na calçada. Seu luto é só de fachada, sua memória, uma velha peneira apodrecida; detestei-a imediatamente.

De manhã, uma surda aversão me invade quando reconheço seu tumulto de bazar. À noite, a mesma cólera surge em mim quando as pessoas que festejam vêm se exibir a bordo de seus bólidos superequipados, com os decibéis de seus aparelhos de som estereofônicos no máximo. O que querem mostrar? Que eles se excedem apesar dos atentados? Que a vida continua a despeito dos períodos ruins?

Eu não entendo nada dessa atividade desordenada.

Sou um beduíno, nascido em Kafr Karam, um vilarejo perdido no meio do deserto iraquiano, tão discreto que, freqüentemente, se dilui nas miragens para só emergir delas ao anoitecer. As grandes cidades sempre me inspiraram uma profunda desconfiança. Mas as reviravoltas de Beirute me deixam tonto.

Aqui, quanto mais se acredita que se está pondo o dedo em alguma coisa, menos se está seguro de saber o que é exatamente. Beirute é um caso perdido; seu martírio é fingido, suas lágrimas são de crocodilo — eu a odeio com todas as minhas forças, por suas reações de orgulho que não têm mais audácia do que seqüência nas idéias, por sua situação com um pé em cada canoa: ou árabe, quando os caixas estão vazios, ou ocidental, quando as conspirações são rentáveis. O que ela santifica de manhã, renega à noite; o que reivindica em praça pública, preserva na praia, e corre atrás de sua desgraça como uma fugitiva amarga que pensa encontrar em outro lugar o que está ao alcance de sua mão...

— Você deveria estar lá fora desentorpecendo as pernas e a mente.

O dr. Jalal está de pé, atrás de mim, com o nariz na minha nuca. Há quanto tempo será que ele me observa enquanto eu monologo? Não o ouvi chegar e estou aborrecido de encontrá-lo empoleirado em meus pensamentos como uma ave de rapina. Ele adivinha o mal-estar que provoca em mim e mostra-me a avenida com o queixo.

— É uma noite excelente. Faz bom tempo, os cafés estão repletos, as ruas estão cheias de gente. Você deveria aproveitar isso tudo em vez de ficar aí ruminando suas preocupações.

— Não tenho preocupações.

— Então, o que você está fazendo aqui?

— Não gosto de multidão e detesto esta cidade.

O doutor joga para trás a cabeça como sob o efeito de um soco. Franze as sobrancelhas.

— Você se engana de inimigo, moço. Não se detesta Beirute.

— Pois eu a detesto.

— Você não tem razão. É uma cidade que sofreu muito. Chegou ao fundo do poço. Salvou-se por milagre. Agora, ela volta à superfície suavemente. Ainda febril e aturdida, mas resiste. Quanto a mim, acho-a admirável. Não faz muito tempo, não davam nada por ela... Em que podem criticá-la? O que lhe desagrada nela?

— Tudo.

— Isso é muito vago.

— Não para mim. Não gosto desta cidade, ponto final.

O doutor não insiste:

— Se você quer assim... Um cigarro?

Ele me estende um maço:

— Não fumo.

Propõe-me uma bebida:

— Uma cerveja?

— Não bebo.

O dr. Jalal pousa o copo numa pequena mesa de vime e apóia-se na balaustrada, com o ombro junto ao meu. Seu hálito cheirando a bebida me asfixia. Não me lembro de tê-lo visto sóbrio. Aos 55 anos, já é uma ruína, com a cor violácea e a boca chupada, enrugada nas comissuras. Esta noite, está vestido com um moletom estampado com as cores da equipe nacional libanesa, com o casaco aberto sobre uma camiseta vermelho-sangue, tênis novos com os cadarços desamarrados. Parece que está saindo da cama depois de uma boa sesta. Seus gestos são sonolentos e os olhos, em geral vivos e ardentes, mal estão visíveis no meio das pálpebras inchadas.

Com uma mão entediada, abaixa o cabelo no alto do crânio para camuflar a calvície.

— Estou incomodando?

— ...

— Estava meio aborrecido em meu quarto. Nunca acontece nada neste hotel, nem banquete nem casamento. Parece um cemitério.

Leva o copo à boca, sorve um grande gole. Seu pomo-de-adão, que é proeminente, treme em sua garganta. Noto, pela primeira vez, uma cicatriz feia que lhe atravessa o pescoço de um lado a outro.

Não deixa de notar o franzir de minhas sobrancelhas. Pára de beber, enxuga a boca com as costas da mão; em seguida, balançando a cabeça, vira-se para a avenida, que está sendo furiosamente engolida por suas luzes histéricas.

— Tentei me enforcar, muito tempo atrás — conta ele, inclinando-se sobre a balaustrada. — Com uma cordinha de cânhamo. Eu tinha apenas dezoito anos...

Toma outro gole e prossegue:

— Eu tinha acabado de surpreender minha mãe com um homem.

Estou sem jeito com suas afirmações, mas seu olhar continua fixo em mim. Confesso que o dr. Jalal muitas vezes me pegou desprevenido. Sua liberdade de linguagem me deixa espantado; não estou habituado a esse gênero de confissão. Em Kafr Karam, tais revelações são mortais. Nunca ouvi ninguém falar da própria mãe desse modo, e a banalidade com que o doutor exibe sua roupa suja me desconcerta.

— São coisas que acontecem — acrescenta ele.

— Concordo — digo, para mudar de assunto.

— Concorda com quem?

Estou confuso. Não sei como ele lida com essas coisas e fico aborrecido por não ter argumentos.

O dr. Jalal deixa de lado o assunto. Não somos da mesma massa e, por vezes, quando conversa com pessoas da minha condição, ele tem a impressão de falar com uma parede. No entanto, a solidão está lhe pesando e um pouco de papo, por mais fútil que seja, tem pelo menos o mérito de evitar que caia em coma alcoólico. Quando o dr. Jalal não está falando, está bebendo. Não causa problema quando está bêbado, mas desconfia do mundo em que acaba de aterrissar. Embora repita para si mesmo que está em boas mãos, ele não consegue se convencer disso. Não são essas mesmas mãos que atiram no escuro, decapitam e sufocam, que lançam engenhos explosivos sob o assento dos indesejáveis? É verdade, não houve expedições punitivas desde que ele desembarcou em Beirute, mas as pessoas que o acolhem têm cadáveres em seu currículo. O que lê nos olhos delas não o engana: são a morte em andamento. Um passo em falso, uma indiscrição e não terá tempo nem mesmo para compreender o que está acontecendo com ele. Há duas semanas, Imad, um moço encarregado de cuidar de mim, foi encontrado chafurdando em seus excrementos, bem no meio de uma praça. Para a polícia, Imad morreu de uma overdose. E é melhor assim. Seus colegas, que o executaram com a ajuda de uma seringa infectada, não foram a seu enterro; agiram como se nunca o tivessem conhecido. Desde então, o doutor olha duas vezes debaixo da cama antes de se deitar.

— Há pouco, você estava falando sozinho — diz ele.

— Isso acontece.

— Era sobre o quê?

— ... Não me lembro mais.

Ele balança a cabeça e volta a contemplar a cidade. Estamos no terraço do hotel, no último andar, numa espécie de alcova de vidro que dá para a artéria principal do bairro. Há algumas cadeiras de vime, duas mesas baixas, um canapé num canto dotado de prateleiras cheias de livros e de brochuras.

— Não se questione demais — ele diz.

— Eu não me questiono mais.

— Freqüentemente a gente se questiona quando se isola.

— Não eu.

O dr. Jalal deu aulas durante muito tempo nas universidades européias. Era visto regularmente nos estúdios de televisão acusando o "desviacionismo criminoso" de seus correligionários. Nem as *fatwas* decretadas contra ele nem as tentativas de seqüestro conseguiram conter sua virulência. Estava se tornando o principal chefe dos críticos demolidores da *jihad* armada. Depois, sem chamar atenção, foi encontrado nos primeiros lugares do Imamat integrista. Profundamente decepcionado com seus colegas ocidentais, constatando que seu status de imigrante magrebino suplantava de forma ultrajante sua erudição, escreveu um terrível documento acusatório sobre o racismo intelectual que grassa nos grupos fechados bem-pensantes do Ocidente e fez incríveis piruetas para se aproximar dos meios muçulmanos. Inicialmente suspeito de ser um agente duplo, foi reabilitado e depois credenciado pelo Imamat. Atualmente, ele percorre os países árabes e muçulmanos para emprestar seu talento de orador e sua temível inteligência às diretivas da *jihad*.

— Há um bordel não muito longe daqui — propõe-me ele. — O que você acharia de ir lá dar uma trepada?

Estou escandalizado.

— Não é realmente um bordel, enfim, não como os outros. Os freqüentadores são pouco numerosos, tipos de classe... Com Madame Rachak se está entre pessoas distintas. Bebe-se e fuma-se sem perder o controle, se você entende o que quero dizer. Depois, cada um vai para seu lado, como se a gente nunca tivesse se visto. Quanto às prostitutas, são belas e criativas, profissionais. Se você estiver bloqueado por um motivo qualquer, elas o põem em forma num instante.

— Não para mim.

— Por que você diz isso? Na sua idade, eu não deixaria passar um rabo-de-saia.

Sua grosseria me desmonta. Tenho dificuldade em acreditar que um erudito de sua envergadura seja capaz de uma vulgaridade tão crassa.

O dr. Jalal é mais velho que eu uns trinta anos. Em meu vilarejo, desde a noite dos tempos, não se imagina esse tipo de conversa diante de uma pessoa de mais idade que você. Uma única vez em Bagdá, quando eu passeava com um tio jovem, alguém disse um palavrão quando passávamos — se, nesse instante, a terra tivesse se aberto sob meus pés, eu não teria hesitado em entrar nela para valer.

— Você topa?

— Não.

O dr. Jalal está contrariado por minha causa. Inclina-se sobre a grade de ferro forjado e, com um piparote, manda a ponta de cigarro cair no vazio. Ambos observamos o ponto vermelho dar cambalhotas de andar em andar, até se dispersar numa multidão de pequenas chamas no solo.

— Você acha que eles vão se juntar a nós um dia? — perguntei-lhe para mudar de assunto.

— Quem?

— Nossos intelectuais.

O dr. Jalal lança-me um olhar oblíquo:

— Você é virgem, é isso?... Estou lhe falando de um bordel não distante daqui...

— E eu estou lhe falando de nossos intelectuais, doutor — respondi com firmeza suficiente para colocá-lo em seu lugar.

Ele entende que sua proposta indecente me incomoda.

— Será que eles vão entrar em nossas fileiras? — insisto.

— Será que é tão importante?

— Para mim é... Os intelectuais dão um sentido a todas as coisas. Eles vão contar nossa história aos outros. Nosso combate terá uma memória.

— O que você sofreu não lhe basta?

— Não preciso olhar para trás para avançar. São os horrores de ontem que me empurram para a frente. Mas a guerra não se limita a isso.

Tento ler em seus olhos se está me ouvindo com atenção. O doutor fixa o olhar numa loja embaixo e se limita a aquiescer com o queixo.

— Em Bagdá ouvi discursos e pregações. Isso me enfurecia como um camelo que contraiu raiva. Eu tinha uma única vontade: mandar pelos ares o planeta inteiro, do Pólo Norte ao Pólo Sul... E quando é você o erudito que fala sobre meu ódio pelo Ocidente, minha cólera torna-se meu orgulho. Deixo de me fazer perguntas. Você me dá todas as respostas.

— Que tipo de pergunta? — indaga ele, levantando a cabeça.

— Há um monte de perguntas que lhe atravessam a mente quando você dispara o tiro na direção que presume ser a correta. Não são sempre os traidores que tombam. Às vezes, algo dá errado, e nossas balas se enganam de alvo.

— É a guerra, meu rapaz.

— Eu sei. Mas a guerra não explica tudo.

— Não há nada para ser explicado. Você mata, depois morre. Acontece assim desde a Idade da Pedra.

Ficamos em silêncio. Cada um olha a cidade por seu lado.

— Seria bom que nossos intelectuais se juntassem a nosso combate. Você acha que é possível?

— Não muitos, desconfio — diz ele depois de suspirar —, mas um certo número, sem dúvida nenhuma. Não temos mais nada a esperar do Ocidente. Nossos intelectuais vão acabar por se renderem à evidência. O Ocidente só gosta de si mesmo. Só pensa em si mesmo. Quando ele nos estende a vara de pescar, é só para lhe servirmos de isca. Ele nos manipula, nos joga contra os nossos e, depois de zombar de nós, guarda-nos em suas gavetas secretas e nos esquece.

A respiração do doutor se acelera. Acende outro cigarro. Sua mão treme e seu rosto, no espaço de um instante iluminado pela chama do isqueiro, perde a vivacidade.

— No entanto, você estava em todos os estúdios de televisão...

— Estava, mas em quantos pódios? — resmunga ele. — O Ocidente nunca vai reconhecer nossos méritos. A seus olhos, os árabes só prestam para chutar uma bola de futebol ou berrar num microfone. Quanto mais provamos o contrário, menos ele o admite. Se alguma vez, por acaso, esses grupos fechados arianos são obrigados a fazer um gesto em direção a seus imigrantes magrebinos, eles decidem consagrar os menos bons, para deixar os melhores de boca aberta. Vi isso de muito perto. Sei o que é.

A brasa da ponta de seu cigarro ilumina o balcão. Parece que ele quer consumi-lo todo com uma única tragada.

Agarro-me a suas palavras. Suas diatribes assemelham-se a minhas obsessões, consolidam minhas idéias fixas, insuflam-me uma extraordinária energia mental.

— Outros, antes de nós, aprenderam isso a sua custa — prossegue ele, despeitado. — Chegando à Europa, pensavam encontrar uma pátria para seu saber e uma terra fértil para suas ambições. No entanto, viam que não eram bem-vindos, mas, movidos por não sei que ingenuidade, resistiram o melhor possível. Como aderiam aos valores ocidentais, consideravam como moeda corrente o que lhes sussurravam ao ouvido: liberdade de expressão, direitos humanos, igualdade, justiça... palavras grandiloqüentes e vazias como os horizontes perdidos. Mas nem tudo que reluz é ouro. Quantos de nossos gênios tiveram sucesso? A maioria morreu com raiva no coração. Tenho certeza de que, no fundo de suas tumbas, continuam a se querer mal. No entanto, era muito claro que eles lutavam por nada. Nunca seus confrades ocidentais iriam permitir que acedessem ao reconhecimento. O verdadeiro racismo sempre foi intelectual. A segregação começa desde que um de nossos livros é aberto. Nossos grandes homens de ontem levaram uma eternidade para perceber isso; foi o tempo para retificar o disparo e eles não estavam mais na ordem do dia... Isso não vai acontecer conosco. Estamos vacinados. Quem não tem, não dá, diz o provérbio de nosso país. O Ocidente não é mais do que uma mentira acidulada, uma perversidade sabiamente dosada, um canto de sereia para náufragos identitários. Ele diz ser terra de asilo; na realidade, é apenas um ponto de chegada do qual nunca se sai inteiramente.

— Você acha que não se tem mais escolha.

— Exatamente. A coabitação não é mais possível. Eles não gostam de nós e nós não suportamos mais a arrogância deles. Cada um tem de viver em seu território, ficando definitivamente de costas para o outro. Só que, antes de erguer o grande muro, vamos lhes infligir uma boa sova pelo mal que eles nos fizeram. É imperioso que saibam que a covardia nunca foi nossa paciência, mas sua canalhice.

— E quem vencerá?

— Aquele que não tiver muita coisa a perder.

Ele joga a ponta do cigarro no chão e a pisa como se esmagasse a cabeça de uma cobra.

De novo, suas pupilas dilatadas me deixam acuado:

— Espero que você destrua esses canalhas.

Fico calado. O doutor não deve saber a razão de minha estada em Beirute. Ninguém deve saber. Eu mesmo não sei o que tenho de realizar. Sei apenas que se trata da *maior operação já observada em terras inimigas, mil vezes mais chocante que os atentados do 11 de Setembro...*

Ele percebe que está me levando para um terreno tão perigoso para mim como para ele, amassa o copo na mão e o joga no lixo.

— Vai ser um caso sério em grande escala — pragueja ele. — Por nada no mundo eu gostaria de perder isso.

Ele se despede e vai embora.

Ao ficar sozinho, viro-me de costas para a cidade e lembro-me de Kafr Karam... Kafr Karam é um vilarejo miserável e feio que eu não trocaria por mil quermesses. Era um canto tranqüilo, longe do deserto. Nenhuma guirlanda desfigurava seu aspecto natural, nenhum ruído perturbava seu torpor. Há gerações imemoriais, vivíamos isolados por trás de muros de barro amassado, longe do mundo e de suas bestas imundas, contentando-nos com o que Deus nos dava para comer e louvando-O tanto pelo recém-nascido que Ele nos confiava quanto pelo parente que chamava para Si. Éramos pobres, humildes, mas tranqüilos. Até o dia em que nossa intimidade foi violada, nossos tabus profanados, nossa dignidade arrastada na lama e no sangue... até o dia em que, nos jardins da Babilônia, brutamontes carregados de granadas e de algemas vieram ensinar os poetas a ser homens livres...

PARTE I

KAFR KARAM

1

Todos os dias, minha irmã gêmea Bahia levava-me o café-da-manhã no quarto. “De pé, aí dentro”, gritava ela, empurrando a porta, “você vai fermentar como uma massa.” Pousava a bandeja sobre uma mesa baixa ao pé da cama, abria a janela e voltava para me beliscar o dedão do pé. Tinha gestos autoritários que contrastavam nitidamente com a doçura de sua voz. Porque era mais velha do que eu alguns minutos, considerava-me seu bebê e não percebia que eu crescera.

Era uma moça frágil, um pouquinho maníaca, muito preocupada com ordem e higiene. Quando eu era pequeno, era ela que me vestia para me levar à escola. Por não estarmos na mesma classe, encontrava-a no recreio, no pátio da escola, observando-me de longe, e coitado de mim se fizesse algo que “envergonhasse a família”. Mais tarde, quando pêlos esparsos começaram a sublinhar meus traços de garoto fraco e cheio de espinhas, ela cuidou pessoalmente de conter minha crise de adolescência, repreendendo-me cada vez que eu levantava o tom de voz diante de minhas outras irmãs ou recusava uma refeição considerada importante para o meu crescimento. Eu não era um garoto difícil; entretanto, ela encontrava uma grosseria inadmissível em minhas maneiras de negociar minha puberdade. Algumas vezes, não agüentando mais, minha mãe punha-a em seu devido lugar. Bahia acalmava-se durante uma semana ou duas e, depois, pretextando um erro, me acusava.

Nunca me revoltara contra seu controle excessivo. Ao contrário, na maioria das vezes isso me divertia.

— Você vai pôr a calça branca e a camisa xadrez — ordenava-me ela, mostrando roupas dobradas sobre a mesa de fórmica que me servia de escrivaninha. — Lavei e passei tudo ontem à noite. Você deveria pensar em comprar outro par de calçados — acrescentava ela, afastando com a ponta do pé meus velhos sapatos embolorados. — Estes quase não têm mais sola e cheiram mal.

Enfiou a mão em seu corpete e retirou dele algumas notas.

— Este dinheiro é suficiente para você não se contentar com sandálias comuns. Pense em comprar perfume também. Porque, se você continuar a cheirar tão mal, não teremos mais necessidade de inseticida para afastar as baratas.

Antes que eu tivesse tempo de me apoiar no cotovelo, ela pôs o dinheiro sobre o travesseiro e desapareceu.

Minha irmã não trabalhava. Obrigada a abandonar a escola aos desesseis anos para se casar com um primo — que acabou morrendo de tuberculose seis meses antes do casamento —, ela definhava em casa, esperando outro pretendente. Minhas outras irmãs, mais velhas do que nós, também não tiveram muita sorte. A maior, Aicha, casarase com um rico criador de frangos. Morava num vilarejo vizinho, numa casa grande que ela partilhava com a família do marido. A coabitação deteriorava-se um pouco mais a cada estação, até o dia em que, não suportando mais as humilhações e os abusos, ela pegou seus quatro filhos e voltou para o aprisco. Pensava-se que seu marido iria aparecer para levá-la; ele não se manifestou, nem mesmo nos dias de festa, para rever os filhos. A mais nova, Afaf, tinha 32 anos e nenhum cabelo na cabeça. Uma doença contraída na infância deixara-a calva. Por temer que ela se tornasse o alvo da chacota de seus colegas, meu pai considerou prudente não mandá-la para a escola. Afaf viveu reclusa num cômodo, como uma inválida, consertando roupas velhas e, depois, confeccionando vestidos que minha mãe se encarregava de vender aqui e ali. Quando meu pai perdeu o emprego em conseqüência de um acidente, foi Afaf que assumiu a família; nessa época, a léguas em volta, só se ouvia o ruído de sua máquina de costura. Quanto a Farah, 31 anos, foi a única a continuar os estudos e chegar à universidade, apesar da desaprovação da tribo, que não via com bons olhos o fato de uma moça viver longe de seus pais e, portanto, perto das tentações. Farah agüentou firme e obteve seus diplomas brilhantemente. Meu tio-avô quis casá-la com um de seus filhos, um camponês piedoso e cortês; Farah recusou categoricamente a oferta e preferiu trabalhar no hospital. Sua atitude mergulhou a tribo numa profunda consternação e o filho humilhado junto com o pai e a mãe, cortou relações conosco. Atualmente, Farah opera numa clínica particular em Bagdá e ganha bem. Vinha dela o dinheiro que minha irmã gêmea deixava de vez em quando sobre meu travesseiro.

Em Kafr Karam, os jovens de minha idade deixaram de se mostrar constrangidos quando uma irmã ou a mãe, discretamente, lhes dava algum dinheiro. No começo, ficavam um pouco incomodados e, para salvar as aparências, prometiam reembolsar suas dívidas assim que fosse possível. Todos sonhavam em conseguir um emprego que lhes permitisse erguer a cabeça. Mas os tempos eram difíceis; as guerras e o embargo puseram o país em má situação, e os jovens daqui eram respeitosos, obedientes demais para se aventurarem nas grandes cidades onde a bênção ancestral não existia, onde o diabo pervertia as almas mais rápido do que um prestidigitador... Em Kafr Karam, não se comia desse pão. Em vez de naufragar no vício ou no roubo, optava-se por perecer. O chamamento dos Anciãos sempre suplantava o som do canto das sereias — somos honestos por vocação.

Eu tinha ido para a Universidade de Bagdá alguns meses antes da ocupação americana. Estava nas nuvens. Minha condição de universitário devolvia o orgulho a meu pai. Ele, o analfabeto, o velho cavador de poços e andrajoso, pai de uma médica e de um futuro doutor em letras! Não era uma bela desforra contra todas as desgraças? Tinha prometido a mim mesmo não decepcioná-lo. Será que alguma vez na minha vida o decepcionara? Queria ser bem-sucedido para ele, vê-lo confiante, ler em seus olhos arruinados pela poeira o que seu rosto dissimulava: a felicidade de colher o que semeara — um grão sadio de corpo e de espírito que só pedia para germinar. Enquanto os outros pais se apressavam em atrelar sua descendência às tarefas ingratas que foram sua escravidão e a de seus ancestrais, o meu apertava o cinto com toda a força para que eu prosseguisse meus estudos. Não era evidente, nem para ele nem para mim, que ser bem-sucedido socialmente estivesse no fim do túnel, mas ele estava persuadido de que um pobre instruído era menos digno de ser lastimado do que um pobre ignorante. O fato de a própria pessoa saber ler suas cartas e preencher seus formulários já era garantir uma boa parte de sua dignidade.

Na primeira vez em que entrei no campus da universidade, não hesitei em usar óculos, ainda que a natureza me tenha dotado de uma visão de águia. Foi assim que consegui agradar plenamente a Nawal, que ficava vermelha como uma peônia quando cruzava com ela ao sair das aulas. Mesmo que nunca tivesse ousado me aproximar dela, o menor de seus sorrisos bastava para minha felicidade. Eu estava justamente construindo para ela perspectivas miríficas quando o céu de Bagdá se iluminou com estranhos fogos de artifício. Soaram as sirenas no silêncio da noite; as construções começaram a virar pó e, do dia para a noite, os idílios mais loucos fundiram-se em lágrimas e sangue. Minhas pastas e meus romances queimaram no inferno, a universidade foi entregue aos vândalos; os sonhos, aos coveiros. Voltei para Kafr Karam alucinado, desamparado e, depois disso, nunca mais pus os pés em Bagdá.

Não tinha do que me queixar na casa de meus pais. Não era exigente; qualquer coisa me satisfazia. Morava num cômodo em cima da laje, numa lavanderia adaptada. Meus móveis eram caixas velhas, minha cama, fabricada a partir de pranchas recuperadas aqui e ali. Estava contente com o pequeno universo que eu construíra ao redor de minha intimidade. Ainda não possuía televisão, mas dispunha de um rádio fanhoso que tinha a vantagem de manter aquecida minha solidão.

No primeiro andar, do lado que dá para o pátio, meus pais ocupavam um quarto com sacada; do lado que dá para o jardim, no fundo do corredor, minhas irmãs partilhavam duas salas grandes cheias de velharias e quadros religiosos trazidos dos *souks* itinerantes, uns exibindo caligrafias labirínticas, outros mostrando Sidna Ali agredindo os demônios ou aniquilando completamente as tropas inimigas, com sua lendária cimitarra de dois gumes, semelhante a um tornado, acima das cabeças ímpias. Havia desses quadros nos quartos, na entrada, acima do batente das portas. Não estavam ali por razões decorativas, mas por suas virtudes talismânicas; protegiam do mau-olhado. Um dia, chutando uma bola, derrubei um deles. Era um belo quadro com versículos corânicos bordados com linha amarela sobre fundo preto. Quebrou-se como um espelho. Minha mãe quase teve uma apoplexia. Ainda a vejo, com a mão no peito e os olhos que pareciam querer sair das órbitas, tão pálida como um bloco de giz — sete anos de azar não a teriam esgotado tanto.

No andar térreo, havia a cozinha na frente de um pequeno cômodo que servia de ateliê para Afaf, duas salas concomitantes para os hóspedes e uma sala de estar imensa cuja porta-balcão se abria para uma horta.

Assim que acabava de arrumar minhas coisas, descia para cumprimentar minha mãe, uma mulher alegre, cheia de vigor, de olhar franco, que nem as tarefas domésticas nem a deterioração do tempo conseguiam desencorajar. Um beijo em seu rosto insuflava-me uma boa dose de sua energia. Nós nos entendíamos pelo tato e pelo olhar.

Meu pai sentava-se de pernas cruzadas no pátio, à sombra de uma árvore indefinível. Depois da prece de *el-fejr*, que ele fazia obrigatoriamente na mesquita, voltava para desfiar seu rosário no pátio, com o braço inválido no interior da roupa — perdera a mobilidade desse membro no desabamento de um poço que estava limpando... Meu pai tinha envelhecido muito. Sua aura de Ancião tinha se deteriorado, seu olhar de patrão não chegava mais longe do que um estilingue. Outrora, acontecia de juntar-se a um grupo de amigos e trocar apreciações sobre determinada coisa ou determinado acontecimento. Depois, tendo a maledicência superado a correção, retirou-se. De manhã, ao sair da mesquita, antes que a rua despertasse completamente, instalava-se ao pé de sua árvore com uma xícara de café ao alcance da mão e escutava os ruídos em volta com atenção, como se esperasse decifrar-lhes o sentido. Meu velho era uma pessoa de bem, um beduíno de condição modesta e que não comia todos os dias o suficiente para matar a fome, mas era *meu pai* e continuava sendo para mim o que de maior o respeito me impunha. No entanto, cada vez que o via ao pé de sua árvore não podia deixar de sentir profunda compaixão por ele. Era evidentemente digno e destemido, mas sua miséria torpedeava a segurança que procurava demonstrar. Creio que nunca se refez da perda do braço, e a impressão de viver à custa das filhas estava a ponto de abatê-lo.

Não me lembro de estar próximo dele ou de me aninhar contra seu peito; no entanto, estava convencido de que, se eu desse o primeiro passo, ele não me rejeitaria. O problema: como assumir tal risco? Imutável como um totem, meu velho não deixava transparecer nada de suas emoções... Quando eu era criança, confundia-o com um fantasma; ouvia-o de manhã bem cedo pegar suas coisas para ir trabalhar; não dava tempo de alcançá-lo, pois já tinha ido embora para só voltar tarde da noite. Não sei se foi um bom pai. Reservado ou pobre demais, ele não sabia nos dar brinquedos e parecia não fazer caso nem de nossa barulheira de criança nem de nossas súbitas acalmadas. Perguntava-me se era capaz de amar, se sua condição de provedor não iria acabar por transformá-lo em estátua de sal. Em Kafr Karam, os pais deviam manter distância de sua progenitura, convencidos de que a familiaridade seria prejudicial à autoridade deles. Quantas vezes não achei que entrevia, no olhar austero de meu velho, um brilho longínquo? Imediatamente ele voltava atrás e pigarreava para me fazer ir embora.

Naquela manhã, debaixo de sua árvore, meu pai pigarreou quando o beijei solenemente no alto da cabeça e não retirou a mão quando a peguei para beijá-la. Entendi que não ficaria aborrecido se eu lhe fizesse companhia. Para falarmos sobre o quê? Não chegávamos nem mesmo a nos olharmos cara a cara. Uma vez, sentei-me a seu lado. Durante duas horas, nenhum de nós conseguiu articular uma sílaba. Ele se contentava em desfiar seu rosário; eu não parava de amassar um pedaço da esteira. Se minha mãe não tivesse vindo pedir que eu fosse fazer uma compra, teríamos ficado nessa situação até o cair da noite.

— Vou dar uma volta. Você precisa de alguma coisa?

Balançou a cabeça negativamente.

Aproveitei para me despedir dele.

Kafr Karam sempre foi uma povoação bem organizada: não precisávamos nos aventurar em outro lugar para prover nossas necessidades básicas. Tínhamos nossa praça central; nossos espaços de jogos — geralmente terrenos baldios; nossa mesquita, onde, para conseguir os melhores lugares, era preciso levantar cedo na sexta-feira; nossos armazéns; dois cafés — o Safir, freqüentado pelos jovens, e El Hilal; um mecânico formidável capaz de fazer funcionar qualquer motor, contanto que fosse a diesel; um ferreiro que eventualmente servia de encanador; um arrancador de dentes, herborista por vocação e capaz de tratar de fraturas e luxações nas horas vagas; um barbeiro enorme, plácido e distraído, que levava mais tempo para raspar o cabelo de uma cabeça do que um bêbado para enfiar linha numa agulha; um fotógrafo tão tenebroso quanto seu ateliê; e um carteiro. Tínhamos também um restaurante barato; mas, como nenhum peregrino se dignava a se deter em nosso vilarejo, o dono converteu-se em sapateiro.

Para muitos, nosso vilarejo não era senão uma povoação atravessada na estrada como um animal morto — mal dava tempo de entrevê-la, e já desaparecia. No entanto, tínhamos orgulho dele. Sempre desconfiamos dos estrangeiros. Enquanto faziam grandes manobras para nos evitar, estávamos salvos, e se, por vezes, o vento de areia obrigava-os a tomar o caminho de nosso vilarejo, cuidávamos deles de acordo com as recomendações do Profeta, sem tentar detê-los quando começavam a recolher suas coisas. Havia muitas más recordações em nossa memória.

A maioria dos habitantes de Kafr Karam tinha uma ligação de sangue entre si. O resto estava ali havia várias gerações. Evidentemente, tínhamos nossas pequenas manias, mas nossos litígios nunca degeneraram. Quando as coisas iam mal, os Anciãos intervinham para acalmar os ânimos. Se os ofendidos consideravam a ofensa irreversível, deixavam de falar uns com os outros e o caso estava encerrado. Por outro lado, gostávamos de nos encontrar na praça ou na mesquita, arrastar nossos chinelos nas ruas poeirentas ou permanecer ao sol, ao pé de nossos muros de barro amassado, desfigurados em alguns lugares por placas de argamassa rachadas e nuas. Não era o paraíso, mas — estando a exigüidade nas cabeças e não nos corações — sabíamos aproveitar cada tirada para rir às gargalhadas e retirar de nosso olhar o necessário para enfrentar as maldades da vida.

De todos os meus primos, Kadem era meu melhor amigo. De manhã, quando eu saía de casa, era para ele que meus passos me levavam. Encontrava-o invariavelmente na esquina da rua do Boucher, atrás de uma mureta, com as nádegas coladas numa pedra grande e o queixo na palma da mão, aderindo à forma de seu assento ocasional. Era o ser mais difícil de contentar que eu conhecia. Assim que me via chegar, tirava um maço de cigarros e me oferecia. Ele sabia que eu não fumava e, no entanto, não podia deixar de fazer o mesmo gesto para me receber.

Ao longo do tempo, por cortesia, eu ocasionalmente aceitava sua oferta e levava um cigarro à boca. Ele logo me dava seu isqueiro e começava a rir silenciosamente quando as primeiras tragadas me faziam tossir. Depois, voltava para sua concha, com o olhar vago, o rosto impenetrável. Tudo o cansava: tanto as noitadas entre amigos como os velórios. As discussões mudavam de rumo com ele; por vezes, terminavam em acessos de raiva absurdos por motivos que só ele conhecia.

— Preciso comprar um par de calçados novos.

Ele deu uma olhadela em meus sapatos e voltou a fixar o horizonte. Tentei encontrar um tema em comum, uma idéia a ser desenvolvida; não se interessou.

Kadem era um virtuose do alaúde. Ganhava a vida apresentando-se nos casamentos. Pretendia organizar uma orquestra quando o destino destruiu seus projetos. Sua primeira esposa, uma moça do local, morreu no hospital em decorrência de uma pneumonia banal. Na época, o plano "comida *versus* petróleo" decretado pela ONU não funcionava, e faltavam medicamentos de primeira necessidade, inclusive no mercado negro. Kadem sofreu muito com a perda prematura da esposa. Na esperança de atenuar sua dor, o pai forçou-o a se casar novamente. Dezoito meses após o casamento, uma meningite fulminante deixou-o viúvo pela segunda vez. Kadem perdeu a fé no casamento.

Eu era uma das raras pessoas que podiam se aproximar dele sem deixá-lo imediatamente incomodado.

Acocorei-me a seu lado.

Diante de nós erguia-se um antigo posto avançado do Partido, inaugurado com festa havia trinta anos, antes de cair em desgraça por falta de convicção ideológica. Por trás do edifício lacrado, duas palmeiras alquebradas tentavam fazer boa figura. Parecia-me que estavam ali desde tempos remotos, silhuetas torcidas, quase grotescas, folhas pendentes e ressecadas. Com exceção dos cães, que vinham erguer a pata junto aos troncos, e alguns pássaros de passagem em busca de poleiros livres, ninguém prestava atenção nelas. Quando criança, elas me intrigavam. Não entendia por que razão não aproveitavam o cair da noite para desaparecer para sempre. Um charlatão itinerante contava que as duas palmeiras eram, na verdade, o fruto de uma alucinação coletiva imemorial que a miragem, ao se dissipar, deixara de levar.

— Você ouviu o rádio esta manhã? Parece que os italianos vão fazer as malas.

— Vamos ganhar muito com isso — grunhiu ele.

— Na minha opinião...

— Você não devia ir comprar um novo par de sapatos?

Ergui o braço à altura do peito em sinal de rendição.

— Você tem razão. É preciso que eu vá esticar as pernas.

Ele resolveu, finalmente, virar-se para mim:

— Não me leve a mal. Essas histórias me enfastiam.

— Entendo.

— Não fique zangado comigo. Passo os dias me aborrecendo e as noites me entediando.

Levantei-me. No momento em que cheguei ao fim da mureta, ele me disse:

— Acho que tenho um par de sapatos em casa. Passe por lá daqui a pouco. Se você gostar, é seu.

— Tudo bem... Até mais tarde.

Ele já não estava mais prestando atenção em mim.

2

Na praça transformada em campo de futebol, um grupo de garotos chutava uma bola gasta, gritando, entre ataques caóticos e irregularidades surpreendentes. Parecia um bando de pardais espantados disputando um grão de milho. De repente, um garotinho conseguiu livrar-se da confusão e correu sozinho, como gente grande, para o gol adversário. Driblou um oponente, deixou de lado um segundo, isolou-se na lateral e atrasou para um companheiro que, rápido como um bólido, infelizmente não acertou o chute antes de ir machucar o traseiro no chão. Sem alarde, um garoto anormalmente gordo, até então tranqüilamente acocorado ao pé do muro, correu para a bola, agarrou-a e fugiu a todo o vapor. Inicialmente perplexos, os jogadores compreenderam enfim que o intruso estava lhes roubando a bola; todos juntos, dispararam atrás dele chamando-o de todos os nomes.

— Eles não o queriam em seus times — explicou-me o serralheiro, sentado com seu aprendiz na porta da oficina. — Forçosamente, ele faz o papel de desmancha-prazeres.

Nós três vimos o garoto gordo desaparecer atrás de um grupo de casas, com os outros em seu encalço — o serralheiro com um sorriso enternecido, o aprendiz com um ar ausente.

— Você ouviu as últimas notícias? — perguntou-me o serralheiro. — Os italianos estão indo embora.

— Eles não disseram quando.

— O essencial é que façam as malas.

E começou uma longa análise que se ramificou rapidamente através de teorias aproximativas sobre a renovação do país, a liberdade etc. O aprendiz, um rapaz franzino escuro e seco como um espeto, escutava-o com a docilidade patética do boxeador atordoado que, entre dois rounds difíceis, aceita com a cabeça as recomendações do treinador, enquanto seu olhar se dilui no atordoamento.

O serralheiro era um camarada cortês. Quando o chamavam em horas inconvenientes para um pequeno vazamento na caixa d'água ou uma fenda comum nos andaimes de uma construção, ele sempre atendia. Era um rapagão ossudo, com os braços cobertos de manchas roxas e o rosto em forma de lâmina de faca. Seus olhos brilhavam com uma luz metálica idêntica às fagulhas que ele fazia jorrar da ponta de seu maçarico. Os engraçadinhos fingiam usar uma máscara de soldador para olhá-lo de frente. Na realidade, tinha os olhos danificados e lacrimejantes e, depois de um certo tempo, sua vista se embaralhava. Pai de uma meia dúzia de filhos, vinha para a oficina muito mais para fugir da confusão que reinava em sua casa do que para trabalhar. Seu filho mais velho, Suleyman, que tinha aproximadamente a minha idade, era retardado mental. Podia permanecer num canto sem protestar durante dias inteiros; depois, sem avisar, tinha uma crise e começava a correr e a correr até desmaiar. Ninguém sabia como isso acontecia. Suleyman não falava, não se queixava, não agredia; vivia retirado em seu mundo e ignorava totalmente o nosso. De repente dava um grito, sempre o mesmo, e saía voando para o deserto sem olhar para trás. No começo, viam-no disparar na fornalha, com o pai atrás dele. Com o tempo, percebeu-se que essas corridas desvairadas lhe arruinavam o coração e que, com o passar dos anos, o pobre-diabo corria o risco de cair duro, fulminado por um infarto. No vilarejo, organizaram-se de modo a interceptá-lo assim que fosse dado o alerta. Quando o agarravam, Suleyman não se debatia; deixava-se amarrar e ser levado para casa sem resistência, com a boca aberta num riso átono e os olhos transtornados.

— Como vai o filho?

— Como uma imagem — diz ele. — Faz semanas que passa bem. Pode parecer que está completamente curado... E seu pai?

— Continua ao pé de sua árvore... Preciso comprar um novo par de sapatos. Será que há alguém que vai para a cidade hoje?

O serralheiro coçou o alto da cabeça.

— Acho que vi um furgão na estrada há uma hora, mas sou incapaz de dizer se ia para a cidade. Vai ser preciso esperar a prece terminar. E, depois, torna-se cada vez mais complicado deslocar-se com esses postos de controle e as confusões que os acompanham... Você falou com o sapateiro?

— Meus calçados não têm mais conserto. Preciso de sapatos novos.

— É, mas o sapateiro não tem só solas de sapato e cola.

— Sua mercadoria está fora de moda. Preciso de coisas mais modernas, macias e elegantes.

— Você acha que combinariam com o estado de nosso chão?

— Não é um motivo... Seria bom que alguém pudesse me levar à cidade. Também quero uma bela camisa.

— Em minha opinião, você corre o risco de esperar por muito tempo. O táxi de Khaled está quebrado, e o ônibus não passa mais por aqui desde que um helicóptero quase acabou com ele na estrada, no mês passado.

Os garotos pegaram de volta a bola e retornavam com jeito de conquistadores.

— O desmancha-prazeres não foi muito longe — observou o serralheiro.

— Era gordo demais para conseguir se livrar deles.

Os dois times distribuíram-se no campo, cada um do seu lado, e retomaram o jogo no ponto em que fora interrompido. Imediatamente começaram os gritos, obrigando um cachorro velho a bater em retirada.

Já que não tinha nada de especial para fazer, tomei assento no pedaço de argamassa e acompanhei o jogo com interesse.

No final da partida, percebi que o serralheiro e seu aprendiz tinham desaparecido, que a oficina estava fechada. O sol agora estava batendo mais intensamente. Levantei-me e subi a rua em direção à mesquita.

Havia muita gente na barbearia. Em geral, na sexta-feira, depois da Grande Prece, os velhos de Kafr Karam marcavam encontro ali. Vinham olhar um dos seus entregar-se à máquina de cortar o cabelo do barbeiro, um personagem elefantino que usava um avental de estripador de vitelas. Antes, as conversas eram cheias de rodeios. Os agentes de Saddam estavam vigilantes. Por causa de uma palavra mal colocada, toda a família era deportada; os ossários e as forcas brotavam em qualquer lugar. Mas, desde que o tirano foi surpreendido em seu esconderijo e trancafiado num outro, as línguas se soltaram e os desocupados de Kafr Karam descobriram que tinham uma volubilidade espantosa... Nessa manhã, na barbearia, estavam reunidos os sábios do vilarejo — se alguns jovens estavam por perto, era porque os debates prometiam. Reconheci Jadir, vulgo Doc, septuagenário que dera aulas de filosofia, fazia duas décadas, num colégio de Basra, antes de ir apodrecer durante três anos nas prisões Baatistas por causa de uma questão pouco clara de etimologia. Ao sair da masmorra, o Partido comunicou-lhe que estava proibido de lecionar em todo o território iraquiano e que estava na mira dos moukhabarates. Doc compreendeu então que sua vida estava por um fio e voltou, correndo todos os riscos, a seu vilarejo natal, onde se fez de morto até a derrubada das estátuas do Líder nas praças públicas. Era alto, quase senhorial em sua djelaba azul de uma limpeza impecável, o que lhe conferia uma atitude hierática. Ao lado dele, encolhido num banco, perorava Basheer, o Falcão, um ex-salteador de estradas, que percorrera a região à frente de uma horda impossível de capturar, antes de se refugiar em Kafr Karam, tendo seu butim como imunidade. Não era da tribo, mas os Anciãos optaram por oferecer-lhe hospitalidade em vez de sofrer seus saques. Diante dele, no meio de seu clã silencioso, os irmãos Issam, dois velhos caquéticos mas temíveis, procuravam destruir os argumentos de uns e de outros; tinham a prática da contradição no sangue e eram capazes de renunciar a suas próprias idéias expostas na véspera, se viessem a ser adotadas por um aliado indesejável. Depois, imutável em seu canto, afastado para se pôr mais em evidência, o Decano pavoneava-se em sua cadeira de vime, que seus partidários transportavam por toda parte a que ia, com o rosário imponente numa mão e o cachimbo de seu narguilé na outra. Nunca intervinha durante o debate e esperava pelo final; não suportava que lhe roubassem a última palavra.

— Eles nos livraram de Saddam, apesar de tudo — protestou Issam 2, tomando como testemunha seu círculo mais próximo.

— Não lhes pedimos nada — resmungou o Falcão.

— Quem poderia fazer isso? — disse Issam 1.

— É verdade — acrescenta o irmão. — Quem podia apenas cuspir no chão sem se expor aos raios do céu, sem ser preso imediatamente por ultraje ao Líder e ser enforcado numa grua?

— Se Saddam era rigoroso, era por causa de nossas pequenas e grandes covardias — insistiu o Falcão com desprezo. — Os povos só têm os reis que merecem.

— Não concordo com você — disse um velho trêmulo do lado direito.

— Você não pode concordar com você mesmo.

— Por que você diz isso?

— Porque é a verdade. Você sempre está com uns hoje e com outros amanhã. Nunca o vi defender a mesma opinião dois dias seguidos. Na verdade, você não tem opinião. Você pega o trem em movimento e depois, quando um outro aparece, se joga dentro, sem procurar saber seu destino.

O velho trêmulo refugiou-se numa cara indignada, com ar sombrio.

— Não digo isso para ofendê-lo, meu amigo — diz-lhe o Falcão num tom conciliador. — Ficaria muito zangado comigo mesmo se lhe faltasse com o respeito. Mas não o deixarei pôr nossos erros nas costas de Saddam. Era um monstro, sim, mas um monstro nosso, de nosso sangue, e todos nós contribuímos para consolidar sua megalomania. Mas daí a preferir os ímpios vindos do outro lado da Terra para nos pisarem, é demais. Os soldados americanos são apenas brutamontes, bestas-feras que se exibem diante de nossas viúvas e nossos órfãos e que não hesitam em lançar suas bombas sobre nossos dispensários. Olhe o que fizeram de nosso país: um inferno.

— Saddam transformara-o num ossário — lembrou-o Issam 2.

— Não era Saddam, mas nosso medo. Se tivéssemos mostrado um mínimo de coragem e de solidariedade, nunca esse cachorro se teria permitido ir tão longe no exercício da tirania.

— Você tem razão — disse o homem que era atendido pelo barbeiro, dirigindo-se ao Falcão pelo espelho. — Deixamos fazer e ele abusou. Mas você não me fará mudar de opinião: os americanos nos livraram de um ogro que ameaçava nos devorar crus, todos, uns depois dos outros.

— Por que você acha que os americanos estão aqui? — insistiu o Falcão. — Por caridade cristã? São homens de negócio, eles nos negociam como mercados. Ontem, era comida contra petróleo. Hoje, é petróleo contra Saddam. E nós em tudo isso? Somos pagos com promessas vazias. Se os americanos tivessem um pingo de bondade, não tratariam seus negros e seus latinos como trogloditas. Em vez de atravessarem eras e oceanos para dar apoio a pobres autóctones emasculados, fariam melhor se varressem suas calçadas e se ocupassem de seus índios que vegetam em reservas, ao abrigo das curiosidades, semelhantes a doenças vergonhosas.

— É claro — insistiu o velho trêmulo. — Pense bem: que soldados quebrariam a cara a milhares de quilômetros de casa por caridade cristã? Isso não combina com eles.

— Será que posso dizer alguma coisa? — disse finalmente Jabir.

Fez-se um silêncio respeitoso no salão. Quando Doc Jabir tomava a palavra, era sempre um momento solene. O ex-professor de filosofia, que os cárceres de Saddam haviam elevado ao grau de herói, falava pouco, mas suas intervenções punham muitas coisas em seus devidos lugares. Falava com altivez, com argumentos justos e inapeláveis.

— Será que posso fazer uma pergunta? — acrescentou ele num tom grave. — Por que Bush é obstinado por nosso país?

A pergunta fez a volta pela assistência sem encontrar resposta. Supunham-na uma armadilha e ninguém estava com vontade de ser ridículo.

Doc Jabir pigarreou, certo de contar com a atenção geral só sobre ele. Seus olhos de furão procuraram algum olhar reticente, não encontraram nenhum; consentiu então em desenvolver a base de seu raciocínio:

— Para nos livrarem de um déspota, lacaio deles ontem e hoje comprometedor?... Porque nosso martírio acabou por comover as aves de rapina de Washington?... Se vocês acreditarem por um segundo nesse conto de fadas, é porque estão perdidos. Os Estados Unidos sabem duas coisas extremamente preocupantes para seus projetos hegemônicos: 1) nosso país estava a dois passos de dispor plenamente de sua soberania: a arma nuclear. Com a nova ordem mundial, só as nações que dispõem de arsenal nuclear são soberanas, e as outras, de agora em diante, são apenas potenciais focos de tensão, celeiros providenciais para as grandes potências. O mundo é gerido pelas finanças internacionais, para as quais a paz é um desemprego técnico. Questão de espaço vital... 2) O Iraque era a única força militar capaz de fazer frente a Israel. Pô-lo de joelhos é permitir que Israel domine a região. Essas são as duas verdadeiras razões que levaram à ocupação de nosso país. Saddam é uma cortina de fumaça. Se ele parece legitimar a agressão americana aos olhos da opinião pública, não deixa de ser um engodo diabólico que consiste em pegar as pessoas no contrapé a fim de ocultar o essencial: impedir o país árabe de ter acesso aos meios estratégicos de sua defesa e, portanto, de sua integridade e, por isso mesmo, ajudar Israel a estabelecer definitivamente seu poder sobre o Oriente Médio.

A assistência ficou de boca aberta.

Satisfeito, Doc saboreou por um instante o efeito produzido pela pertinência de sua intervenção, pigarreou com arrogância, convencido de que os surpreendia, e ficou de pé.

— Senhores — decretou ele —, eu os deixo meditar sobre minhas afirmações na esperança de encontrá-los amanhã, esclarecidos e crescidos.

Com isso, alisou majestosamente a parte da frente de sua djelaba e deixou o salão com uma arrogância excessiva.

O barbeiro, que não prestava atenção nos ditos de uns e outros, finalmente se deu conta do silêncio que acabava de se fazer em torno dele; ergueu uma sobrancelha e depois, sem se fazer muitas perguntas, voltou a cortar o cabelo de seu cliente com a indolência de um paquiderme comendo um tufo de erva.

Agora que Doc Jabir se retirara, os olhares convergiam para o Decano. Este se mexeu na cadeira de vime, estalou os lábios e disse:

— As coisas podem ser vistas desse ângulo também.

Calou-se por um longo momento, antes de acrescentar:

— Na verdade, estamos colhendo o que plantamos: o fruto de nossos perjúrios. Nós falhamos. Outrora, éramos nós mesmos, árabes valentes e virtuosos, com a vaidade suficiente para nos dar coragem. Em vez de melhorarmos com o tempo, degeneramos.

— E quais foram nossos erros? — perguntou o Falcão, impressionado.

— A fé... nós a perdemos e, com ela, perdemos nosso prestígio.

— Que eu saiba, nossas mesquitas não se esvaziam.

— É, mas o que se tornaram os crentes? Pessoas que vão maquinalmente à prece e depois voltam para o ilusório, uma vez terminado o ofício. Isso não é fé.

Um adepto deu-lhe um copo d'água.

O Decano bebeu alguns goles; o ruído da ingurgitação ressoou no salão como pedras que caem num poço.

— Há cerca de cinqüenta anos, enquanto conduzia a caravana de meu tio na Jordânia, à frente de uns cem camelos, parei num vilarejo perto de Amam. Era a hora da prece. Com um grupo de meus homens, chegamos a uma mesquita e pusemo-nos a fazer as abluções num pequeno pátio de ladrilhos. O imã, um personagem imponente, vestido com uma túnica brilhante, aproximou-se então de nós. "O que fazem vocês aqui, jovens?, perguntou-nos ele. "Estamos nos lavando para a prece", respondi-lhe eu. "Vocês acham que seus odres são suficientes para purificá-los?", inquiriu ele. "É preciso fazer bem suas abluções antes de ir para a sala das preces", observei eu. Então, tirou um figo muito belo e fresco de seu bolso, limpou-o cuidadosamente numa taça de água; em seguida, abriu-o diante de nós. O lindo figo estava cheio de larvas. O imã concluiu: "Não se trata de lavar o corpo, mas a alma, jovens. Se vocês estivessem podres no interior, nem os rios nem os oceanos poderiam desinfetá-los".

Todas as pessoas reunidas na barbearia balançaram a cabeça, convencidas.

— Não tentemos fazer com que outros usem o chapéu que fabricamos com nossas mãos para nós mesmos. Se os americanos estão aqui, é por nossa culpa. Com a perda da fé, perdemos nossos pontos de referência e o sentido da honra. Nós...

— Pronto! — gritou o barbeiro, agitando a escova por cima da nuca carmesim de seu freguês.

As pessoas no salão ficaram imóveis, indignadas.

Sem perceber que acabava de desrespeitar o Decano venerado e escandalizar aqueles que bebiam na fonte de seus lábios, o barbeiro continuava a movimentar sua escova com uma mão desenvolta.

O freguês apanhou seus velhos óculos remendados com pedaços de fita adesiva e de arame, colocou-os sobre o nariz intumescido e contemplou-se no espelho à sua frente. Seu sorriso logo se transformou numa careta.

— O que é isto? — gemeu ele. — Você me deixou tosado como uma ovelha.

— Você já não tinha muito cabelo quando chegou — observou o barbeiro, impassível.

— Talvez, mas assim é demais. Só faltou você me tirar o couro da cabeça.

— Você poderia ter-me feito parar.

— Como? Sem meus óculos, não vejo nada.

O barbeiro ficou sem jeito:

— Desculpe. Fiz o melhor que pude.

Nesse instante, os dois homens perceberam que alguma coisa não ia bem. Viraram-se para trás e receberam diretamente o olhar indignado das pessoas reunidas no salão.

— O que está acontecendo? — perguntou o barbeiro em voz baixa.

— O Decano está nos instruindo — fizeram-no notar num tom de censura —, e vocês não só não estavam escutando como também estão brigando por causa de umas miseráveis tesouradas malsucedidas. É imperdoável.

Ao se darem conta da indelicadeza, o barbeiro e seu freguês levaram a mão à boca, à maneira de uma criança surpreendida dizendo grosserias, e ficaram encolhidos.

Os jovens, que escutavam na escadaria externa, esgueiraram-se na ponta dos pés. Em Kafr Karam, quando os sábios e os adultos discutem, os adolescentes e os solteiros devem sair. Por pudor. Aproveitei para ir ao sapateiro, cuja oficina ficava a uns cem metros, na lateral de um edifício horrível, escondido atrás de fachadas tão feias que se poderia achar que foram erigidas por djins.

O sol batia no chão e me machucava os olhos. Entre dois casebres, entrevi meu primo Kadem no lugar em que o deixara, encolhido sobre sua grande pedra; fiz-lhe um aceno com a mão, mas ele não notou e prossegui meu caminho.

A oficina do sapateiro estava fechada; de toda forma, os sapatos que oferecia só ficavam bem nos velhos e, se alguns apodreciam havia tempos na caixa de papelão, não era por falta de dinheiro.

Diante do grande portão de ferro do edifício, pintado com um marrom desagradável, Omar, o Cabo, brincava com um cachorro. Assim que me viu, deu um chute no traseiro do animal, que se afastou gemendo, e fez sinal para que eu me aproximasse:

— Aposto que você está com calor — disse-me ele. — Você veio ver se uma ovelha desgarrada estava neste canto, não é verdade?

Omar era um mal-estar itinerante. No vilarejo, os jovens não apreciavam nem a crueza de suas palavras nem as alusões doentias; fugiam dele como da peste. Sua passagem pelo exército o desencaminhara.

Tinha ido embora para servir nas fileiras de um batalhão na qualidade de cozinheiro, cinco anos antes, e voltou ao vilarejo no dia seguinte ao cerco de Bagdá pelas tropas americanas, incapaz de explicar o que acontecera. Numa noite, sua unidade estava em estado de alerta total, bala no canhão e baioneta desembainhada; pela manhã, mais ninguém a postos, todo mundo desertara, os oficiais em primeiro lugar. Omar voltou ao aprisco, andando rente aos muros. Suportava muito mal a defecção de seu batalhão, afogando sua vergonha e seu sofrimento em vinho adulterado. Sua grosseria originava-se provavelmente disso; não tendo mais respeito por si mesmo, sentia um prazer maligno em desagradar aos familiares e amigos.

— Há gente honrada aqui — lembrei eu.

— O que eu disse que não seja sunita?

— Por favor...

Abriu os braços.

— Tudo bem, tudo bem. Se agora não se pode mais dizer besteiras...

Omar era onze anos mais velho do que eu. Alistara-se no exército depois de um fracasso amoroso — a bela com quem sonhava estava prometida a outro. Ele não sabia de nada; ela também não, aliás. Quando tomou coragem para encarregar sua tia de ir pedir a mão de sua eleita, o céu lhe caiu na cabeça. Ele não se recuperou do golpe.

— Estou deprimido neste buraco — protestou ele. — Bati em todas as portas, não há ninguém que queira ir à cidade. Eu me pergunto por que eles preferem ficar encurralados em seus casebres de merda a dar uma voltinha num bom bulevar de lojas com ar-condicionado e terraços floridos. O que há para ver por aqui, a não ser os cães e os lagartos? Pelo menos na cidade, quando está sentado no terraço de um café, você vê passar os carros, as moças rebolando; você sente que existe, porra! que está vivo... É uma sensação que não tenho em Kafr Karam. Tenho a impressão de morrer aos poucos, juro-lhe. Eu perco o ar, me sinto morrer, caramba!... Até o táxi de Khaled está quebrado, e o ônibus não circula mais por aqui há semanas.

Omar estava acocorado como uma trouxa de roupa sobre suas pernas curtas. Usava uma camisa xadrez velha, pequena demais para impedir sua barriga de cair sobre os joelhos. Sua calça manchada de graxa também não tinha boa aparência. Omar tinha sistematicamente essas manchas escuras em suas roupas. Se o trocassem num centro cirúrgico, com a roupa tirada diretamente da embalagem original, encontraria um meio de sujá-la de graxa no minuto seguinte — parecia que era produzida por seu corpo.

— Aonde você vai? — pergunta-me ele.

— Ao café.

— Ver idiotas jogando cartas, como ontem e anteontem, e amanhã, e daqui a vinte anos? É de matar... Porra! O que será que eu fiz em outra vida para merecer renascer num lugar tão ruim?

— É nosso vilarejo, Omar, nossa primeira pátria.

— Você fala de uma pátria. Até os corvos evitam fazer escala aqui.

Encolheu a barriga para enfiar uma parte da camisa no cós da calça, respirou fundo e disse com um suspiro:

— De todo jeito, não se tem escolha. Vamos ao café.

Fizemos meia-volta em direção à praça. Omar era muito louco. Cada vez que encontrávamos um carro velho estacionado diante de um pátio, xingava:

— Por que esse bando de burros compra carros para deixá-los se estragarem na entrada de seus casebres?

Conteve seu despeito por um momento e depois voltou à carga:

— E seu primo? — continuou, mostrando com o queixo Kadem, sentado ao pé da mureta, do outro lado da rua. — Como ele se vira para ficar no seu canto durante todo o dia? Vai ter uma insolação logo, logo, com certeza.

— Ele gosta de ficar sozinho.

— Conheci um cara no batalhão que se comportava da mesma forma, sempre ficando num canto do dormitório, nunca na sala comum, nunca em torno de uma mesa conversando com os amigos. Numa manhã, foi encontrado nas latrinas, enforcado na luminária do teto.

— Isso não vai acontecer com Kadem — disse eu, com um arrepio nas costas.

— Quer apostar quanto?

O café Safir tinha como gerente Majed, um primo doentio e triste que se consumia numa roupa de trabalho tão feia que parecia ter sido talhada num pano de colchão. Permanecia atrás de um balcão rudimentar, semelhante a uma estátua malfeita, com um velho casquete militar enfiado até as orelhas. Já que os fregueses só vinham para jogar cartas, não se dava mais ao trabalho de fazer funcionar os aparelhos e se contentava em trazer de casa uma garrafa térmica cheia de chá vermelho que, muitas vezes, era obrigado a consumir sozinho. Seu estabelecimento era freqüentado por jovens desocupados, sem dinheiro, que chegavam de manhã e levantavam acampamento só com o cair da noite, sem que, em nenhum momento, pusessem a mão no bolso. Majed pensara muitas vezes em pendurar as chuteiras, mas para fazer o quê? Em Kafr Karam, o estado de abandono ultrapassava o entendimento; cada um se apegava a seu emprego de faz-de-conta para não enlouquecer.

Majed fez uma cara amargurada ao ver Omar chegando.

— Bom dia, despojos — murmurou ele.

Omar lançou um olhar altivo sobre alguns jovens sentados aqui e ali.

— Parece que estamos num quartel, em dia de punição — disse ele, coçando o traseiro.

Reconheceu no fundo da sala os gêmeos Hassan e Hossein, de pé junto à janela, acompanhando uma partida de cartas que opunha Yassim, o neto de Doc Jabir, um garoto tenebroso e irritado; Salah, o genro do serralheiro; Adel, um cara alto e robusto, um pouco idiota; e Bilal, o filho do barbeiro.

Omar aproximou-se desses últimos, cumprimentou os gêmeos ao passar, antes de se instalar atrás de Adel.

Adel mexeu-se, irritado:

— Você me faz sombra, cabo.

Omar deu um passo para trás.

— A sombra está na sua cuca, rapaz.

— Deixe-me em paz — disse Yassim, sem tirar os olhos do jogo. — Não distraia a gente.

Omar fez chacota, desdenhoso, e se manteve atento.

Os quatro jogadores observavam intensamente suas cartas. No fim de um interminável cálculo mental, Bilal pigarreou:

— É sua vez, Adel.

Adel voltou a verificar seu jogo, com os lábios esticados. Demorava, indeciso.

— Então, não vai se mexer? — impacientou-se Salah.

— Quieto — protestou Adel. — Preciso pensar.

— Pare de fingir — disse-lhe Omar. — O último grama de cérebro que lhe restava, você o expeliu hoje cedo ao se masturbar.

Uma verdadeira nuvem de chumbo abateu-se sobre o café... Os jovens que estavam perto da porta sumiram; os outros não sabiam o que fazer.

Omar percebeu a besteira que fez; engoliu em seco e esperou receber o céu sobre sua cabeça.

Em volta da mesa, os jogadores mantinham a nuca inclinada sobre as cartas, petrificados. Só Yassim pousou de lado delicadamente seu jogo e ergueu para o ex-cabo dois olhos brancos de indignação:

— Não sei até onde você quer chegar com sua linguagem chula, Omar, mas agora você está ultrapassando os limites. Aqui, em nosso vilarejo, os jovens, assim como os velhos, se respeitam. Você foi criado entre nós e sabe o que é.

— Eu não fiz...

— Cale a boca!... Você fecha sua boca e dá a descarga — disse Yassim com uma voz monocórdica que contrastava violentamente com a raiva que saía de suas pupilas. — Você não está na cantina do quartel, mas em Kafr Karam. Aqui somos irmãos, primos, vizinhos e amigos, e controlamos tanto nossas ações quanto nossos gestos... Eu lhe disse cem vezes, Omar. Nada de obscenidades; pelo amor de Deus, não estrague nossos raros momentos de sossego com seu jargão nojento de soldado raso...

— Era só para fazer graça, vamos.

— Bem, olhe em torno de você, Omar. Será que estamos achando graça? Diga-me, será que estamos achando graça?

O pomo-de-adão estremecia no pescoço contraído do ex-cabo.

Yassim apontou para ele um dedo peremptório:

— A partir de hoje, Omar, filho de meu tio Fadel e de minha tia Amina, eu o proíbo — veja bem, *eu o proíbo* — de proferir um único palavrão, uma única palavra fora de propósito...

— Alto lá — interrompeu Omar muito mais para salvar as aparências do que para pôr Yassim em seu devido lugar. — Sou seis anos mais velho do que você e não permito que fale comigo nesse tom.

— Prove-o!...

Os dois homens se enfrentaram com olhar de desafio, as narinas fremindo.

Omar foi o primeiro que se virou.

— Chega — resmungou ele, enfiando raivosamente a camisa no cós da calça.

Girou nos calcanhares e dirigiu-se para a saída:

— Querem saber de uma coisa? — fulminou ele, na soleira da porta.

— Desinfete primeiro sua boca — cortou Yassim.
Omar balançou a cabeça e desapareceu.

Depois da saída de Omar, o mal-estar se acentuou no café. Os gêmeos foram os primeiros a sair, cada um para seu lado. Em seguida, já que o jogo de cartas fora perturbado, ninguém teve vontade de retomá-lo. Yassim levantou-se por sua vez e saiu com Adel em seu encalço. Não me restava mais nada a fazer a não ser voltar para casa.

Fechado em meu quarto, tentei escutar o rádio para dissipar o incômodo que se instalara em mim desde a cena no Safir. Eu estava duplamente infeliz: primeiro, por causa de Omar e, depois, por causa de Yassim. Evidentemente, o cabo merecia que o chamassem à ordem, mas a severidade do mais novo também me incomodava — quanto mais sentia pena pelo desertor, menos encontrava desculpas para seu primo. Na verdade, se nossas relações se deterioravam, era por causa das notícias que nos chegavam de Fallujah, Bagdá, Mossul, Basra, enquanto evoluíamos a anos-luz do drama que despovoava nosso país. Desde o começo das hostilidades, apesar das centenas de atentados e dos contingentes de mortos, nenhum helicóptero até então sobrevoara nosso setor; nenhuma patrulha profanara a paz de nosso vilarejo. E essa sensação que nos excluía de algum lugar da História transformava-se, de silêncio em expectativa, num verdadeiro caso de consciência. Se os velhos pareciam se conformar, os jovens de Kafr Karam viviam muito mal essa situação.

Já que o rádio não conseguia me distrair, deitei-me na cama e pus o travesseiro sobre o rosto. O calor sufocante aumentava minha perturbação. Eu não sabia o que fazer. As ruas do vilarejo me faziam sofrer, meu reduto era uma estufa; eu me incorporava ao meu desprazer...

Ao entardecer, um começo de brisa movimentou suavemente as cortinas. Pus para fora uma cadeira metálica e instalei-me no umbral de meu quarto. A dois ou três quilômetros do vilarejo, os pomares dos Haitem desafiavam o assédio das pedras; único canteiro de verdura a léguas em volta, eles brilhavam de insolência nas reverberações do dia. O sol se punha, revestido de poeira. Logo depois, o horizonte se incendiou de uma ponta a outra, acusando a forma dos vales e das colinas ao longe. Sobre o planalto árido que rastejava a perder de vista para o sul, a pista carroçável parecia o leito de um rio seco. Um grupo de garotos voltava dos pomares de mãos abanando e com o andar vacilante; visivelmente, a expedição dos pequenos ladrões não tinha dado certo.

— Há uma encomenda para você — disse-me minha irmã gêmea Bahia, colocando um saco plástico a meus pés... — Trago-lhe o jantar dentro de uma meia hora. Você pode agüentar até lá?

— Sem problema.

Ela espanou o pó do colarinho de minha camisa.

— Você não foi à cidade?

— Não encontrei ninguém para me levar até lá.

— Trate de ser mais convincente amanhã.

— Prometo... O que é esse pacote?

— Foi o irmão mais novo de Kadem que o trouxe agora há pouco.

Ela entrou no quarto para verificar se tudo estava em ordem e voltou para seus fornos.

Abri o saco plástico, tirei uma caixa fechada com esparadrapo. No interior, descobri um maravilhoso par de sapatos pretos novinhos em folha e um pedaço de papel em que estava escrito: *Usei-os duas vezes, nos dias de meu primeiro e segundo casamentos. São seus. Sem rancor. Kadem.*

3

Refém de seu vazio, Kafr Karam desfazia-se ao longo dos dias.

Na barbearia, no café, junto aos muros, as pessoas ruminavam as mesmas histórias. Falava-se demais, não se fazia nada. As indignações giravam em torno de si mesmas, cada vez menos espetaculares; os argumentos enfraqueciam-se ao sabor das mudanças de humor e os conciliábulos prolongavam-se em perorações monótonas. Pouco a pouco, ninguém mais escutava o que o outro dizia. No entanto, alguma coisa fora do comum estava acontecendo. Se, entre os velhos, a hierarquia seguia inflexível, ela introduzia uma curiosa mudança entre os jovens. Desde a correção que Yassim infligiu a Omar, o Cabo, o direito do mais velho ficara um tanto fraco. Evidentemente, a maioria condenava o que acontecera no Safir, mas uma minoria, constituída de indivíduos exaltados e rebeldes nascentes, inspirava-se nisso para se afirmar.

Com exceção dessa afronta, que os velhos fingiam ignorar — pois o incidente correra todo o vilarejo sem, entretanto, ser comentado nas ruas —, as coisas seguiam seu curso com uma indolência patética. O dia continuava a se levantar quando bem lhe parecia, e a se deitar a seu bel-prazer. Permanecíamos confinados em nossa pequena felicidade autista, olhando estupidamente para o vazio ou passando o tempo na ociosidade. Parecia que vegetávamos em outro planeta, isolados dos dramas que corroíam o país. Nossas manhãs eram reconhecidas por seus ruídos maníacos, nossas noites, por seus sonos sem atrativos, e ninguém saberia dizer para que serviam os sonhos quando os horizontes estão nus. Havia muito tempo, as muralhas de nossas ruas nos mantinham cativos em sua penumbra. Tínhamos conhecido os regimes mais abomináveis e tínhamos sobrevivido a eles, como nosso rebanho sobrevivia às epidemias. Por vezes, quando um tirano expulsava outro, novos agentes de polícia desembarcavam em nossa região para apontar suspeitos. Esperavam dessa forma dominar as eventuais ovelhas negras, imolá-las em praça pública, procedimento para nos fazer entrar na linha. Muito rapidamente, eles desistiam e voltavam para seus locais de origem, envergonhados, mas encantados por não ter mais de pôr os pés num buraco perdido onde era difícil distinguir os vivos dos fantasmas que lhes faziam companhia.

Mas, como diz o provérbio ancestral, se você fecha sua porta aos gritos do vizinho, eles entrarão pela janela, pois ninguém está protegido quando a desgraça está vagando sem destino. Embora a gente tente não invocá-la, procure achar que só acontece para os outros e que basta ficar no seu canto para se preservar, o excesso de contenção acaba por deixá-la desconfiada e, uma manhã qualquer, ela vem com seus grandes tamancos para ver de que se trata... E o que tinha de acontecer, aconteceu. A desgraça chegou aqui sem artifício nem banda de música, quase na ponta dos pés, escondendo o jogo. Eu estava tomando uma xícara de chá na oficina do serralheiro quando a neta dele chegou berrando:

— Suleyman... Suleyman...

— Ele fugiu de novo — gritou o serralheiro.

— Ele cortou a mão no pórtico... ele não tem mais dedos — soluçava a menina.

O serralheiro passou por cima da mesa baixa que nos separava, derrubando, ao passar, a chaleira que estava em cima dela, e correu para casa. Seu aprendiz apressou-se em alcançá-lo, fazendo-me sinal para segui-lo. Gritos femininos elevavam-se no final da rua. Uma revoada de crianças já se reunia diante do pórtico totalmente aberto do pátio. Suleyman segurava a mão ensangüentada contra o peito e ria silenciosamente, fascinado por seu sangramento.

O serralheiro intimou a esposa a se calar e ir buscar um pano limpo. Os gritos cessaram imediatamente.

— Os dedos estão ali — disse o aprendiz, mostrando dois pedaços de carne na soleira da porta.

Com uma calma surpreendente, o serralheiro recolheu as duas falanges truncadas, enxugou-as e colocou-as num lenço que pôs no bolso. Em seguida, voltou-se para o ferimento de seu filho.

— É preciso levá-lo ao dispensário — disse ele. — Senão, vai perder todo o sangue.

Virou-se para mim:

— Preciso de um carro.

Concordei com a cabeça e corri para a casa de Khaled Táxi. Encontrei-o consertando o brinquedo de seu filho no pátio.

— Precisamos de você — disse-lhe. — Suleyman cortou dois dedos e é necessário levá-lo ao pronto-socorro.

— Lamento, mas estou esperando visitas ao meio-dia.

— É urgente. Suleyman está perdendo muito sangue.

— Não posso levá-los. Se você quiser, pegue o carro. Está na garagem. Não posso acompanhá-los; essas pessoas virão pedir a mão de minha filha daqui a pouco.

— Tudo bem, dê-me as chaves.

Ele deixou de lado o brinquedo do filho e convidou-me a segui-lo até a garagem onde um velho Ford nos esperava.

— Você sabe dirigir?

— Claro...

— Ajude-me a tirar esta lata velha para a rua.

Abriu os batentes da garagem, assobiou para os moleques que tomavam sol para que viessem nos dar uma mão.

— É o motor de arranque que está com problema — ele explicou. — Fique ao volante, vamos empurrá-lo.

Os garotos correram para dentro da garagem, divertidos e contentes por serem solicitados. Soltei o freio, engatei a segunda e entreguei o carro ao entusiasmo dos meninos. No final de uns cinqüenta metros, o Ford alcançou uma velocidade suficiente; soltei o pedal da embreagem e o motor rugiu com todas as suas válvulas estragadas, depois de um enorme solavanco. Atrás de mim, os garotos deram um grito de alegria, semelhante ao que emitiam quando se restabelecia a luz depois de um demorado corte de eletricidade.

Quando parei diante do pátio do serralheiro, Suleyman já estava com a mão envolvida numa toalha e tinha um garrote em volta do pulso; seu rosto não demonstrava nenhuma dor. Eu achava isso estranho e não conseguia acreditar que se pudesse mostrar tal insensibilidade quando se acabava de perder dois dedos.

O serralheiro acomodou o filho no banco de trás e sentou-se ao lado dele. Sua mulher chegou correndo, descabelada e suada, parecendo uma louca furiosa; deu ao marido um maço de folhas amassadas enrolado num elástico.

— É sua caderneta de saúde. Com certeza vão pedi-la.

— Muito bem, agora volte para casa e procure se portar bem. Não é o fim do mundo.

Deixamos o vilarejo a toda a velocidade e com um grupo de moleques como escolta; sua gritaria nos acompanhou durante muito tempo através do deserto.

Eram cerca de onze horas e o sol semeava a planície de oásis fictícios. Um casal de pássaros riscava o céu incandescente. O caminho seguia em linha reta, esbranquiçado e vertiginoso, quase insólito sobre o planalto pedregoso que ele cortava de ponta a ponta. O velho Ford desconjuntado pulava nos buracos, empinava em alguns lugares e dava a impressão de só obedecer a seu próprio frenesi. No banco de trás, o serralheiro abraçava o filho para impedi-lo de bater com a cabeça contra a porta. Não dizia nada e me deixava dirigir como eu podia.

Atravessamos um campo abandonado, em seguida uma estação de bombas-d'água abandonada, depois mais nada. O horizonte mostrava sua nudez até o infinito. À nossa volta, tão longe quanto alcançava o olhar, não avistávamos nem casebres, nem máquinas, nem vivalma. O dispensário ficava a uns sessenta quilômetros a oeste, num vilarejo recente em que as estradas eram asfaltadas. Havia também uma delegacia de polícia e uma escola que os nossos não freqüentavam por razões que eu desconhecia.

— Você acha que há combustível suficiente? — perguntou-me o serralheiro.

— Não sei. Todos os ponteiros do painel estão parados.

— Eu estava um pouco desconfiado. Não cruzamos um único veículo e, se o carro quebrar, estaremos em maus lençóis.

— Deus não vai nos abandonar — disse-lhe eu.

Meia hora mais tarde, vimos uma enorme nuvem de fumaça negra elevar-se ao longe. A estrada nacional não estava muito distante e a fumaça nos intrigava. Depois da curva de um morro, a nacional surgiu finalmente. Um reboque estava pegando fogo, tombado no meio da pista, com a cabine no fosso e o radiador caído; chamas gigantescas consumiam-no com uma voracidade assustadora.

— Pare — aconselhou-me o serralheiro. — Com certeza é um ataque dos *fedayin*, e os militares não vão demorar para se manifestarem. Retorne até a alça da subida e tome o caminho antigo. Não quero cair bem no meio de um embate.

Dei meia-volta. Já no caminho antigo, escrutei os arredores em busca do reforço militar. Centenas de metros mais abaixo, paralelamente a nosso itinerário, a nacional brilhava sob o sol lembrando um canal de irrigação, reta e cruelmente deserta. Daí a pouco, a nuvem de fumaça se assemelhava a um comum filamento acinzentado comprimido em sua aflição. De tempos em tempos, o serralheiro punha a cabeça para fora do vidro para ver se um helicóptero nos perseguia. Éramos o único sinal de vida nos arredores, o que chamaria atenção com facilidade. O serralheiro estava preocupado; seu rosto empalidecia cada vez mais.

Quanto a mim, estava sobretudo sereno; ia ao vilarejo vizinho e tinha um doente a bordo.

O caminho fez uma ampla curva para contornar uma cratera, subiu uma colina, desceu abruptamente e ficou no mesmo plano depois de alguns quilômetros de descida. De novo, pudemos ver a nacional, sempre reta e deserta, perturbadora pelo perigo que continha. O caminho, desta vez, ia em sua direção em vez de se confundir com ela. As rodas do Ford mudaram de tom assim que pisaram no asfalto, e o motor parou de gargarejar inconvenientemente.

— Estamos a menos de dez minutos do vilarejo e nem um carro à vista — constatou o serralheiro. — É estranho.

Não tive tempo de responder-lhe. Um posto de controle nos barrava o caminho, com grades dos dois lados do calçamento. Dois blindados coloridos ocupavam o acostamento, com a metralhadora à espreita. Em frente, erguida sobre uma elevação, uma guarita provisória escondia-se por trás de troncos e sacos de areia.

— Fique calmo — disse-me o serralheiro, e sua respiração queimou-me a nuca.

— Estou calmo — garanti-lhe. — Não temos nada a esconder e estamos com um doente. Eles não vão nos fazer mal.

— Onde estão os soldados?

— Estão escondidos atrás do aterro. Estou vendo dois capacetes. Acho que nos observam com binóculos.

— Tudo bem, você recua e avança lentamente. Faça exatamente o que eles vão lhe dizer.

— Não fique preocupado, vai dar certo.

Foi um soldado iraquiano que primeiro deixou o abrigo fazendo-nos sinal para pararmos à altura de um painel de sinalização, plantado no meio da via. Obedeci.

— Desligue o motor — ordenou ele em árabe. — Em seguida, mantenha as mãos sobre o volante. Não abra a porta e não desça, a não ser quando lhe pedirem. Entendeu?

Ele se mantinha a uma boa distância, com o fuzil apontado para meu pára-brisa.

— Você entendeu?

— Entendi. Mantenho as mãos sobre o volante e não faço nada sem autorização.

— Muito bem... Vocês são quantos a bordo?

— Três. Nós...

— Só responda às perguntas que lhe faço. E nada de gestos bruscos; não faça nenhum gesto, entendido? ... De onde vocês vêm, para onde vão e por quê?

— Vimos de Kafr Karam e estamos indo ao dispensário. Transportamos um doente que cortou os dedos. Trata-se de um doente mental.

O soldado iraquiano apontou seu fuzil para mim, com o dedo no gatilho e a coronha contra a face; em seguida visou o serralheiro e seu filho. Dois soldados americanos aproximaram-se por sua vez, vigilantes, com as armas prontas para nos transformar em peneira ao menor movimento. Eu mantinha a calma, com as mãos bem à vista sobre o volante. Atrás de mim, a respiração do serralheiro era desordenada.

— Vigie seu filho — disse-lhe em voz baixa. — É preciso que ele se mantenha tranqüilo.

— Cale a boca! — gritou um soldado americano, surgindo não sei de onde à minha esquerda, com o cano de sua arma apontado para minha têmpora. — O que você disse a seu camarada?

— Disse-lhe para ficar...

— *Shut your gab*! Não insista, cale a boca...

Era um negro hercúleo, inclinado sobre seu fuzil automático, com os olhos brancos de raiva e as comissuras da boca efervescentes de baba. Era tão enorme que me impressionava. Suas intimações saíam como rajadas e paralisavam-me.

— Por que ele está gritando tanto? — preocupou-se o serralheiro. — Ele vai assustar Suleyman.

— Calem a boca! — ladrou o soldado iraquiano, provavelmente ali na qualidade de intérprete. — No controle não se fala, não se discutem as ordens, não se protesta — recitou ele, como se lê uma instrução. — Não se fala e se obedece ao pé da letra. Entendido? *Mafhoum*?... Você, motorista, vai colocar a mão direita sobre o vidro da janela e abrir lentamente a porta com a mão esquerda. Depois, você passa as duas mãos para trás da cabeça e desce calmamente.

Dois outros soldados americanos apresentaram-se na parte de trás do Ford, paramentados como cavalos de batalha, com espessos óculos de proteção contra a areia sobre o capacete e o vistoso colete à prova de bala. Aproximavam-se pouco a pouco, mantendo-nos sob a mira das armas. O soldado negro esgoelava-se a ponto de arrebentar as cordas vocais. Mal pus um pé no chão, ele me arrancou do carro e me obrigou a ajoelhar. Deixei que me tratasse mal sem resistência. Ele recuou e, com o fuzil apontado para o banco de trás, ordenou ao serralheiro que descesse.

— Eu lhe peço, não grite. Meu filho é doente mental, e o senhor o está assustando...

O soldado americano negro não entendia muito bem o que o serralheiro tentava explicar-lhe; parecia furioso por falarem com ele numa língua que não lhe dizia nada, e isso o enfurecia duplamente. Seus berros atingiam-me, provocando uma grande quantidade de formigamentos dolorosos em minhas articulações. *Shut your bag! Cale a boca, senão eu o arrebento... Mãos ao alto...* Em volta de nós, os militares não perdiam de vista nossos mais elementares estremecimentos, impenetráveis e silenciosos, uns entrincheirados por trás de óculos de sol que lhes conferiam um ar terrivelmente assustador, outros trocando olhares codificados para manter a pressão. Fiquei ali perplexo com o cano dos fuzis que nos cercavam; dir-se-ia que eram respiradouros dando para o inferno; suas bocas pareciam-me maiores do que a de um vulcão, prestes a nos enterrar sob uma onda de lava e de sangue. Fiquei ali petrificado, pregado ao chão, com o pomo-de-adão comprimido na garganta. O serralheiro desceu por sua vez, com as mãos na cabeça. Tremia como vara verde. Tentou falar com o soldado iraquiano; um coturno apoiou-se no alto da barriga da perna e forçou-o a pôr um joelho no chão. No momento em que o soldado negro se preparava para se ocupar do terceiro passageiro, notou o sangue na mão e na camisa de Suleyman... *Meu Deus! ele está urinando sangue*, gritou ele, saltando para trás. *Esse merda está ferido*... Suleyman estava aterrorizado. Procurava seu pai... *Mãos ao alto, mãos ao alto*, berrava o soldado americano, salivando. *É um doente mental*, gritou o serralheiro para o soldado iraquiano. Suleyman esgueirou-se no banco e saiu do veículo, desorientado. Seus olhos leitosos giravam no rosto exangue. O soldado americano dava ordens como num ataque. Cada um de seus urros diminuía-me um pouco mais. Só se ouvia ele, e ele sozinho era o barulho da terra inteira. De repente, Suleyman soltou *seu* grito particular, penetrante, incomensurável, reconhecível entre mil rumores apocalípticos. Era um grito tão estranho que paralisou o soldado americano. O serralheiro não teve tempo de saltar sobre o filho, de detê-lo, de impedi-lo, de ir embora. Suleyman disparou como uma flecha, em linha reta, tão rápido que os soldados ficaram atônitos. *Deixem que ele se afaste*, gritou um sargento. *Talvez esteja cheio de explosivos*... Todos os fuzis estavam agora apontados para o fugitivo. *Não atirem*, suplicou o serralheiro, *É um doente mental. Don't shoot. He is crazy*... Suleyman corria, corria, com a coluna ereta, os braços pendentes, o corpo ridiculamente penso para a esquerda. Só por sua maneira de correr, via-se logo que ele não era normal. Mas, em tempo de guerra, o benefício da dúvida privilegia o excesso em detrimento do sangue-frio; isso se chama legítima defesa... O primeiro tiro abalou-me da cabeça aos pés, como a descarga de um eletrochoque. Seguiu-se o dilúvio. Abobado, completamente perturbado, eu via uma grande quantidade de poeira jorrar das costas de Suleyman, situando os pontos de impacto. Cada bala que atingia o fugitivo atravessava-me de um lado a outro. Um formigamento intenso devorou-me as pernas, antes de se expandir em minha barriga. Suleyman corria, corria, mal sacudido pelas balas que lhe crivavam as costas. A meu lado, o serralheiro esgoelava-se como um possesso, com o rosto em lágrimas... *Mike!*, berrou o sargento, *esse merda está de colete à prova de bala. Vise a cabeça...* Na guarita, Mike pôs um olho na viseira de seu fuzil, ajustou a linha de mira, reteve a respiração e apertou delicadamente o gatilho. Acertou em cheio com o primeiro tiro. A cabeça de Suleyman explodiu como um melão, estancando imediatamente sua corrida desenfreada. O serralheiro levou as mãos às têmporas, alucinado, com a boca aberta num grito interrompido; olhou o corpo de seu filho desprender-se ao longe, semelhante a uma tela, abater-se na vertical, com as coxas sobre as pernas, depois o busto sobre as coxas, depois a cabeça em pedaços sobre os joelhos. Um silêncio de além-túmulo invadiu a planície. Minha barriga revolveu-se como uma ressaca; uma lava incandescente atravessou minha garganta e jorrou ao ar livre pela minha boca. O dia escureceu... Em seguida, o nada.

Voltei a mim pouco a pouco, com os ouvidos zumbindo. Estava com o rosto achatado no chão, numa poça de vômito. Meu corpo não reagia mais. Eu estava encolhido ao lado da roda da frente do Ford, com as mãos amarradas nas costas. Tive só o tempo de ver o serralheiro agitar a caderneta de saúde de seu filho no nariz do soldado iraquiano que parecia constrangido. Os outros militares olhavam-no em silêncio, com o fuzil abaixado; depois, de novo, voltei a desmaiar.

Quando recuperei uma parte das faculdades mentais, o sol atingira seu auge. Um calor canicular fazia zunir as pedras. Tinham retirado o garrote de plástico com que me algemaram e instalaram-me à sombra da guarita. No lugar em que eu o estacionara, o Ford parecia uma ave arrepiada, com as quatro portas ao vento, a tampa do porta-malas levantada; o estepe e várias ferramentas amontoavam-se ao lado. As buscas não deram em nada; nenhuma arma de fogo, nem um facão, nem mesmo uma caixa de primeiros-socorros.

Uma ambulância aguardava à altura da guarita, com um crescente vermelho na lateral e as portas abertas sobre uma maca ocupada pelos restos mortais de Suleyman. Ele estava coberto por um lençol de onde emergiam dois pés miseráveis; o pé direito perdera o sapato e expunha os dedos do pé esfolados, manchados de sangue e de poeira.

Um graduado da polícia iraquiana conversava com o serralheiro, um pouco afastado, enquanto um oficial americano, que chegara a bordo de um jipe, escutava o relatório do sargento. Aparentemente, todo mundo reconhecia o erro, mas sem se preocupar muito com isso. Incidentes desse tipo eram freqüentes no Iraque. Na confusão geral, cada um tirava o melhor proveito da situação. Errar é humano, e a fatalidade tem costas largas.

O soldado americano negro estendeu-me seu cantil; eu não sabia se era para beber ou para me lavar; com a mão febril, recusei o oferecimento. Embora se empenhasse em mostrar um ar desconsolado, a reviravolta parecia incompatível com seu temperamento. Um brutamontes continua um brutamontes, mesmo com um sorriso; é no olhar que a alma apresenta sua verdadeira natureza.

Dois enfermeiros árabes vieram me reconfortar; acocoraram-se a meu lado e massageavam-me os ombros. Suas mãos ressoavam através de meu ser como golpes brutais. Queria que me deixassem em paz; cada manifestação de simpatia levava-me de novo à origem de meu traumatismo. De vez em quando, chegava-me um soluço; removia céus e terras para contê-lo. Eu estava dividido entre a necessidade de exorcizar meus demônios e a de cultivá-los. Um cansaço incrível apoderou-se de mim; só ouvia minha respiração esvaziando-me, enquanto, em minhas têmporas, o batimento de meu sangue cadenciava o eco das detonações.

O serralheiro quis recuperar seu morto; o chefe da polícia explicou-lhe que havia um procedimento administrativo a ser respeitado. Tratando-se de um triste acidente, impunha-se uma porção de formalidades. O corpo de Suleyman devia ser entregue ao necrotério; só seria devolvido a seus familiares depois que o inquérito sobre o erro fosse concluído.

Um carro de polícia nos levou ao vilarejo. Eu não percebia muito bem o que estava acontecendo. Estava numa espécie de bolha evanescente, ora suspenso no vazio, ora me esvaindo como uma espiral de fumaça. Lembrava-me apenas do insuportável grito da mãe, quando o serralheiro voltou para casa. Imediatamente, a multidão estava ali, espantada, incrédula. Os velhos batiam as mãos, aniquilados; os jovens estavam indignados. Cheguei a minha casa num estado lamentável. Desde que atravessei o limiar do pátio, meu pai, que dormitava ao pé de sua árvore indefinível, teve um sobressalto. Compreendera que tinha acontecido uma desgraça. Minha mãe não teve coragem de me perguntar o que se passara. Contentou-se em colocar as mãos no meu rosto. Minhas outras irmãs acorreram com a criançada na barra da saia. Lá fora, os primeiros gemidos começaram a surgir aqui e ali, funestos, cheios de cólera e de drama. Minha irmã gêmea Bahia pegou-me pelo braço e ajudou-me a chegar a meu quarto em cima da laje. Deitou-me em meu colchonete, trouxe-me uma bacia com água, tirou-me a camisa suja de vômito e começou a lavar-me da cintura para cima. Nesse meio-tempo, a notícia se espalhou pelo vilarejo e toda a minha família apressou-se a ir consolar a do serralheiro.

Bahia esperou que eu fosse para a cama e, por sua vez, desapareceu.

Eu adormeci...

No dia seguinte, Bahia voltou para abrir as janelas e me trazer roupas limpas. Contou-me que um coronel americano, acompanhado de autoridades iraquianas, viera na véspera dar os pêsames aos pais enlutados. O Decano recebeu-o em casa, mas no pátio, para fazê-lo ver que não era bem-vindo. Ele não acreditava na versão de acidente e não admitia também que se pudesse atirar num pobre de espírito, ou seja, num ser puro e inocente, mais próximo do Senhor do que os santos. Equipes de televisão quiseram cobrir o evento e propuseram fazer uma reportagem com o serralheiro, a fim de ouvi-lo se expressar sobre o caso. Também aqui o Decano mostrou firmeza: recusou categoricamente que estrangeiros perturbassem o luto de seu vilarejo.

4

Três dias depois, um pequeno furgão do vilarejo, enviado pelo Decano em pessoa, trouxe do necrotério o corpo de Suleyman. Foi um momento terrível. Nunca as pessoas de Kafr Karam tinham vivido uma situação semelhante. O Decano exigiu que o enterro transcorresse na dignidade e estrita intimidade. Só uma delegação de Anciãos, provenientes de uma tribo aliada, foi tolerada no cemitério. Uma vez terminado o funeral, cada um voltou para seu bairro para meditar sobre o sortilégio que arrebatara de Kafr Karam seu ente mais puro, sua mascote e seu pentáculo. Ao cair da tarde, os velhos e os jovens reuniram-se na casa do serralheiro e recitaram versículos até tarde da noite. Mas Yassim e seu bando, que expressavam abertamente sua indignação, não entenderam assim; preferiram encontrar-se em casa de Sayed, o filho de Basheer, o Falcão, um jovem pouco falante e misterioso que diziam ser próximo do movimento integrista e que teria freqüentado, conforme suspeitavam, a escola de Peshawar no tempo dos talebãs. Era um moço alto de cerca de trinta anos, de rosto ascético e imberbe, apenas com um minúsculo tufo de pêlos eriçados no lábio inferior que, acrescido à pinta da face, o embelezava. Morava em Bagdá e só voltara a Kafr Karam em função dos acontecimentos. Chegara na véspera, para assistir ao enterro de Suleyman... Por volta da meia-noite, outros moços insones juntaram-se a ele. Sayed recebeu-os com muita deferência e instalou-os numa grande sala atapetada com esteiras de vime e almofadas. Enquanto todo mundo se servia em cestas cheias de amendoins, tomando chá, Yassim não ficava quieto. Parecia possuído pelo demônio. Seu olhar exacerbado não parava de fustigar as nucas baixas e procurar briga. Como ninguém fazia caso dele, voltou-se diretamente contra seu mais fiel companheiro, Salah, o genro do serralheiro:

— Eu vi que você estava chorando no cemitério.

— É verdade — reconheceu Salah, não sabendo aonde o outro queria chegar.

— Por quê?

— Por que o quê?

— Por que você chorou?

Salah franziu as sobrancelhas:

— Em sua opinião, por que se chora?... Eu estava triste. Chorei porque a morte de Suleyman me doeu. O que há de chocante em chorar por alguém de quem se gostou?

— Isso eu entendi — insistiu Yassim. — Mas por que o choro?

Salah sentia que as coisas lhe escapavam.

— Não estou entendendo a sua pergunta.

— A morte de Suleyman me cortou o coração — disse Yassim. — Mas não derramei uma única lágrima. Não consigo acreditar que você possa se expor dessa maneira. Você chorou como uma mulher, e isso é inadmissível.

A palavra "mulher" abalou Salah. Ele engoliu em seco.

— Os homens também choram — observou ele ao chefe do bando. — Até o Profeta tinha essa fraqueza.

— Isso não me interessa — explodiu Yassim. — Você não devia ter se portado como uma *mulher* — acrescentou ele, enfatizando a última palavra.

Salah levantou-se de uma vez só, escandalizado. Encarou longamente Yassim com um olhar magoado antes de pegar suas sandálias e sair na noite.

Na grande sala, onde se amontoavam cerca de vinte indivíduos, os olhares corriam em todos os sentidos. Ninguém entendia que bicho picara Yassim, por que ele se portava de uma maneira tão abjeta com o genro do serralheiro. Um mal-estar instalou-se no cômodo. Depois de um longo silêncio, Sayed, o dono da casa, pigarreou. Na qualidade de hospedeiro, devia decidir.

Ergueu para Yassim um olhar mordaz:

— Meu pai me contou uma história que, quando criança, não compreendi muito bem. Nessa idade eu não sabia que as histórias tinham uma moral. Era a história de um durão egípcio que reinava como déspota nos bairros pobres do Cairo. Um hércules saído diretamente de uma fundição dos tempos antigos, tão severo com os outros quanto consigo mesmo e cujo bigode enorme lembrava os chifres de um carneiro. Não me lembro mais de seu nome, mas conservei intacta a imagem que fiz dele. Uma espécie de Robin Hood dos subúrbios, tão pronto a arregaçar as mangas como a balançar os ombros na praça infestada de carregadores e condutores de burros. Quando havia um problema entre vizinhos, vinham se submeter a sua arbitragem. Suas decisões eram sem recurso. Mas o durão falava com facilidade. Era vaidoso, tão irascível quanto exigente; como ninguém contestava sua autoridade, ele se autoproclamou rei dos desvalidos e gritava aos quatro ventos que ninguém no mundo era capaz de olhá-lo nos olhos. Suas propostas não caíram nos ouvidos de um surdo. Uma noite, o chefe da polícia convocou-o ao posto. No dia seguinte, era um durão irreconhecível que voltou para casa, de cabeça baixa, os olhos fugidios. Não tinha ferimentos nem vestígios de agressão, mas uma evidente marca da infâmia nos ombros subitamente caídos. Trancafiou-se em seu casebre até que os vizinhos começassem a se queixar de um cheiro forte de decomposição. Quando arrombaram a porta, encontraram o durão estendido em seu catre, morto havia vários dias. Mais tarde, um policial deixou entender que quando o durão se viu diante do chefe da polícia, e sem que este lhe censurasse o que quer que fosse, ele se jogara a seus pés para implorar seu perdão. Ele nunca mais se reergueu.

— E então? — disse Yassim, esperando insinuações.

Sayed esboçou um sorrisinho irônico:

— Meu pai parou a história aqui.

— É qualquer coisa — resmungou Yassim, consciente de seus limites quando se tratava de decifrar as insinuações.

— Foi o que eu pensei no começo. Com o tempo, tentei encontrar uma moral nessa história.

— Posso conhecê-la?

— Não. É minha moral. Cabe a você encontrar uma que lhe convenha.

Com isso, Sayed levantou-se e foi para seu quarto, no andar de cima. Os convivas compreenderam que a noitada estava terminada. Recolheram suas sandálias e deixaram a casa. Só restaram na sala Yassim e sua "guarda pretoriana".

Yassim estava fora de si; considerava-se enganado, desvalorizado diante de seus homens. Nem pensar em ir embora sem esclarecer essa história. Com um aceno de cabeça, despediu os companheiros e subiu para bater à porta de Sayed.

— Não entendi — disse ele a este último.

— Salah também não entendeu aonde você queria chegar — disse-lhe Sayed no patamar.

— Eu estava com cara de besta com seu conto idiota. Aposto que você o inventou e que sua moral é uma bobagem.

— É você que acumula as bobagens, Yassim. E você se porta exatamente como esse durão do Cairo...

— Então, acenda a minha lanterna se você não se incomoda que ponha fogo na sua casa. Detesto que me falem com arrogância, e não vou permitir que ninguém, estou dizendo *ninguém*, me embruteça. Talvez eu não tenha instrução suficiente, mas tenho orgulho para dar e vender.

Sayed não estava intimidado. Ao contrário, seu sorriso acentuava-se à medida que Yassim se zangava.

Disse-lhe, num tom monocórdico:

— Quem se nutre da covardia dos outros aumenta a sua; mais cedo ou mais tarde, ela vai acabar comendo-lhe as tripas e, depois, a alma. Há algum tempo você age como um tirano, Yassim. Você altera a ordem das coisas, não respeita mais a hierarquia tribal; você se insurge contra os mais velhos, envergonha seus parentes, gosta de humilhá-los em público; você eleva o tom de voz por qualquer coisa, tanto que no vilarejo não se ouve mais ninguém a não ser você.

— Por que você quer que eu seja muito atencioso com esses inúteis?

— Você se porta exatamente como eles. Se eles ficam olhando para o próprio umbigo, você fica olhando para seus bíceps. É a mesma coisa. Em Kafr Karam, ninguém tem nada a invejar e nada a censurar a ninguém.

— Eu o proíbo de me associar a esses cretinos. Não sou um covarde.

— Prove-o... Vamos, o que o impede de agir? Há muito tempo, iraquianos lutam com o inimigo. Nossas cidades esmigalham-se todos os dias com carros-bomba, emboscadas e bombardeios. As prisões estão cheias de nossos irmãos, e nossos cemitérios estão saturados. E você, você adota uma atitude agressiva em seu vilarejo perdido; você grita aos quatro ventos seu ódio e sua indignação e, uma vez esvaziado de seu fel, volta para casa e se apaga. É fácil demais... Se você pensa no que diz, una o gesto à palavra e lance-se contra esses americanos imundos. Se não, acalme-se e vá mais devagar.

Segundo minha irmã gêmea Bahia — ela ouviu a história da própria boca da irmã de Sayed que acompanhou o confronto ouvindo na porta —, Yassim retirou-se timidamente sem dizer uma palavra sequer.

Com o cadáver nos braços, Kafr Karam se enrascava em subterfúgios. A morte de Suleyman desorientava-a. Não sabia o que fazer com ele. Sua última proeza datava da guerra contra o Irã, uma geração antes; oito de seus filhos voltaram da frente de batalha em caixões lacrados, proibidos de ser abertos. O que foi enterrado na época? Tábuas, patriotas ou uma parte de sua dignidade? Com Suleyman era outra coisa. Tratava-se de um horrível e comum acidente e as pessoas não chegavam a uma decisão: Suleyman era um mártir ou um pobre coitado que estava no lugar errado, no momento errado?... Os velhos apelavam para o apaziguamento. Ninguém é infalível, diziam eles. O coronel americano estava sinceramente desolado. Seu único erro: não deveria ter falado de dinheiro ao serralheiro. Em Kafr Karam, nunca se fala de dinheiro com alguém que está de luto. Nenhuma compensação poderia minimizar a dor de um pai caído sobre o túmulo de seu filho — sem a intervenção de Doc Jabir, essa história de indenização ter-se-ia transformado em confronto.

Passaram-se as semanas e, pouco a pouco, o vilarejo recuperou seu espírito gregário e sua rotina. O que está feito, está feito. É claro que a morte de um débil mental suscita mais cólera do que dor. Infelizmente não se muda o curso das coisas. Preocupado com a eqüidade, Deus não ajuda Seus santos; só o diabo se preocupa com seus sequazes.

Bom crente, o serralheiro posicionou-se do lado da fatalidade. Viram-no, numa manhã, abrir sua oficina e retomar seu maçarico.

Os debates reiniciaram-se na barbearia e os jovens voltaram ao Safir para matar o tempo com jogadas de dominó, quando as partidas de cartas cansavam. Sayed, o filho de Basheer, o Falcão, não ficou muito tempo entre nós. Seus negócios chamaram-no com urgência à cidade. Que negócios? Ninguém sabia. No entanto, sua passagem rápida por Kafr Karam marcara as mentes; sua franqueza seduzira os jovens e seu carisma forçara o respeito tanto dos grandes como dos pequenos. Mais tarde, nossos caminhos irão se cruzar. Será ele que me fará subir em minha própria estima; ele irá me iniciar nas regras elementares da guerrilha e irá abrir-me totalmente as portas do Sacrifício supremo.

Com a partida de Sayed, Yassim e seu bando voltaram a ocupar a praça, descontentes e agressivos, razão pela qual Omar, o Cabo, não circulava mais nas ruas. Por se tornar a sombra de si mesmo depois do incidente do café, o desertor passava a maior parte do tempo recluso em seu casebre. Quando era obrigado a pôr o nariz para fora, atravessava o vilarejo rapidamente para ir curtir sua vergonha longe das provocações e só voltava para casa ao cair da tarde, geralmente de quatro. Freqüentemente, os garotos surpreendiam-no bebendo no fundo do cemitério ou, então, mergulhado num coma etílico, com os braços em cruz, a camisa aberta sobre a barriga imensa... Depois, sem ruído, saiu de circulação.

Após o enterro de Suleyman, ao qual não assisti, fiquei em casa. As lembranças do lamentável acontecimento atormentavam-me sem descanso. Assim que adormecia, os gritos do soldado negro assaltavam-me. Sonhava com Suleyman correndo, com a coluna ereta, os braços pendentes, o corpo curvando-se ora para um lado, ora para outro. Uma grande quantidade de pequenos gêiseres jorrava de suas costas. No momento em que sua cabeça explodia, eu acordava gritando. Bahia estava na minha cabeceira, com uma bacia para me aplicar compressas. "Não é nada", dizia-me ela. "É só um pesadelo..."

Meu primo Kadem veio me visitar numa tarde. Finalmente se decidira a afastar-se de sua mureta. Trouxe-me fitas cassete. Na primeira vez, estava incomodado. Tinha a impressão de abusar da situação. Para descontrair o ambiente, perguntou-me se o par de sapatos que me dera era do meu número. Respondi-lhe que continuavam na caixa.

— São novos, você sabe?

— Sei — respondi. — Sei, sobretudo, o que representam para você. Seu gesto me comoveu profundamente, obrigado.

Recomendou-me que não ficasse demais no quarto, se quisesse voltar à tona. Bahia tinha a mesma opinião. Precisava vencer o choque e retomar uma vida normal. Eu não fazia questão de sair à rua; tinha medo de que me pedissem que contasse com detalhes o que acontecera no posto de controle, e essa idéia de remexer na ferida com uma faca me apavorava. Kadem não concordava. "Você só tem de dizer para caírem fora", falou-me ele.

Ele continuou a me visitar e passávamos horas a falar de tudo e de nada. Foi graças a ele que, uma noite, tomei coragem e saí de minha toca. Kadem propôs-me que esticássemos as pernas longe do vilarejo. A meio caminho entre Kafr Karam e os pomares de Haitem, o planalto abaixava-se subitamente e uma vasta fenda separava o vale por quilômetros, com o leito marcado por montículos de grés e arbustos espinhosos. O vento, nesse local, descobria seu talento de barítono.

O tempo estava bom e, apesar de uma nuvem de poeira suspensa no horizonte, assistimos a um maravilhoso pôr-do-sol.

Kadem passou-me então os fones de ouvido de seu rádio portátil. Reconheci Fairouz, a diva do Líbano.

— Você está sabendo que voltei a tocar meu alaúde? — confidenciou-me ele.

— É uma excelente notícia.

— Estou compondo alguma coisa neste momento. Vou fazê-lo ouvir quando tiver terminado.

— Uma canção de amor?

— Todas as canções árabes são de amor — disse-me ele. — Se o Ocidente pudesse compreender nossa música, se pudesse apenas nos ouvir cantar, perceber nossa pulsação através de nossas cítaras, nossa alma através dos nossos violinos — se ele pudesse, mesmo que fosse apenas pelo espaço de um prelúdio, ter acesso à voz de Sabah Fakhri, ou de Wadi Es-Safi, ao sopro eterno de Abdelwaheb, ao chamamento langoroso de Ismahane, à oitava superior de Oum Kalsoum; se ele pudesse entrar em comunicação com nosso universo, acho que renunciaria a sua tecnologia de ponta, a seus satélites e a seus exércitos para nos seguir até o fim de nossa arte...

Eu me sentia bem com Kadem. Ele sempre sabia encontrar palavras apaziguadoras, e sua voz inspirada ajudava-me a reerguer a cabeça. Eu estava aliviado por vê-lo renascer. Era um moço magnífico; não merecia arruinar-se ao pé da mureta.

— Eu estava a dois passos de submergir — confessou-me. — Há muitos meses, minha cabeça assemelhava-se a uma urna funerária; as cinzas obscureciam minha visão das coisas, saíam-me pelas narinas e pelos ouvidos. Não via o fim do túnel. Depois, a morte de Suleyman me ressuscitou. Assim — acrescentou ele, estalando os dedos. — Abriu-me os olhos. Não quero acabar sem ter vivido. Até então, não tinha feito outra coisa além de sofrer. Como Suleyman, eu não entendia muito bem o que estava me acontecendo. Mas não quero acabar como ele. A primeira pergunta que me veio à cabeça, quando do anúncio de sua morte, foi: O quê? Suleyman morreu? Por quê? Será que ele existiu realmente? E é verdade, primo. Esse pobre coitado tinha a sua idade. Era visto todos os dias na rua, vagando em seu universo particular. Por vezes correndo atrás de suas visões. E, no entanto, agora que ele não existe mais, pergunto-me se existiu realmente... De volta do cemitério, enquanto me encaminhava maquinalmente para minha mureta, surpreendi-me voltando para casa. Subi para meu quarto, abri o cofre engastado de cobre que evocava um sarcófago no fundo do quarto de despejo, tirei meu alaúde de seu estojo e... garanto-lhe, sem mesmo afinar, pus-me imediatamente a improvisar. Eu estava como que arrebatado, enfeitiçado.

— Morro de vontade de ouvir você.

— Faltam só alguns pequenos retoques a fazer.

— E que nome você deu a essa peça?

Olhou-me nos olhos.

— Sou supersticioso, primo. Não gosto de falar das coisas que ainda não terminei. Mas, para você, vou fazer uma exceção, com a condição de que guarde para si.

— Juro-lhe que guardo.

Seus olhos puseram-se a brilhar na escuridão quando me confidenciou:

— Intitulei-a *As sirenas de Bagdá*.

— As que cantam ou as das ambulâncias?

— Cabe a cada um imaginar.

5

Em Kafr Karam, a vida retomava seu curso, vazia como o jejum. Quando não se tem nada, vive-se com o que se tem — questão de mentalidade. Os homens não são mais do que proezas furtivas, suplícios resignados, Sísifos natos, patéticos e limitados; têm vocação para sofrer, até que a morte chegue.

Assim, os dias seguiam seu caminho, semelhantes a uma caravana-fantasma. Surgiam de lugar nenhum, de manhãzinha, sem muita graça, e desapareciam à noitinha, de forma sub-reptícia, levados pelas trevas. No entanto, as crianças continuavam a nascer, e a morte, a estar atenta ao equilíbrio das coisas. Aos 73 anos, nosso vizinho tornara-se pai pela décima sétima vez, e meu tio-avô morrera em seu leito de velhice, cercado por seus familiares. Essa é a *suna* da existência. O que o vento do deserto leva, a memória restitui; o que as tempestades de areia apagam, nós tornamos a traçar com nossas mãos.

Khaled Taxi dera a mão de sua filha em casamento aos Haitem, cujos pomares ficavam a uma certa distância do vilarejo. Foi uma novidade. Alguns até acharam que era uma farsa. Em geral, os Haitem, pessoas ricas e taciturnas, escolhiam as noras na cidade, junto às famílias emancipadas, que sabem comer à mesa e receber convidados ilustres. Que, subitamente, se voltassem para nós era uma coisa que confundia muita gente. Esse retorno às origens era de bom augúrio. Fazia tempo que eles nos esnobavam, e não íamos fazer o papel de sofisticados agora que um de seus filhos se apaixonara por uma virgem daqui. De toda forma, um casamento em perspectiva, pobre ou não, valia a pena. Enfim um acontecimento feliz, que prometia vingar-nos de um cotidiano insípido, recorrente, mortal pela nulidade!...

No Safir havia novidades. O café fora dotado de um televisor e uma antena parabólica — um presente de Sayed, o filho de Basheer, o Falcão, "para que os jovens de Kafr Karam não percam de vista a trágica realidade de seu país". De um dia para outro, o café mal-afamado se transformara num verdadeiro refeitório para soldados instáveis. Majed, o dono do café, arrancava os cabelos. Seu comércio já era pouco rentável; se, além disso, os fregueses chegavam com seus lanches enormes e suas mochilas, era decididamente o fim de tudo. Os fregueses não se importavam. Desde o amanhecer, sem se darem ao trabalho de lavar o rosto, vinham bater à sua porta para que ele lhes abrisse o estabelecimento; parecia que acampavam na rua. Uma vez ligada a televisão, zapeava-se pela totalidade dos canais para ver como ia a humanidade; em seguida, ligava-se na Al Jazeera e não se mexia mais. Ao meio-dia, o café pululava de jovens excitados. Os comentários e as invectivas chegavam a seu ponto máximo. Cada vez que a câmera apresentava um fragmento do drama nacional, os protestos e os incitamentos ao assassinato abalavam o bairro. Vaiavam-se os partidários da guerra preventiva, aplaudiam-se os antiianques, havia manifestações contrárias aos deputados corruptos, tratados de oportunistas e lacaios de Bush... Nos primeiros lugares, Yassim e seu bando faziam o papel de convidados especiais. Mesmo quando chegavam tarde, encontravam seus lugares vagos. Atrás deles, duas ou três fileiras de simpatizantes. No fundo da sala, a arraia-miúda. O dono do café não sabia o que fazer. Com o rosto apoiado nas palmas das mãos e a garrafa térmica abandonada na ponta do balcão, fixava com um olhar aflito a tropa desocupada estragar seus móveis, numa desordem perturbadora.

Nos primeiros dias, meu primo Kadem e eu íamos ao Safir. Isso nos distraía. Por vezes, na resposta a uma observação anedótica, os risos explodiam, e não há coisa melhor do que uma reflexão fora de propósito para nos pôr de pé. E ver todos esses rejeitados de olhar vazio desopilar o fígado porque um deles cometeu uma gafe era uma terapia de eficácia inimaginável. Mas, com o tempo, as brincadeiras exacerbavam os costumes, e acontecia freqüentemente de um engraçadinho aprender isso a sua custa. Os espertos, que aproveitavam qualquer ocasião para divertir a galera, começavam a criticar o sistema. Como era de esperar, Yassim teve de pôr as coisas em seus devidos lugares.

Caíra a noite fazia um bom tempo e acompanhava-se o noticiário na Al Jazeera. O apresentador do jornal levava-nos para os lados de Fallujah, onde batalhas opunham o exército iraquiano, reforçado pelas tropas americanas, à resistência popular. A cidade sitiada jurara morrer em vez de depor as armas. Desfigurada, coberta de fumaça, ela lutava com uma belicosidade comovente. Falava-se de centenas de mortos, na maioria mulheres e crianças. No café, um silêncio sepulcral trespassava os corações. Assistíamos impotentes a uma verdadeira carnificina; de um lado, soldados superequipados, respaldados por tanques, aviões telecomandados e helicópteros; do outro, uma população entregue a si mesma, refém de um bando de "rebeldes" esfarrapados e famintos que corriam em todas as direções, armados de fuzis e lança-mísseis, imundos... foi então que um jovem barbudo gritou:

— Esses americanos infiéis não vão vencer sempre. Deus vai fazer cair o céu sobre a cabeça deles. Nenhum soldado sairá incólume do Iraque. Eles podem continuar a se exibir, vão acabar como os exércitos ímpios de outrora que foram reduzidos a carne triturada pelos pássaros de Ababill. Deus vai enviar os pássaros de Ababill.

— Bobagens!

O barbudo imobilizou-se, com o pomo-de-adão atravessado na garganta.

Virou-se para o "blasfemador".

— O que foi que você disse?

— Você ouviu muito bem.

O barbudo estava estupefato. Seu rosto congestionado tremia de cólera.

— Você disse "bobagens"?

— Disse, sim! Foi exatamente o que eu disse: bobagens. Nem uma sílaba a menos, nem uma sílaba a mais: bo-ba-gens. Isso lhe traz problema?

Toda a sala dera as costas à televisão para ver aonde os dois moços queriam chegar.

— Você se dá conta do que está dizendo, Malik? — engasgou-se o barbudo.

— Aparentemente é você que profere idiotices, Harum.

Uma agitação percorreu a sala.

Yassim e seu bando acompanhavam com interesse o que estava acontecendo no fundo da sala. Harum, o barbudo, parecia a ponto de sucumbir a uma apoplexia depois de ouvir a insolência blasfematória de Malik que ultrapassava os limites.

— Eu estava falando dos pássaros de Ababill — gemeu o barbudo. — Trata-se de um importante capítulo corânico.

— Não vejo relação com o que está acontecendo em Fallujah — disse Malik, intratável. — O que vejo, nessa tela, é uma cidade sitiada, muçulmanos sob os escombros, sobreviventes à mercê de um foguete ou de um míssil e, em volta, brutamontes sem fé nem lei, pisando em cima de nós, em nosso próprio país. E você nos fala dos pássaros de Ababill. Você tem noção do ridículo?

— Cale-se — pediu-lhe Harum. O diabo está em você.

— É isso — escarneceu Malik com desdém. — Assim que você perde o pé, põe a culpa no diabo. Acorde, Harum. Os pássaros de Ababill morreram com os dinossauros. Estamos no limiar do terceiro milênio e cretinos vindos de fora estão nos arrastando na lama todos os dias que Deus faz. O Iraque está ocupado, meu senhor. Olhe um pouco a televisão. O que ela lhe conta? O que você vê ali, debaixo do seu nariz, enquanto alisa doutamente sua barba? Infiéis estão subjugando muçulmanos, desonrando suas autoridades e pondo seus heróis em prisões onde prostitutas de uniforme lhes puxam as orelhas e os testículos, fazendo-se fotografar para a posteridade... O que Deus está esperando para atacá-los? Faz tempo que eles zombam d'Ele em Sua casa, em Seus templos sagrados e no coração de Seus fiéis. Por que Ele não mexe nem um dedinho quando esses miseráveis bombardeiam nossos mercados e nossas festas, abatem nossa gente como cachorros em cada esquina? Para onde foram Seus pássaros de Ababill que reduziram os exércitos inimigos de outrora a comida de animais ao penetrarem nas terras abençoadas, no dorso de elefante? Estou voltando de Bagdá, meu caro Harum. Poupo-o dos detalhes. Estamos sozinhos no mundo. Só devemos contar conosco. Nenhum reforço vai vir do céu, nenhum milagre vai nos ajudar... Deus tem outras coisas para fazer. De noite, quando prendo a respiração no fundo de minha cama, não O ouço nem mesmo respirar. À noite, a noite inteira lhes pertence. E de dia, quando ergo os olhos ao céu para invocá-Lo, só vejo os helicópteros deles — os pássaros de Ababill deles —, que nos enterram sob seus excrementos incendiários.

— Não há mais dúvida: você vendeu sua alma ao diabo.

— Mesmo que eu a oferecesse numa bandeja de prata, ele não a quereria.

— *Astaghfirou Llah*.

— É isso... Por enquanto os soldados americanos profanam nossas mesquitas, molestam nossos santos e jogam nossas orações no lixo. O que mais é preciso para fazer Seu Deus sair do sério?

— Você esperava o quê, cretino? — berrou Yassim.

Todos os olhares voltaram-se para Yassim.

Ele pôs as mãos nos quadris e encarou o blasfemador com desprezo.

— Você esperava o quê, falador? Hein?... Que o Senhor chegasse sobre seu cavalo branco, com o albornoz ao vento, para lutar com esses anões?... *Nós somos Sua cólera* — explodiu ele.

Seu grito teve o efeito de uma deflagração. Só se ouviram algumas gargantas engolir em seco.

Malik tentou enfrentar o olhar de Yassim, mas não pôde impedir que seu rosto estremecesse.

Yassim bateu no peito com a mão espalmada:

— Somos a cólera de Deus — disse ele num tom cavernoso —, somos Seus pássaros de Ababill... Seus raios e Seus berros. E nós vamos acabar com esses ianques imundos; vamos pisoteá-los até que sua merda saia pelos ouvidos, até que seus cálculos jorrem pelo ânus... Está claro? Será que você entendeu? Será que você entendeu onde está a cólera de Deus, idiota? Está aqui, está em nós. Vamos levar de volta esses demônios para o inferno, um por um, até o último. Isso é tão verdadeiro quanto o dia que surge a leste...

Yassim atravessou a sala enquanto lhe abriam passagem febrilmente. Seus olhos devoravam o blasfemador. Sua respiração lembrava a de uma serpente avançando inexoravelmente sobre sua presa.

Deteve-se diante de Malik, nariz contra nariz, franziu as pálpebras para concentrar o brilho de seu olhar:

— Se um dia eu ouvir você duvidar por um milésimo de segundo de nossa vitória sobre esses cães raivosos, juro diante de Deus e dos camaradas aqui reunidos que vou lhe arrancar o coração só com minha mão.

Kadem puxou-me pela camisa e, com a cabeça, fez sinal para que o seguisse até lá fora.

— Há eletricidade no ar — disse-me ele.

— Yassim está com um fusível queimado. Dez camisas-de-força não seriam capazes de contê-lo.

Kadem estendeu-me seu maço de cigarros.

— Não, obrigado.

— Pegue — insistiu ele. — Vai fazer com que você saia da situação atual.

Ao ceder, percebi que minha mão tremia.

— Ele me dá medo — confessei.

Kadem deu-me o isqueiro antes de acender seu cigarro. Jogou a cabeça para trás e soprou a fumaça ao vento.

— Yassim é um ridículo — disse ele. — Que eu saiba, nada o impede de tomar um ônibus e ir guerrear em Bagdá. Com o passar do tempo, sua encenação vai acabar cansando, se não lhe atrair sérios aborrecimentos... Vamos até em casa?

— Por que não?

Kadem morava numa pequena casa de pedras, atrás da mesquita. Era a casa de seus pais, um casal de velhos sempre doentes. Fez-me subir a seu quarto no primeiro andar. O cômodo era grande e bem iluminado. Havia uma cama de casal cercada de tapetes, um toca-discos estereofônico, *made in* Taiwan, e que parecia minúsculo no meio de duas grandes caixas acústicas, e uma cômoda guarnecida de um espelho oval e de uma cadeira estofada.

No canto perto da porta, erguido sobre uma pele de carneiro muito branca, um alaúde... *O* alaúde — o rei das orquestras orientais, o mais nobre e mais mítico dos instrumentos musicais, aquele mesmo que elevava seus virtuoses à categoria de divindades e transformava espeluncas suspeitas em olimpos. Eu conhecia a história rocambolesca desse alaúde, fabricado pelo avô de Kadem em pessoa, um músico excepcional que fez a felicidade dos habitantes do Cairo nos anos 1940, antes de conquistar Beirute, Damasco, Amã e se tornar uma lenda viva do Machrek ao Magreb. O avô de Kadem tocara para os príncipes e os sultões, para os líderes e os tiranos, enfeitiçara mulheres e crianças e amantes. Contava-se que foi a causa de inúmeros conflitos conjugais na alta sociedade árabe. Aliás, foi um capitão enciumado que, em Alexandria, lhe alojou cinco balas no estômago quando ele se apresentava sob as luzes suaves do Cleópatra, o clube mais famoso da época, por volta do fim dos anos 1950...

Diante do alaúde, como que para se dedicar a um permanente tráfico de influência, uma moldura esculpida destacava-se na mesa-de-cabeceira, expondo a foto de Faten, a primeira esposa de meu primo.

— Ela era bonita, não acha? — disse Kadem, pendurando seu paletó num prego.

— Ela era muito bonita — concordei.

— Essa moldura nunca saiu daí. Mesmo minha segunda esposa deixou-a onde a encontrou. Isso a incomodava, é claro, mas ela se mostrou compreensiva. Uma única vez, na primeira semana de nosso casamento, ela estendeu a mão para virá-la. Não ousava despir-se com esse olhar intenso pousado sobre ela. Depois, pouco a pouco, aprendeu a conviver com... Chá ou café?

— Chá.

— Vou buscar lá embaixo.

Desceu a escada rapidamente.

Aproximei-me da moldura. A jovem noiva sorria, com os olhos tão grandes quanto a festa atrás dela. Seu rosto radioso suplantava a totalidade dos lampiões em volta. Lembro-me de que, quando ela, ainda adolescente, saía com a mãe para fazer compras, nós nos apressávamos a contornar as casas para vê-la passar. Ela era sublime.

Kadem voltou com uma bandeja. Pousou a chaleira sobre a cômoda e começou a nos servir dois copos de chá fumegante.

— Amei-a desde que a vi — surpreendeu-me ele. (Em Kafr Karam nunca se falava dessas coisas). — Eu não tinha sete anos. E nessa idade, sem real antecipação, eu sabia que éramos feitos um para o outro.

Empurrou o copo em minha direção, com os olhos transbordantes de evocações esplêndidas. Estava numa nuvem, com o sorriso amplo, o semblante desanuviado.

— Cada vez que eu ouvia tocarem alaúde, pensava nela. Acho que quis me tornar músico só para cantá-la. Era uma moça surpreendente, generosa e de uma humildade!... Com ela a meu lado, eu não precisava de mais nada. Ela era mais do que tudo o que eu podia esperar.

Uma lágrima ameaçou cair-lhe dos olhos; virou-se imediatamente e fingiu arrumar a tampa da chaleira.

— Bem — disse ele —, e se ouvíssemos um pouco de música?

— Excelente idéia — aprovei, aliviado.

Remexeu numa gaveta e tirou uma fita cassete que pôs no toca-fitas estéreo.

— Escute isto...

Era de novo Fairuz, a diva do mundo árabe, interpretando sua eterna *Passe-me a flauta*.

Kadem estendeu-se na cama, cruzou as pernas e, com o copo de chá na mão, exclamou:

— Nenhum anjo vai lhe chegar aos pés. Não é uma sirena que canta, é o sopro cósmico que se delicia com sua eternidade...

Ergueu-se e me encarou. Seu olhar atravessava-me de um lado a outro, como se eu fosse transparente.

Escutou mais e mais, cada vez mais entusiasmado:

— Você percebe!... Se eu tivesse de pôr uma voz na Redenção, seria a de Fairuz... E ouvi-la como a ouço neste exato instante, saborear sua voz até em seus mínimos frêmitos, é querer, ao mesmo tempo, viver mil anos e morrer imediatamente...

Escutamos a fita cassete até o fim, cada um de nós em seu pequeno universo, semelhantes a dois meninos perdidos em seus sonhos. Os ruídos da rua e a gritaria da criançada não nos atingiam. Flutuávamos por entre as espirais dos violinos, longe, muito longe de Kafr Karam, de Yassim e de seus excessos. O sol inundava-nos com seus favores, cobria-nos de ouro. Em sua moldura, a defunta sorria para nós. Por um momento, achei que a via mexer-se.

Kadem fez um cigarro de haxixe e fumou com deleite. Ria silenciosamente, por vezes cadenciando com uma mão lânguida o sopro inalterado da cantora. Na volta de um refrão, pôs-se a cantar, ele também, com o peito palpitante; tinha uma voz magnífica.

— Quando você vai me deixar ouvir *As sirenas de Bagdá*?

Levantou uma sobrancelha e me apontou um dedo:

— Você não me deixa em paz.

— Você me prometeu.

Virou-se com desdém e disse-me:

— Vou deixar que escute no devido tempo.

Terminada a fita, começou uma outra, depois uma outra das canções antigas de Abdelhalim Hafez às de Abdelwaheb, passando por Ayam Yunes, Najat e outras glórias eternas do *tarab el arabi*.

A noite surpreendeu-nos completamente embriagados de droga e de cantos.

A televisão que Sayed dera aos desocupados de Kafr Karam revelou-se um presente envenenado. Só trouxe para o vilarejo barulho e discórdia. Muitas famílias dispunham de uma televisão. Mas, em casa, com o pai em seu trono e o filho mais velho à sua direita, guardavam-se os comentários para si. No café, era diferente. Podia-se vaiar, debater diversas vezes e mudar de opinião ao sabor das mudanças de humor. Sayed tinha atingido o objetivo. Uma vez que o ódio é tão contagioso quanto o riso, os debates escapavam ao controle, aumentando a distância entre os que estavam no Safir para se divertirem e os que iam para "se instruírem", e foram estes últimos que impuseram sua maneira de ver. Puseram-se a seguir passo a passo, todos juntos, a desgraça nacional. Os cercos de Fallujah, de Basra e os ataques aéreos mortíferos sobre as outras cidades do país mexiam com muita gente. Os atentados horrorizavam por um momento, entusiasmavam na maioria das vezes. As emboscadas bem-sucedidas eram aplaudidas, deploravam-se as escaramuças que não tinham dado certo. A captura de Saddam encantou a assistência num primeiro momento, antes de frustrá-la: o líder apanhado como um rato, irreconhecível com sua barba de mendigo e seu olhar abobalhado, exposto triunfalmente e sem pudor às câmeras do planeta, era, aos olhos de Yassim, a mais grave afronta feita aos iraquianos. Era um monstro, lembravam-lhe. Era, mas um monstro de nossa terra, retorquia Yassim; humilhando-o dessa forma, lança-se o opróbrio sobre os árabes do mundo inteiro.

Não se sabia mais como entender os acontecimentos, qual atentado era uma proeza, qual era proveniente da covardia. O que era vilipendiado na véspera era incensado no dia seguinte. As opiniões entrechocavam-se em apostas inverossímeis cada vez maiores, e tornava-se cada vez mais freqüente chegar-se às vias de fato.

A situação agravava-se, e os Anciãos recusavam-se a intervir publicamente — cada um preferindo reunir seus rebeldes em casa. Kafr Karam passava pelos mais graves mal-entendidos de sua história. Os silêncios e submissões acumulados através das eras e dos regimes despóticos voltavam à superfície, semelhantes aos cadáveres ocultos na lama do rio e que, cansados de apodrecer no fundo das águas turvas, sobem à superfície para chocar os vivos...

Yassim e seu bando — os gêmeos Hassan e Hossein, Salah, o genro do serralheiro, Adel, e Bilal, o filho do barbeiro — desapareceram e o vilarejo experimentou uma quietude relativa.

Três semanas mais tarde, a estação de bombeamento desativada e que se deteriorava a cerca de vinte quilômetros de Kafr Karam foi incendiada por desconhecidos. Contava-se que uma patrulha de polícia iraquiana teria sido atacada e que teria havido mortos entre as forças, dois veículos destruídos e fuzis levados pelos agressores. O boato encarregou-se de elevar a emboscada à categoria de um feito de guerra e, nas ruas, começou-se a falar de grupos furtivos entrevistos aqui e ali beneficiando-se da noite, nunca suficientemente vistos de perto para ser identificados ou capturados. Um clima de tensão manteve os espíritos em alerta. Todos os dias, esperavam-se notícias da "frente de batalha" que, como se supunha, acabava de chegar nas paragens.

Uma noite, pela primeira vez desde a ocupação do país pelas tropas americanas e seus aliados, um helicóptero militar sobrevoou por três vezes a região. Não havia mais dúvida a partir de então; aconteciam coisas por aqui.

No vilarejo, a gente se preparava para o pior.

Dez, vinte dias... Um mês... Nada no horizonte: nem comboio, nem movimentos suspeitos.

Como nenhum ataque forte atingiu o vilarejo, as pessoas relaxaram; os Anciãos retomaram suas cantilenas na barbearia, os jovens, seu barulho no Safir, e o deserto recuperou sua nudez rasante e sua infinita monotonia.

Tudo parecia entrar nos eixos.

6

Khaled Taxi estava muito bem vestido. Usando óculos de sol baratos, o cabelo untado penteado para trás, pavoneava-se na rua dando olhadelas impacientes para seu relógio. Apesar do forte calor, ele estava metido num terno com colete que conhecera belos dias em tempos passados. Uma gravata ridícula, de um amarelo muito vivo listado de marrom, mostrava-se sobre sua barriga. De tempos em tempos, tirava um minúsculo pente do bolso interno do paletó e passava-o no bigode.

— Eles estão chegando? — dizia ele, virando-se para o terraço onde seu filho de catorze anos estava de sentinela.

— Ainda não — respondia-lhe o garoto, com a mão como viseira, apesar de o sol estar às suas costas.

— O que será que eles estão fazendo? Espero que não tenham mudado de idéia.

O menino erguia-se na ponta dos pés e voltava a escrutar ao longe para mostrar ao pai o quanto estava atento.

Os Haitem faziam-se esperar. Estavam com uma hora de atraso e nenhuma poeira se manifestava no meio de seus pomares. O cortejo proveniente de Kafr Karam estava pronto. Cinco veículos polidos e enfeitados esperavam diante do pátio da noiva, as portas abertas por causa do forte calor. Um homem vigiava-os, afastando com um gesto exasperado os garotos que estavam em volta.

Pela enésima vez Khaled Taxi consultou o relógio. Não agüentando mais, juntou-se ao filho no terraço.

Os Haitem não convidaram muita gente em Kafr Karam. Impuseram uma lista bastante reduzida de pessoas escolhidas com cuidado, na qual figuravam o Decano e suas mulheres; Doc Jabir e sua família; Basheer, o Falcão, e suas filhas; e cinco ou seis outras pessoas importantes. Meu pai não teve direito às honras. Furador de poços preferido dos Haitem durante trinta anos — cavara a totalidade dos poços nos pomares, instalara as bombas e os regadores rotativos e traçara um grande número de canais de irrigação —, permanecera, aos olhos de seus ex-empregadores, um simples estranho. Minha mãe não tinha gostado dessa forma de ingratidão, mas o velho, do pé de sua árvore, não se preocupava com isso. De toda forma, ele não tinha muito o que vestir para comparecer à festa.

A noite arrastava-se sobre o vilarejo. O céu estava encastrado de milhares de estrelas. O calor prometia manter seu assédio até tarde da noite. Kadem e eu estávamos no terraço de minha casa, sentados em duas cadeiras rangedoras em torno de uma chaleira. Olhávamos na mesma direção que os vizinhos: os pomares dos Haitem.

Nenhum veículo se decidia a tomar o caminho esbranquiçado, percorrido intermitentemente por colunas de poeira levantadas pelo vento.

Bahia vinha regularmente verificar se tínhamos necessidade de seus serviços. Achei-a um pouco excessiva e notei que ela subia cada vez mais para nos ver, ora trazendo biscoitos, ora enchendo nossos copos. Sua movimentação acabou por me intrigar e não demorei a seguir seu olhar; minha irmã gêmea estava de olho em meu primo. Ela corou violentamente quando a surpreendi sorrindo-lhe, através da janela.

Finalmente, o cortejo chegou, e o vilarejo entrou em transe num alarido de buzinas e de gritos. A rua estava repleta de garotos turbulentos; foi preciso pedir por favor aqui e ali, que permitissem que a Mercedes florida abrisse caminho na confusão. Os Haitem não economizaram nos meios de transporte; os dez carros enviados eram de muitas cilindradas e excessivamente decorados; pareciam árvores de Natal com suas lantejoulas multicolores, suas bolas de gás e seus laços de fitas. Os motoristas usavam o mesmo terno preto e a mesma camisa branca encimada por uma gravata-borboleta. Um cameraman trazido da cidade imortalizava o acontecimento, com sua máquina no ombro e um enxame de garotos em torno dele; flashes explodiam a torto e a direito.

Uma carabina saudou com tiros a saída da noiva, magnífica em seu vestido branco. Uma enorme movimentação atravessou a praça quando o cortejo fez uma pequena volta do lado da mesquita, antes de tomar o caminho carroçável. Os garotos corriam atrás dos carros, gritando com toda a força, e todo esse pessoal acompanhou sua virgem até a saída da cidadezinha, chutando, ao passar, o flanco dos cães vadios.

Kadem e eu estávamos de pé contra a balaustrada do terraço. Olhávamos o cortejo que se afastava; ele, cativo de suas lembranças, eu, ao mesmo tempo divertido e maravilhado. Ao longe, na obscuridade nascente, podiam-se entrever, entre a massa negra dos pomares, as luzes da festa.

— Você conhece o noivo? — perguntei a meu primo.

— Na verdade, não. Cruzei com ele há cinco ou seis anos, em casa de um amigo músico. Não fomos apresentados, mas pareceu-me simples. Nada a ver com o seu pai. Acho que é um bom partido.

— Assim espero. Khaled Taxi é uma pessoa de bem e sua filha é admirável. Você sabe que eu estava de olho nela?

— Não faço questão de saber. Ela pertence a outro de agora em diante e você deve apagar essas coisas da cabeça.

— Falei só por falar.

— Não é nem para falar. Só pensar nisso já é um pecado.

Bahia voltou outra vez, com os olhos brilhantes.

— Você fica para jantar conosco, Kadem? — disse ela com a voz tremendo de emoção.

— Não, obrigado. Os velhos estão um pouco adoentados.

— Você vai ficar para jantar, sim — disse-lhe eu, peremptório. — São quase nove horas, e seria uma afronta despedir-se de nós na hora em que vamos para a mesa.

Kadem comprimiu os lábios, hesitante.

Bahia esperava sua resposta, apertando as mãos.

— Tudo bem — cedeu ele. — Faz muito tempo que não provo a comida de minha tia.

— Fui eu que preparei o jantar — observou Bahia, com o rosto vermelho.

E ela correu pela escada, feliz como uma criança no final do Ramadan.

Ainda não tínhamos acabado de comer quando se ouviu uma explosão ao longe. Kadem e eu levantamo-nos para ver. Vizinhos apareceram nos terraços, logo seguidos pelo resto da família. Na rua, alguém perguntava o que tinha acontecido. Exceto as minúsculas luzes por trás dos pomares, o planalto parecia tranqüilo.

— É um avião — gritou alguém na noite. — Eu vi quando ele caiu.

Um ruído de passos rápidos subiu a rua e afastou-se em direção à praça. Os vizinhos foram esvaziando os terraços para ir em busca de notícias. As pessoas saíam das casas e reuniam-se aqui e ali. Na escuridão, suas silhuetas formavam uma desordem preocupante. *É uma aterrissagem forçada,* diziam uns aos outros. *Ibrahim viu cair um avião em chamas.* A praça do vilarejo pululava de curiosos. As mulheres permaneciam diante da porta de seus pátios, tentando tirar dos que passavam alguns fragmentos de informações. *Um avião caiu, mas muito longe daqui,* garantiam-lhes.

Dois faróis de automóvel emergiram de repente dos pomares e entraram rapidamente no caminho. Estavam chegando até nós a toda a velocidade.

— Isso é mau — disse-me Kadem olhando o veículo louco oscilar no caminho. — Isso é muito mau.

Apressou-se em direção à escada.

O carro quase derrapou ao se precipitar sobre a alça que levava a Kafr Karam. Suas buzinadas chegavam-nos fragmentadas, mas preocupantes. Os faróis agora atingiam as primeiras casas do vilarejo, e as buzinadas jogavam as pessoas contra as paredes. O veículo atravessou o campo de futebol, freou de repente diante da mesquita e teve de patinar por vários metros antes de parar numa nuvem de poeira. O motorista saltou enquanto as pessoas acorriam para ele. Seu rosto estava descomposto e seus olhos, brancos de pavor. Mostrava os pomares com o dedo e balbuciava sons ininteligíveis.

Outro carro chegou atrás; o motorista gritou-nos sem se dar ao trabalho de descer:

— Subam depressa. Precisamos de ajuda na casa dos Haitem. Um míssil caiu na festa.

Quando perceberam a gravidade da situação, as pessoas começaram a correr em todas as direções. Kadem empurrou-me para dentro do segundo carro e entrou a meu lado no banco de trás. Três moços amontoavam-se a nossa volta enquanto dois outros se instalavam na frente.

— É preciso se apressar — gritou o motorista para a multidão. — Se vocês não encontrarem carros, vão a pé. Há muita gente sob os escombros. Peguem o que puderem: pá, cobertores, lençóis, caixas de primeiros-socorros, e não demorem. Eu lhes suplico, andem depressa.

Manobrou ali mesmo e correu para os pomares.

— Você tem certeza de que se trata de um míssil? — perguntou-lhe um passageiro.

— Não sei de nada — disse o chofer, ainda sob o choque. — Não sei absolutamente nada. Os convidados divertiam-se, depois as cadeiras e as mesas voaram como numa borrasca. É louco, demente; não se parece com nada. Corpos e gritos; gritos e corpos. Se não for um míssil, deve ser um raio do céu...

Fui tomado por um mal-estar. Eu não entendia o que estava fazendo nesse carro que corria numa velocidade vertiginosa na noite, não entendia por que aceitara ir ver o horror de perto, eu que mal me refazia de um erro assustador. O suor caía em minhas costas, escorria em minha testa. Eu olhava o chofer, os homens sentados na frente, aqueles a meu lado, Kadem que mordiscava os lábios, e não conseguia acreditar que tivesse podido aceitar acompanhá-los. *Aonde você vai, pobre-diabo?*, gritou-me uma voz interior. Eu não sabia se era meu corpo que se insurgia ou se eram os sulcos do caminho que o sacudiam. Eu me enraivecia contra mim, com os maxilares bloqueados, os punhos agarrados ao medo que estava se formando como uma pasta em meu ventre. *Para onde você está correndo assim, idiota?* À medida que nos aproximávamos dos pomares, o medo aumentava, aumentava, enquanto uma espécie de torpor embotava meus membros e minha mente.

Os pomares estavam banhados numa obscuridade perigosa. Nós os atravessamos como um território maldito. A casa dos Haitem estava intacta. Sombras permaneciam no patamar das escadas, algumas caídas nos degraus, com as mãos na cabeça, outras apoiadas contra a parede. O local do drama estava situado um pouco mais adiante, num jardim no qual uma grande construção, provavelmente um salão de festas, queimava no centro de um monte de ruínas fumegantes. A força da explosão projetara assentos e corpos a cerca de trinta metros ao redor. Os sobreviventes vagavam, em frangalhos, com as mãos para a frente como se fossem cegos. Alguns corpos estavam alinhados na beira de uma aléia, mutilados, carbonizados. Carros iluminavam a matança com seus faróis, enquanto espectros se debatiam no meio dos escombros. Depois, urros, urros intermináveis, pedidos e gritos a ponto de inundar o planeta. Mulheres procuravam seus filhos na confusão; quanto menos obtinham resposta, mais elas se esgoelavam. Um homem ensangüentado chorava, agachado diante do corpo de um familiar.

O enjôo dobrou-me em dois no momento em que pus o pé no chão; caí de quatro e vomitei até as tripas. Kadem tentou me erguer; muito depressa me deixou de lado e correu para um grupo de homens ocupados em socorrer feridos. Encolhi-me ao pé de uma árvore e, com os braços em volta dos joelhos, contemplei o delírio. Outros carros voltavam de Kafr Karam, cheios de voluntários, de pás e de trouxas. A anarquia acrescentava à operação de socorro uma agitação demente. Com as mãos sem proteção, levantavam-se vigas em chamas, pedaços das paredes destruídas, em busca de um sinal de vida. Alguém arrastou um moribundo até onde eu estava. *Sobretudo não adormeça,* suplicava-lhe. Como o ferido mergulhava lentamente no sono, o outro lhe dava bofetadas para impedi-lo de desmaiar. Um homem aproximou-se, inclinou-se sobre o corpo. *Venha, você não fazer mais nada por ele.* O outro continuava a esbofetear o ferido, cada vez com mais força... *Agüente, estou lhe dizendo. Agüente. Agüente o quê?*, disse-lhe o homem. *Você está vendo que ele está morto.*

Levantei-me como um sonâmbulo e corri para o braseiro.

Não sei há quanto tempo estava ali, derrubando e revolvendo tudo em volta. Quando voltei a mim, tinha as mãos ensangüentadas, cheias de equimoses, os dedos esfolados nas juntas; tinha tanta dor que caí de joelhos, com o peito poluído de fumaça e de odores de cremação.

O dia despontava sobre o sinistro.

Do salão devastado, subiam para o céu faixas de fumaça, semelhantes a preces consumadas. O ar estava cheio de exalações horríveis. Os mortos — dezessete, na maioria mulheres e crianças — estavam deitados numa parte do jardim, cobertos por lençóis. Os feridos gemiam aqui e ali, cercados de enfermeiros e de parentes. As ambulâncias tinham chegado pouco antes, e os encarregados das macas não sabiam por onde começar. A confusão diminuíra, mas a exaltação acentuava-se à medida que se percebia a extensão do drama. De tempos em tempos, uma mulher dava um urro e novamente os gritos e os berros recomeçavam. Os homens andavam sem rumo, abobalhados, perdidos. Chegaram os primeiros carros de polícia. Eram iraquianos. O chefe deles foi imediatamente acusado pelos sobreviventes. A situação piorou e projéteis foram lançados sobre os policiais, que voltaram para seus veículos e foram embora. Voltaram uma hora mais tarde, com um reforço de dois caminhões de soldados. Um oficial muito corpulento pediu para falar com um representante da família Haitem. Alguém jogou uma pedra nele. Os soldados atiraram para o alto para acalmar os ânimos. Nesse momento, equipes de televisão estrangeiras sitiaram o local. Um pai de luto mostrou-lhe a carnificina, gritando: "Olhem, só há mulheres e crianças. Celebrava-se um casamento. Onde estão os terroristas?". Puxando um cameraman pelo braço para mostrar-lhe os corpos deitados na grama, prosseguiu: "Terroristas são os sórdidos que lançaram o míssil sobre nós...".

Com as mãos enfaixadas, a camisa rasgada e a calça manchada de sangue, deixei os pomares e voltei para casa a pé, como quando se mergulha na bruma...

7

Eu era uma pessoa emotiva; a dor dos outros me abatia. Era-me impossível passar diante de uma desgraça sem levá-la comigo. Quando criança, freqüentemente chorava em meu quarto hermeticamente fechado, de medo de que minha irmã gêmea — uma *menina* — me surpreendesse banhado em lágrimas. Diziam que ela era mais forte do que eu, menos chorona. Eu não ficava com raiva deles. Eu era assim, e pronto. Um ser de porcelana. Minha mãe me advertia: "É preciso se tornar mais resistente. É preciso deixar de lado as dores dos outros; elas não são boas nem para eles nem para você. Você é muito sensível para se comover com a sorte dos outros...". Era inútil. Não se nasce brutamontes, a pessoa se torna; não se nasce sábio, a pessoa aprende a ser. Quanto a mim, nasci na miséria e a miséria educou-me na partilha. Todo sofrimento entregava-se a mim, tornava-se meu. Para o resto, havia um árbitro no céu; cabia a ele trazer ao mundo os retoques que julgasse necessários, assim como era livre para não levantar nem um dedo.

Na escola, meus colegas de classe consideravam-me um moleirão. Embora me provocassem, eu nunca revidava os golpes. Mesmo quando me recusava a estender a outra face, mantinha os punhos no bolso. Com o passar do tempo, os garotos deixaram-me em paz, desanimados com o meu estoicismo. Na verdade, eu não era um moleirão; eu tinha horror à violência. Quando assistia a brigas, no pátio do recreio, encolhia o pescoço e esperava que o céu caísse em minha cabeça... talvez tenha sido isso que me aconteceu na casa dos Haitem: o céu caiu sobre minha cabeça. Eu dizia para mim mesmo que o sortilégio que acabava de torpedear a festa, de transformar as manifestações de alegria em aterradores gritos de agonia, não ia mais me abandonar. Que nossos destinos estavam selados, unidos na dor até que o pior os separasse. Uma voz repetia-me, batendo-me nas têmporas, que a morte que empestava os pomares viciava ao mesmo tempo minha alma, que eu também estava morto...

Se o acaso decidira que eu viesse aos pomares dos Haitem — ou seja, à terra dos bem-aventurados, à propriedade dos ricaços que nos desprezavam — ver com meus próprios olhos a completa incongruência da existência, medir milimetricamente a inconsistência de nossas certezas, abdicar de corpo e alma diante da precariedade delas, é que, em algum lugar, estava na hora de eu despertar para mim mesmo.

Ninguém mantém seu braseiro numa terra queimada sem chamuscar os dedos ou os pés.

Eu, que não me lembrava de ter tido um ressentimento contra quem quer que fosse, eis que me sentia pronto para morder, inclusive a mão que estivesse tentando me consolar... Mas eu me continha. Estava indignado, doente, coberto de espinhos da cabeça aos pés. Era uma acácia errando nos limbos, o Cristo no paroxismo de seu martírio, e meu calvário girava no vazio, pois eu não compreendia. O que acontecera na casa dos Haitem não tinha sentido. Não se passa da alegria ao luto com um simples estalar dos dedos. A vida não é um passe de mágica, mesmo que freqüentemente só esteja por um fio. Não se morre de qualquer jeito, na volta de um passo de dança; não, o que acontecera na casa dos Haitem não se assemelhava a nada...

À noite, no noticiário, falou-se de um avião telecomandado americano que teria detectado sinais suspeitos à altura do salão de festas. Não especificaram quais. Contentaram-se em mencionar que movimentos terroristas teriam sido apontados anteriormente no setor, tese que os moradores rejeitaram totalmente. A hierarquia americana, no entanto, tentou justificar-se propondo outros argumentos de segurança; depois, cansada de se cobrir de ridículo, acabou por lamentar o engano e apresentar suas desculpas às famílias das vítimas.

O caso parou por aí... Mais uma ocorrência que iria circular pelo planeta antes de ser posta de lado, suplantada por outras enormidades.

Mas, em Kafr Karam, o ódio acabava de desenterrar seu machado de guerra: seis jovens pediram aos crentes que rezassem por eles. Prometeram vingar seus mortos e só retornar depois do último *american boy* ser enviado para casa num saco de lona... Após as despedidas de praxe, os guerreiros saíram na noite e se confundiram com ela.

Algumas semanas mais tarde, o comissário da área foi abatido a bordo de seu veículo de serviço. No mesmo dia, um tanque militar explodiu sobre uma mina artesanal.

Kafr Karam lamentou seus primeiros mártires — seis de uma só vez, surpreendidos por uma patrulha quando se preparavam para atacar um posto de controle.

No vilarejo, a tensão atingia proporções absurdas. Todos os dias, jovens volatilizavam-se. Eu não saía mais à rua. Não suportava mais o olhar dos Anciãos, surpresos por me verem ainda ali enquanto os valentes de minha idade tinham se juntado à resistência, nem o sorriso sarcástico dos adolescentes. Eu me trancava em casa e me refugiava nos livros ou nas fitas cassete que Kadem me enviava. É verdade que tinha ódio, eu não gostava dos coligados, mas não me imaginava atirando contra os sórdidos a torto e a direito. A guerra não era de minha alçada. Não fora concebido para exercer a violência — eu me achava capaz de sofrê-la por mil anos em vez de praticá-la por um dia.

E uma noite novamente o céu me caiu na cabeça. Pensei primeiramente num míssil, quando a porta de meu quarto voara com estardalhaço. Uma descarga de invectivas e de fusos brilhantes enterrou-me. Não tive tempo de estender a mão para o interruptor. Um grupo de soldados americanos acabava de deflorar minha integridade. *Fique deitado! Não se mexa ou arrebento você... De pé!... Fique deitado! De pé! Mãos ao alto! Nem um gesto!* Lanternas me pregavam à cama, enquanto canos me mantinham na mira. *Não se mexa ou estouro-lhe os miolos!...* Esses gritos! Atrozes. Dementes. Devastadores. Eram de desfazê-lo fibra por fibra, de torná-lo estrangeiro para si mesmo... Braços arrancaram-me da cama e jogaram-me violentamente pelo quarto; outros me interceptaram e empurraram-me contra a parede. *Mãos para trás!* O que será que eu fiz? O que está acontecendo? Os soldados americanos arrombaram meu armário, despejaram minhas gavetas, espalharam minhas coisas a pontapés. Meu velho rádio esmigalhou-se debaixo de um coturno. O que está ocorrendo? *Onde você pôs as armas, nojento?* Não tenho armas. Não há armas aqui. *É o que vamos ver, seu porco. Ponham esse nojento com os outros.* Um soldado agarrou-me pela nuca, outro deu-me uma joelhada no baixo-ventre. Eu estava sendo tragado por um tornado, sacudido de um turbilhão para outro; tinha pesadelos de pé, como um sonâmbulo, tomado por espíritos. Eu tinha a vaga sensação de que me arrastavam pelo terraço, que me empurravam pelos degraus da escada; não sabia mais se eu caía ou flutuava... Uma agitação semelhante acontecia no primeiro andar. O choro de meus sobrinhos suplantava o barulho ambiente. Ouvi minha irmã gêmea Bahia protestar antes de se calar subitamente, provavelmente golpeada por uma coronha ou pela mão de um soldado... Minhas irmãs estavam paradas no fundo do corredor de entrada, com a criançada semidespida, lívida. A mais velha, Aicha, segurava seus filhos contra sua saia. Tremia como vara verde e não se dava conta de que seus seios nus estavam para fora do vestido. À sua direita, Afaf, a costureira, vacilava segurando a blusa com os dedos. Tirada brutalmente de seu sono, esquecera a peruca na mesa-de-cabeceira; sua cabeça calva luzia sob o lustre, tão lamentável como o coto de um membro amputado. Tinha tanta vergonha disso que, por sua maneira de encolher o pescoço entre os ombros, parecia que ela procurava se refugiar no próprio corpo. Bahia agüentava bem, com um sobrinho nos braços. Com os cabelos em desordem e o rosto exangue, desafiava em silêncio o fuzil apontado para ela; um filamento de sangue escorria de sua nuca...

Senti que ia desmaiar. Minha mão procurou em vão um apoio.

Fortes insultos irrompiam no fundo do corredor. Minha mãe foi expulsa de seu quarto; levantou-se e partiu imediatamente em socorro do marido inválido. *Deixem-no quieto. Ele é doente.* Os soldados tiraram meu pai. Nunca o vira num estado semelhante. Com uma cueca velha que lhe chegava aos joelhos e sua camiseta gasta, sua desgraça ultrapassava os limites. Era a miséria em marcha, a ofensa em sua grosseria absoluta. *Deixem que eu me vista. Há meus filhos. Não é boa coisa o que vocês estão fazendo.* Sua voz tremida enchia o corredor de uma dor inconcebível. Minha mãe tentava caminhar diante dele, poupar-nos de sua nudez. Seus olhos enlouquecidos imploravam-nos, suplicavam-nos que virássemos de costas. Eu não podia virar-me de costas. Eu estava hipnotizado pelo espetáculo que ambos me apresentavam. Eu nem via os brutamontes que os acompanhavam. Só via essa mãe desvairada e esse pai emagrecido de cueca larga, com os braços pendentes, com o olhar trágico que titubeava sob os ataques. Num último esforço, girou em seus calcanhares e tentou voltar para o quarto para pôr a roupa. E o golpe partiu... Coronha ou punho, que diferença faz? O golpe partiu, a sorte foi lançada. Meu pai caiu de costas, com a camiseta sobre o rosto, a barriga magra, enrugada, acinzentada como a de um peixe morto... e vi, enquanto a honra da família se espalhava pelo chão, o que um filho digno, respeitável, o que um beduíno autêntico nunca deve ver — essa coisa amolecida, repugnante, aviltante; esse território proibido, oculto, sacrílego: o pênis de meu pai rolar de lado, com os testículos por cima do ânus... Não há mais nada a dizer! Depois disso, não há nada, um vazio infinito, uma queda interminável, o nada... Todas as mitologias tribais, todas as lendas do mundo, todas as estrelas do céu acabavam de perder seu brilho. O sol podia continuar a aparecer, mas nunca mais eu distinguiria o dia da noite... Um ocidental não pode compreender, não pode suspeitar a extensão do desastre. Para mim, ver o sexo de meu genitor era transformar minha existência toda, meus valores e meus escrúpulos, meu orgulho e minha singularidade numa grosseira fulguração pornográfica — para mim, as portas do inferno teriam sido menos inclementes!... Eu estava acabado. Tudo estava acabado. Irrecuperável. Irreversível. Eu acabava de estrear a carga da infâmia, de cair num mundo paralelo de onde eu não mais sairia. E me surpreendo odiando esse braço impotente que não sabia revidar as agressões, nem arrumar uma simples roupa de baixo; esse braço grotesco, translúcido e feio que simbolizava minha própria impotência; odiando meus olhos que se recusavam a se virar para o outro lado, que pediam a cegueira; odiando os gritos de minha mãe que me desqualificavam. Olhava para meu pai e meu pai me olhava. Ele devia ler em meus olhos o desprezo que eu tinha por tudo o que tivera valor para nós, a piedade que me inspirava subitamente o ser que eu venerava acima de tudo, apesar de tudo. Eu o olhava como que do alto de uma falésia maldita numa noite de tempestade, ele me olhava do fundo de seu opróbrio; já sabíamos, nesse exato momento, que estávamos nos olhando pela última vez... E *nesse exato momento*, enquanto eu não ousava protestar, soube que mais nada seria como antes, que eu não mais consideraria as coisas da mesma forma, que a besta imunda acabava de urrar nas profundezas de minhas entranhas, que, cedo ou tarde, acontecesse o que acontecesse, eu estava *condenado a lavar a ofensa com sangue* até que os rios e os oceanos se tornassem tão vermelhos como a ferida na nuca de Bahia, como os olhos de minha mãe, como a aparência de meu pai, como a brasa a me queimar as entranhas, já me iniciando ao inferno que me esperava...

Não me lembro do que aconteceu em seguida. Eu não me importava. Um pouco como os destroços de um navio à deriva, eu me deixava ir, ao sabor das ondas. Não havia mais nada a salvar. Os berros dos soldados não mais me atingiam. Seus fuzis e seu empenho pouco me impressionavam. Podiam remover céus e terras, exaltar-se, suplantar o ruído da trovoada; isso não mais me tocava. Eu os via se debaterem através de uma janela envidraçada, num microcosmo de sombras e de silêncio.

Passaram um pente-fino na casa. Nenhuma arma; nem um canivete...

Braços me jogaram na rua onde moços se mantinham agachados, com as mãos na cabeça. Kadem também estava ali. Seu braço estava sangrando. Os gritos de intimidação desencadeavam delírios nas casas em torno.

Soldados iraquianos passavam-nos em revista, com listas na mão, com fotos impressas em folhetos. Alguém me ergueu o queixo, passeou a lanterna por meu rosto, verificou suas fichas e passou para meu vizinho. Afastados, no meio de soldados americanos, suspeitos esperavam para ser levados; estavam deitados de barriga na poeira, com os pulsos atados e a cabeça num saco.

Dois helicópteros sobrevoavam o vilarejo, varrendo-nos com seus projetores. O ruído de suas hélices tinha algo de apocalíptico.

Amanhecia. Os soldados nos levaram para trás da mesquita onde uma tenda acabava de ser montada. Fomos interrogados separadamente, um a um. Oficiais iraquianos mostraram-me fotografias; algumas, de rostos de cadáveres, tiradas em necrotérios ou no local das matanças. Reconheci Malik, o "blasfemador" do outro dia no Safir; tinha os olhos e a boca bem abertos, sangue escorria de seu nariz e se espalhava pelo queixo. Reconheci também um primo afastado, encolhido ao pé de uma luminária, com o maxilar deslocado.

O oficial pediu-me que dissesse minha filiação completa; seu secretário anotou minhas declarações num registro e depois me liberaram.

Kadem esperava-me na esquina. Um corte feio abria-se em seu braço, partindo da ponta do ombro ao pulso. Sua camiseta estava suja de suor e sangue. Contou-me que os soldados americanos estragaram o alaúde de seu avô com um pontapé — um alaúde fabuloso, de um valor inestimável; um patrimônio tribal, e mesmo nacional. Eu o escutava só pela metade. Kadem estava abatido. As lágrimas velavam seu olhar. A voz monótona me era desagradável.

Ficamos ao pé da mureta durante longos minutos, exaustos, sufocados, com as mãos na cabeça. O céu clareava lentamente enquanto no horizonte, como que surgindo de uma fratura aberta, o sol se preparava para se imolar nas próprias chamas. Os primeiros jovens turbulentos começavam a fazer barulho por trás das paredes; daí a pouco iriam tomar de assalto a praça e os terrenos baldios. O zunido dos caminhões anunciava a retirada das tropas. Velhos saíam dos pátios e se apressavam em direção à mesquita. Queriam ter notícias; quem foi detido e quem foi poupado? Mulheres gritavam nas portas, chamavam por seus filhos ou maridos que os soldados levaram. Pouco a pouco, enquanto o desespero se espalhava de um casebre a outro e os soluços se enfiavam por cima dos telhados, Kafr Karam encheu-me de um fel que teria bastado para carregá-lo como numa enchente.

— Eu tenho de ir embora daqui.

Kadem olhou-me espantado.

— Para onde você quer ir?

— Para Bagdá.

— Para fazer o quê?

— Não há só música na vida.

Ele balançou a cabeça e refletiu sobre minhas intenções.

Eu não estava usando roupa nenhuma, a não ser uma camiseta gasta e uma velha calça de pijama. Também estava descalço.

— Será que você pode me fazer um favor, Kadem?

— Depende...

— Preciso pegar minhas coisas em casa.

— E qual é o problema?

— O problema é que não posso entrar em casa.

Ele franziu as sobrancelhas:

— Por quê?

— Não importa. Você quer ir buscar minhas coisas? Bahia vai saber o que pôr em minha sacola. Diga-lhe que vou a Bagdá, para a casa de nossa irmã Farah.

— Não entendo. O que aconteceu? Por que você não pode voltar para casa?

— Por favor, Kadem. Limite-se a fazer o que lhe peço.

Kadem adivinhava que alguma coisa muito grave ocorrera. Certamente pensava num estupro.

— Você quer de fato saber o que aconteceu, primo? — gritei-lhe. — Você realmente faz questão de saber?

— Tudo bem, entendi — resmungou ele.

— Você não entendeu nada. Nada de nada.

As maçãs de seu rosto tremiam quando apontou seu dedo para mim:

— Atenção, sou mais velho que você. Não o autorizo a falar comigo nesse tom.

— Temo que mais ninguém no mundo tenha autoridade sobre mim a partir de agora, primo.

Olhei-o direto nos olhos:

— Pior: a partir deste minuto, deste segundo, não ligo nem um pouco para o que possa me acontecer — acrescentei. — Será que você vai buscar essa droga de sacola ou devo ir embora como estou? Juro que sou capaz de subir no primeiro ônibus vestido só com esta camiseta e esta calça de pijama. Nada mais me importa a partir de agora, nem o ridículo nem o perjúrio...

— Vamos, sente-se.

Kadem tentou pegar-me pelos pulsos.

Eu o afastei.

— Escute — disse-me ele, respirando suavemente para manter a calma. — Veja o que vamos fazer. Vamos para minha casa...

— Quero ir embora daqui.

— Por favor. Escute, escute... Eu sei que você está completamente...

— Completamente o quê, Kadem? Você não sabe de nada. É uma coisa que não se pode imaginar.

— Está bem, mas vamos primeiro para minha casa. Você vai refletir com a cabeça descansada, e depois, se estiver convencido de querer ir embora, eu o acompanharei pessoalmente até a cidade vizinha.

— Por favor, primo — disse-lhe com uma voz átona —, vá buscar minha trouxa e meu cajado de peregrino. É preciso que eu vá dizer duas palavras ao bom Deus.

Kadem entendeu que eu não era mais capaz de escutar o que quer que fosse.

— Está bem — disse ele. — Vou buscar suas coisas.

— Espero-o atrás do cemitério.

— Por que não aqui?

— Kadem, você faz perguntas demais, e estou com dor de cabeça.

De mãos juntas, pediu-me que ficasse tranqüilo e afastou-se sem olhar para trás.

Kadem voltou quando eu acabava de apedrejar um arbusto raquítico.

Depois de vagar no cemitério, sentei-me numa elevação e comecei a desenterrar as pedras em torno, para jogá-las contra o feixe de ramos coberto de poeira e de sacos plásticos.

Cada vez que meu braço se descomprimia, um *ah!* de raiva raspava-me a garganta. Era como se eu derrubasse as montanhas, espantasse a nuvem de maus presságios que se aglutinava em meus pensamentos, mergulhasse a mão na lembrança da véspera para arrancar-lhe o coração.

Por toda parte onde meu olhar se aventurava, ele era interceptado por *essa coisa* abominável entrevista no vestíbulo. Por duas vezes, um mal-estar impetuoso revirou-me o estômago, obrigando-me a me agachar para vomitar. Meu corpo balançava, percorrido por espasmos violentos; de minha boca não saía nada, a não ser um ruído de fera selvagem.

No calor matinal, as cercanias cheiravam mal. Provavelmente um cadáver em decomposição. Isso não me incomodava. Eu não parava de desenterrar as pedras e atirálas contra o arbusto; estava com os dedos lacerados.

Atrás de mim, o vilarejo levantava-se de mau humor; o saco cheio transbordava aqui e ali — um pai descompondo seu moleque levado, um caçula insurgindo-se contra o irmão mais velho. Eu não me reconhecia nessa raiva. Queria alguma coisa que fosse maior do que minha dor, mais extensa do que minha vergonha.

Kadem esgueirou-se por entre os túmulos. De longe, mostrou-me minha sacola. Bahia seguia-o, com um lenço de musselina na cabeça. Usava a roupa preta do adeus.

— Achávamos que os soldados tinham levado você — disse-me ela, com o rosto esculpido em cera.

Evidentemente, ela não viera para me dissuadir de ir embora. Não era do seu feitio. Ela compreendia minhas motivações e, manifestamente, aprovava-as na íntegra, sem reservas nem lamentações. Bahia era uma filha de sua tribo. Mesmo que, na tradição ancestral, a honra fosse um negócio de homens, ela sabia reconhecer e exigir isso.

Arranquei a sacola da mão de Kadem. A brutalidade de meu gesto não passou despercebida por minha irmã. Ela não a condenou:

— Pus duas camisetas, duas camisas, duas calças, meias e seu *nécessaire* de toalete...

— Meu dinheiro?

Ela tirou de seu seio um pequeno maço cuidadosamente dobrado e amarrado, estendeu-o para Kadem, que o entregou logo depois:

— Unicamente meu dinheiro — disse eu a minha irmã. — Nem um centavo a mais.

— Aí dentro só tem suas economias, eu lhe garanto... Pus um boné também — acrescentou ela, reprimindo um soluço. — Por causa do sol.

— Muito bem. Agora, virem de costas, para que eu troque de roupa.

Pus uma calça de listras finas, minha camisa xadrez e os sapatos que meu primo me dera.

— Você esqueceu meu cinto.

— Está na parte externa da sacola — disse-me Bahia. — Com a lanterna de bolso.

— Muito bem.

Acabei de me vestir e depois, sem olhar para minha irmã e meu primo, peguei minha sacola e desci uma ladeira em direção à pista carroçável. *Não se vire para trás*, intimava-me uma voz interior. *Você já está em outro lugar. Não há nada para você aqui. Não se vire para trás.* Eu me virei para trás... vi minha irmã de pé na colina, fantasmática em sua roupa que o vento enrolava, e meu primo, com as mãos nos quadris, com a cabeça baixa. Voltei. Minha irmã veio se aninhar contra mim. Suas lágrimas inundaram minha face. Sentia seu corpo sem energia estremecer em meus braços.

— Eu lhe peço — disse-me ela —, cuide-se.

Kadem abriu os braços para mim. Lançamo-nos um contra o outro. Nosso abraço durou uma eternidade.

— Você tem certeza de que não quer que eu o acompanhe até o vilarejo vizinho? — perguntou-me ele, com a garganta apertada.

— Não é preciso, primo. Conheço o caminho.

Saudei-os com a mão e apressei-me em chegar à estrada.

Não me virei mais para trás.

Parte II

BAGDÁ

8

Eu andara até o cruzamento dos caminhos que ficava a cerca de dez quilômetros do vilarejo. De tempos em tempos, me virava para trás na esperança de ver chegar um veículo; nenhuma nuvem de poeira elevava-se sobre a estrada. Eu estava sozinho, infinitesimal no meio do deserto. O sol arregaçava as mangas. O dia anunciava-se muito quente.

Havia um ponto de ônibus improvisado na bifurcação. Anteriormente, o ônibus que ia para Kafr Karam parava ali. Agora, o lugar parecia abandonado pelos homens e pelos animais. A cobertura de folha ondulada rompera-se, e placas de ferragem pendiam por cima do banco. Sentara-me na sombra e esperara por duas horas — nenhum movimento no horizonte.

Prosseguira em meu caminho até uma alça utilizada em geral pelos caminhões-frigoríficos que abasteciam de frutas e legumes as localidades da região. Desde o embargo, seus deslocamentos diminuíram consideravelmente, mas acontecia de um comerciante ambulante passar por ali. Era um bom estirão, e o calor crescente estava me matando.

Avistei duas manchas negras num outeiro acima da alça. Eram dois rapazes de cerca de vinte anos. Mantinham-se de cócoras sob o sol, imóveis e impenetráveis. O mais moço lançou-me um olhar alerta; o outro traçava círculos na poeira com um pedaço de galho. Usavam a mesma calça de *jogging* de um branco duvidoso e camisa amarrotada e encardida. A seus pés, havia um grande saco que parecia uma presa abatida.

Sentei-me num montículo de areia e fingia ajeitar os cordões dos sapatos. Uma sensação esquisita invadia-me cada vez que erguia os olhos para os dois estranhos. O mais moço tinha uma maneira desagradável de se curvar sobre seu companheiro para sussurrar-lhe coisas no ouvido. Este último balançava a cabeça, sem parar de movimentar o galho. Uma única vez lançou-me um olhar que me deixou pouco à vontade. No final de uns vinte minutos, o mais moço levantou-se bruscamente e veio em minha direção. Seus olhos ensangüentados tocaram-me e senti um bafo quente açoitar-me o rosto. Passou diante de mim e foi urinar numa moita ressecada.

Fiz de conta que consultava meu relógio e voltei para a estrada, apressando o passo. Tinha uma vontade louca de me virar para trás, mas fiquei firme. Depois de me afastar suficientemente, verifiquei se me seguiam. Estavam de novo no outeiro, acocorados sobre seu saco, semelhantes a duas aves de rapina vigiando um cadáver em decomposição.

Alguns quilômetros mais adiante, uma caminhonete alcançou-me. Fiquei do lado da estrada e fiz sinal com o braço. A caminhonete quase me derrubou e passou numa barulheira de ferragens e de válvulas cansadas. Na cabine, reconheci os dois indivíduos de antes. Olhavam para a frente.

Por volta do meio-dia, eu estava esgotado. O suor fumegava sobre minhas roupas. Fui para baixo de uma árvore — a única em léguas ao redor — sobre uma elevação. Seus galhos espinhosos e depenados listavam o solo com uma sombra esquelética. Fiquei debaixo dela como um camelo que se lança numa poça d'água.

A fome e a sede acentuaram meu cansaço. Tirei os sapatos e deitei-me sob a árvore de modo a não perder de vista a estrada. Precisei esperar horas antes de descobrir, ao longe, um veículo. Só era ainda um ponto acinzentado que se esgueirava por entre as reverberações, mas reconhecera-o pelas cintilações que refletia intermitentemente. Calcei logo os sapatos e corri para a estrada. Para minha grande decepção, o ponto mudou de direção e parou à distância.

Meu relógio indicava quatro horas. O vilarejo mais próximo estava a cerca de quarenta quilômetros ao sul. Para chegar lá, eu tinha de abandonar o caminho carroçável e não tinha interesse em demorar por essas paragens. Voltei para a árvore e esperei.

O sol declinava quando um novo ponto vivo apareceu no horizonte. Julguei prudente assegurar-me de que avançava em minha direção antes de deixar meu refúgio. Era um caminhão que jogava de um lado para o outro e sem pára-lamas. Chegava perto de mim. Apressei-me em interceptá-lo, pedindo aos santos padroeiros que não deixassem de me ajudar. O caminhão diminuiu a marcha. Ouvi seus discos de freio ranger a ponto de se desconjuntarem.

O motorista era um homenzinho desidratado, com o rosto como se fosse de papel machê e os braços magros como baguetes de pão. Transportava caixotes vazios e colchões usados.

— Quero ir para Bagdá — disse-lhe eu, subindo no estribo.

— Não é logo ali, moço — disse ele depois de me encarar. — De onde você está vindo?

— De Kafr Karam.

— Ah!, o fim do mundo. Paro em Basseel. Não é exatamente o melhor caminho, mas há táxis que transitam por lá.

— É conveniente.

O chofer me observou com desconfiança.

— Será que posso dar uma olhada no que você tem em sua sacola?

Dei-lhe o saco pela janela. Abriu-o sobre o painel e verificou minuciosamente o conteúdo.

— Bom, entre pelo outro lado.

Agradeci e dei a volta pela frente. Ele inclinou-se para me abrir a porta cujo trinco exterior não existia. Instalei-me no banco do carona, ou mais exatamente no que dele restava.

O chofer deu a partida num engasgo metálico.

— Você não tem um pouco d'água?

— Bem atrás de você há um odre. Se tiver fome, sobrou um pedaço do meu lanche e está no porta-luvas.

Ele deixou que eu matasse a sede e comesse em paz. Um certo pesar entristecia seu rosto macilento.

— Não me leve a mal por ter mexido em suas coisas. Não quero aborrecimentos. Há tanta gente armada que vagueia pelas estradas...

Eu não disse nada.

Percorremos quilômetros em silêncio.

— Você não é muito falante, não é? — disse o motorista, que talvez esperasse um pouco de companhia.

— Não.

Sacudiu os ombros e me esqueceu.

Entramos numa estrada asfaltada, cruzamos com alguns caminhões que iam a toda a velocidade no sentido contrário, raros táxis Toyota desconjuntados, pintados de laranja e branco, carregados de passageiros. O chofer batia com os dedos no volante, com a cabeça longe. O vento da corrida fazia uma mecha de cabelo branco cair sobre sua testa.

Num posto de controle, soldados obrigaram-nos a deixar o asfalto e usar uma estrada traçada recentemente por *bulldozer*. O caminho era ondulado, razoavelmente construído, tendo por vezes desvios tão próximos que era impossível avançar a mais de dez quilômetros por hora. O caminhão balançava nas crateras e quase quebrava sua suspensão. Não tardamos a nos juntar a outros veículos desviados pelo posto de controle. Um furgão roncava no acostamento, com o capô levantado; seus passageiros, mulheres com véu preto e crianças, desceram para olhar o motorista às voltas com o motor.

Ninguém parou para ajudá-los.

— Você acha que há confusão na estrada nacional?

— Não estaríamos andando tranqüilamente — disse-me o motorista. — Eles nos teriam passado ao pente-fino primeiro e, depois, nos deixado torrar ao sol e, talvez, passar a noite ao relento. Trata-se provavelmente de um comboio militar. Para evitar que carros de camicases os ataquem, os soldados desviam todo mundo para estradas de terra, inclusive as ambulâncias.

— Vai ser um grande desvio?

— Nem tanto. Chegaremos a Basseel antes do anoitecer...

— Espero encontrar um táxi para Bagdá.

— Um táxi, de noite?... Há um toque de recolher e está em vigor. Desde que o sol se põe, o Iraque todo tem de se esconder. Pelo menos seus documentos estão com você?

— Estão.

Passou o braço pela boca e disse-me:

— Vão lhe servir.

Desembocamos numa estrada antiga, mais larga e nivelada. Os veículos começaram a correr para tirar o atraso. Levantavam colunas de poeira e muito depressa se distanciaram de nós.

— É a companhia que eu abastecia de alimentos antes — disse o chofer, mostrando com o queixo um acampamento militar no alto de uma colina.

A caserna estava aberta aos quatro ventos, com as muralhas desmoronadas; podia-se ver o acampamento com as janelas e as portas levadas pelos ladrões. O bloco de alvenaria, que devia abrigar o comando e a administração da unidade, parecia ter sido varrido por um terremoto. Os telhados não eram mais do que um monte de vigas enegrecidas. As fachadas esburacadas apresentavam o efeito dos mísseis destruidores de abrigos. Uma avalanche de papelada escapara dos escritórios para ir se amassar contra as grades, atrás dos hangares. Tanques bombardeados expunham suas carcaças no estacionamento, enquanto uma caixa-d'água montada sobre uma armação metálica, provavelmente serrada na base por um obus, destruía um mirante carbonizado. No frontão do que foi uma caserna moderna, o retrato de um Saddam Hussein bochechudo, com um sorriso carnívoro, lascara-se sob a fúria das metralhadoras.

— Parece que os nossos não deram um único tiro. Eles fugiram como coelhos antes da chegada das tropas americanas. Que vergonha!

Eu contemplava o amontoado de ruínas sobre a colina que a areia invadia sorrateiramente. Um cão saiu da guarita diante da entrada principal da caserna, marrom e esfomeado, espreguiçou-se, e, depois, com o focinho rente ao chão, desapareceu atrás de um monte de entulho.

Basseel era um povoado espremido entre dois enormes rochedos polidos pelas tempestades de areia. Encolhia-se no fundo de uma bacia que, no auge do calor, lembrava uma sauna. Seus casebres de barro agarravam-se desesperadamente aos flancos das colinas, separadas umas das outras por um emaranhado de ruelas tortuosas, largas o suficiente para passar uma charrete. A avenida central, talhada no leito de um rio que deixou de existir desde a Idade da Pedra, atravessava-o rapidamente. Uma bandeira preta sobre os telhados indicava que a comunidade era xiita, para se diferenciar dos procedimentos dos sunitas e se alinhar ao lado dos bajuladores do novo regime.

Desde que os postos de controle balizaram a rodovia nacional, diminuindo dessa forma a velocidade do tráfego e transformando um simples passeio numa interminável expedição, Basseel se tornara um lugar de parada obrigatória para os usuários da estrada. Tabernas e cafés, que uma sucessão de lampiões anunciava a quilômetros na noite, surgiram como cogumelos na periferia. Mais abaixo, o vilarejo estava mergulhado na escuridão. Nenhum poste iluminava as ruelas.

Cerca de cinqüenta veículos, na maioria caminhões-tanque de combustível, espremiam-se num estacionamento improvisado na entrada do povoado. Uma família acampava um pouco afastada, perto de seu furgão. Garotos dormiam aqui e ali, enrolados em lençóis. Num setor isolado, caminhoneiros acenderam uma fogueira e conversavam ao redor de uma chaleira; suas sombras vacilantes entrecruzavam-se numa dança reptiliana.

Meu benfeitor conseguiu se esgueirar de qualquer jeito no meio dos veículos estacionados e pôs seu caminhão nas proximidades de um café com ares de refúgio de bandidos. Havia cadeiras e mesas espalhadas num pequeno pátio já ocupado por um grupo de viajantes de rosto pálido.

No meio do ruído das vozes, ouvia-se um rádio emitindo velhas canções do Nilo.

O motorista convidou-me a segui-lo num bar vizinho, escondido sob um conjunto de toldos e palmas carcomidas. A sala estava cheia de pessoas hirsutas e empoeiradas, amontoadas em mesas vazias. Havia algumas que estavam sentadas no chão, com fome demais para esperar que uma cadeira ficasse livre. Toda essa confraria de náufragos reunia-se em torno de seus pratos, com os dedos escorrendo molho e os maxilares caídos; eram camponeses e caminhoneiros castigados pelas estradas e pelos controles que tentavam recuperar as forças para enfrentar os dissabores futuros. Todos me faziam lembrar de meu pai, pois tinham no rosto a marca que não engana: o selo dos vencidos.

Meu benfeitor deixou-me na entrada do estabelecimento, passou por cima de alguns homens que estavam jantando e se aproximou do balcão onde um cara grande, de *djelaba*, tomava nota dos pedidos, fazia o troco e repreendia os garçons ao mesmo tempo. Circulei o olhar pela sala na esperança de avistar um conhecido. Não reconheci ninguém.

O motorista voltou com a expressão perturbada:

— Bem, preciso deixá-lo agora. Meu cliente não vai chegar antes de amanhã à noite. Você vai precisar se virar sem mim.

Estava dormindo debaixo de uma árvore quando o ruído dos motores me despertou. O céu ainda não estava claro e os caminhoneiros já manobravam nervosamente para sair do estacionamento. O primeiro comboio descia o caminho abrupto que contornava o vilarejo. Corri de um veículo para outro em busca de um motorista caridoso. Nenhum aceitou me levar.

Um sentimento de frustração e de raiva me invadia à medida que o estacionamento se esvaziava. Meu desespero beirou o pânico quando não restaram senão três veículos; um furgão de uma família, cujo motor não queria pegar, e dois carros velhos desocupados; seus passageiros provavelmente estavam comendo num café. Esperei a volta deles, ansioso.

— Ei! — disse-me um homem de pé diante da entrada do café. — O que você está fazendo perto de meu carro? Afaste-se imediatamente, senão lhe arranco os testículos.

Com a mão, fez-me sinal para que me distanciasse. Achava que eu era um ladrão. Encaminhei-me para ele, com minha sacola nas costas. Ele pôs as mãos nos quadris e observou-me com aversão enquanto eu me aproximava.

— Não se pode mais tomar um café tranqüilamente?

Era um tipo alto e magro de rosto acobreado. Usava uma calça de brim limpa e um paletó xadrez aberto sobre um suéter de lã verde-garrafa. Tinha no pulso um grande relógio incrustado numa pulseira dourada. Parecia um policial, com seu jeito de olhar de cima e seu riso forçado de brutamontes.

— Quero ir para Bagdá — disse-lhe eu.

— Não tenho nada a ver com isso. Não se aproxime de meu carro, o.k.?

Virou-me as costas e voltou para uma mesa próxima da entrada. Voltei para o caminho pedregoso que contornava o vilarejo e fui ficar à sombra de uma árvore.

Passou um primeiro veículo, tão cheio que não tive coragem de segui-lo com os olhos enquanto se sacudia em direção ao norte.

O furgão, cujo motor funcionava mal ainda há pouco, quase me atropelou ao descer a estrada num rangido de ferragens.

O sol surgiu por trás da colina, pesado e ameaçador. Mais embaixo, perto do vilarejo, as pessoas emergiam dos retiros solitários.

Um veículo apareceu. Levantei-me e estendi o braço pedindo carona. O carro passou por mim, andou uns cem metros; quando já me aprontava para sentar de novo, ele parou. Eu não entendi se era para mim ou se se tratava de um problema mecânico. O motorista buzinou, depois pôs a mão para fora da porta do carro e me fez sinal para que eu viesse. Peguei minha sacola e comecei a correr como se fosse para não perder a melhor oportunidade da vida.

Era o homem do café, o que achara que eu era um ladrão.

— Cinqüenta notas e eu levo você até Al Hillah — propôs-me ele, sem rodeios.

— Tudo bem — concordei, contente por dar o fora de Basseel.

— Posso ver o que você tem na bagagem?

— Só roupas, senhor — disse-lhe eu, esvaziando o conteúdo da sacola sobre o capô.

O homem observou-me com o semblante inexpressivo. Levantei a camisa para lhe mostrar que não escondia nada na cintura. Ele balançou a cabeça e, com o queixo, convidou-me a entrar no carro.

— De onde você vem?

— De Kafr Karam.

— Nunca ouvi falar... Passe-me o maço de cigarros que está no porta-luvas.

Fiz o que me mandou.

Acendeu o cigarro e soltou a fumaça pelas narinas. Depois de me olhar insistentemente, deu a partida no carro.

No fim de uma meia hora de corrida, durante a qual se perdera em seus pensamentos, lembrou-se de mim:

— Por que você não diz nada?

— É meu temperamento.

Acendeu outro cigarro e voltou à carga:

— Nos tempos atuais, são os que menos falam que agem mais... Você vai a Bagdá para se engajar na resistência?

— Vou para a casa de minha irmã... Por que você diz isso?

Ele girou o retrovisor em minha direção:

— Olhe para você aqui, meu rapaz. Você parece uma bomba a ponto de explodir.

Olhei no retrovisor e só vi dois olhos ardentes num rosto torturado.

— Vou para a casa de minha irmã — repeti.

Ele recolocou maquinalmente o retrovisor no lugar devido e balançou os ombros.

— Eu não tenho nada a ver com isso.

E me ignorou.

Depois de uma hora de poeira e de buracos, chegamos à rodovia nacional. Eu estava aliviado de encontrar o asfalto e livrar-me dos solavancos que me massacravam as vértebras. Ônibus e carretas apostavam corrida em alta velocidade. Cruzamos com três carros de polícia; seus ocupantes pareciam descontraídos. Atravessamos um lugarejo superpovoado com muitas barracas na calçada. Um policial de uniforme disciplinava a aglomeração, com o boné posto para trás, a camisa suada nas costas e nas axilas. No centro no vilarejo, um ajuntamento obrigou-nos a diminuir a velocidade; era uma feira ambulante sitiada pela multidão. As donas-de-casa vestidas de preto saqueavam as barracas com a mão ousada, mas o cesto freqüentemente vazio. O odor dos legumes estragados, conjugado ao calor tórrido e às nuvens de moscas que se espalhavam sobre os amontoados de comida, dava vertigem. No final da praça, num ponto de ônibus, assistimos a um enorme empurra-empurra em torno de um coletivo; apesar dos golpes de cinturão que desferia a torto e a direito, o cobrador não conseguia conter o assalto dos passageiros.

— Olhe para esse gado — suspirou meu motorista.

Eu não concordava, mas não fiz nenhum comentário.

A estrada alargava-se a uns cinqüenta quilômetros mais adiante. De duas, passou para quatro pistas e encheu-se rapidamente. Em determinados lugares, avançava-se pára-choque contra pára-choque por causa dos postos de controle. Por volta do meio-dia, ainda não tínhamos percorrido a metade do caminho. De tempos em tempos, encontrávamos a carcaça de um reboque calcinado, posto no acostamento para liberar a passagem ou, então, enormes manchas negras indicavam o lugar em que veículos tinham sido surpreendidos por explosões ou intensa troca de tiros. Fragmentos de vidro, pneus furados e pedaços de ferro alinhavam-se ao longo da via. Numa curva, encontramos os restos de um Humvee americano caído num fosso, provavelmente fulminado por um foguete, pois o lugar era muito conveniente para emboscadas.

O motorista sugeriu-me pararmos para comer. Optou por um posto. Depois de encher o tanque, convidou-me para me refrescar numa espécie de quiosque reformado para ser um bar. O garçom serviu-nos duas sodas razoavelmente geladas e espetinhos duvidosos num sanduíche escorrendo suco de tomate que me virou o estômago. Quis pagar minha parte, mas o motorista recusou com as costas da mão. Descansamos cerca de vinte minutos e retomamos a estrada.

O motorista pusera óculos escuros e dirigia como se estivesse sozinho no mundo. Instalei-me em meu assento deixando-me embalar pelo ronco do motor...

Quando voltei a mim, os veículos não andavam mais. A confusão reinava numa entrada, debaixo de um sol forte.

As pessoas saíram dos carros e resmungavam sua impaciência na pista.

— O que está acontecendo?

— Acontece que estamos prestes a ter dificuldades que vão nos atrasar.

Um helicóptero sobrevoou-nos em vôo rasante antes de virar bruscamente com um ruído assustador. Deu voltas por cima de uma colina, ao longe, e posicionou-se em vôo estacionário. De repente, liberou um par de foguetes que cortou o ar com um silvo estridente. Vimos duas colunas de chamas e de poeira se elevarem sobre um cume. Imediatamente, um arrepio espalhou-se pela estrada e as pessoas apressaram-se a voltar para os carros. Alguns perderam o sangue-frio e fizeram meia-volta, provocando uma reação em cadeia que, em menos de dez minutos, reduziu pela metade a fila de espera.

Meu motorista acompanhou com um olhar divertido o pânico que se apoderava dos viajantes e aproveitou para avançar várias centenas de metros.

— Não há perigo — garantiu-me ele. — O helicóptero está aqui para espantar a caça. De alguma forma, o que indica é falso. Se fosse sério, haveria pelo menos dois Cobra para se darem cobertura mutuamente... Fui "blusão negro" durante oito meses. Conheço muito bem os truques dos americanos.

De repente, empolgou-se:

— Fui intérprete nas tropas americanas. "Blusão negro" por causa do blazer que nos dão, a nós, os colaboradores... De toda forma, nem pensar em dar meia- volta. Al Hillah só está a cem quilômetros de distância e não tenho vontade de passar outra noite ao relento. Se você estiver com medo, pode descer.

— Não tenho medo.

O tráfego normalizou-se uma hora mais tarde. Ao chegar à altura do posto de controle, entendemos um pouco as razões que levaram à confusão. Havia dois corpos estendidos sobre um aterro, crivados de balas; usavam calça de *jogging* branca e camisa encardida. Eram os dois homens que, na véspera, perto de Kafr Karam, esperavam um veículo, de cócoras num outeiro e com um grande saco a seus pés.

— Mais um erro — resmungou o motorista. — Os *boys* atiram primeiro e verificam em seguida. Foi uma das razões que me levaram a pedir demissão.

Eu estava com os olhos fixos no retrovisor, incapaz de desviar meu olhar dos dois cadáveres.

— Oito meses, estou lhe dizendo — prosseguiu ele. — Oito meses suportando a arrogância e os sarcasmos idiotas deles. Os *boys* são só propaganda hollywoodiana. Têm tanto escrúpulo quanto um bando de hienas postas num curral. Eu os vi atirando em crianças e velhos como se treinassem com alvos de papelão...

— Eu vi isso.

— Não acredito, garoto. Se você ainda tem bom senso, é porque não viu grande coisa. Quanto a mim, quase fiquei louco. Tinha pesadelos todas as noites. Era intérprete de um batalhão regular. Querubins, em relação aos *marines*. E bastou. Além disso, riam de minha cara e me tratavam como um merda. Para eles, eu não era mais do que um traidor de minha nação. Levei oito meses para perceber. Uma noite, fui ver o capitão para lhe dizer que ia voltar para casa. Perguntou-me o que não estava dando certo. Respondi-lhe: tudo. Na verdade, eu não queria de modo algum me parecer com esses caubóis mal-humorados e limitados. Mesmo vendido, valho mais do que isso.

Policiais e soldados faziam sinais em nossa direção para que acelerássemos um pouco. Não controlavam ninguém, ocupados demais em liberar a estrada. O motorista acelerou.

— Eles acham que somos retardados — resmungou ele. — Nós, os árabes, os seres mais fabulosos da Terra, que demos tanto ao mundo, que o ensinamos a não assoar o nariz à mesa, a se limpar, a cozinhar, a calcular, a tratar da saúde... O que conservaram de nós, esses degenerados da modernidade? Uma caravana de dromedários no alto das dunas ao anoitecer? Um homem gordo de roupa branca acetinada e de *keffieh*, desperdiçando seus milhões nos cassinos da Côte d'Azur? São clichês, caricaturas...

Mortificado por suas próprias palavras, acendeu um cigarro e me ignorou até nossa chegada a Al Hillah. Levou-me diretamente para o terminal de ônibus, com pressa de se livrar de mim:

— Boa sorte, garoto.

Tirei o maço de notas amarrado do bolso de trás de minha calça para lhe pagar.

— O que você está fazendo? — perguntou-me ele.

— Bem, suas cinqüenta notas.

Recusou-se a aceitar meu dinheiro com o mesmo gesto de mão que usara antes no posto.

— Guarde seu dinheiro para você, meu rapaz. E esqueça o que lhe disse. Conto bobagens desde que fiquei meio louco. Você nunca me viu, está bem?

— Tudo bem.

— Agora, vá embora.

Ajudou-me a pegar minha sacola, deu meia-volta na praça e deixou o terminal sem um gesto de adeus.

9

O ônibus fazia um grande esforço para andar. Era um veículo velho, barulhento e quente, fedendo a óleo diesel e a borracha superaquecida; dava a impressão de ter chegado ao fim da vida. Não andava, arrastava-se como um animal ferido prestes a morrer. Cada vez que diminuía a marcha, meu coração se apertava. Será que ele ia nos deixar em pleno deserto? Debaixo de um sol inclemente, dois pneus furados e uma avaria no motor atrasaram-nos consideravelmente. Os estepes não prognosticavam nada de bom; estavam tão lisos e tão pouco confiáveis quanto os pneus que tinham furado.

O chofer estava exausto; estava caindo quando guardou o macaco. Eu não tirava os olhos dele. Com a mão num curativo por causa de uma roda recalcitrante, parecia muito mal; eu temia que ele sucumbisse ao volante. De vez em quando, levava à boca uma garrafa d'água e bebia por muito tempo sem se preocupar com a estrada, e depois começava a se enxugar com uma toalha presa no encosto de seu banco. Devia ter uns cinqüenta anos, mas parecia dez anos mais velho, com seus olhos fundos num crânio ovóide, calvo, cabelos brancos nas têmporas. Não parava de insultar os maus motoristas com que cruzava.

No ônibus, havia silêncio. O ar-condicionado não funcionava, e a bordo reinava um calor mortal. Todas as janelas estavam abertas, e os passageiros estavam prostrados em seus assentos. A maioria deles adormecera; o resto via a paisagem passar com um olhar ausente. Três fileiras atrás de mim, um jovem com a testa franzida obstinava-se em mexer em seu rádio portátil, passando sem parar de uma estação a outra, com um ruído de fritura irritante. Quando captava uma música, detinha-se por um minuto e depois, de novo, começava a busca por outras emissoras. Seu procedimento me enervava.

Eu estava com pressa de sair desse ataúde ambulante.

Viajávamos havia três horas, sem interrupção. Estava previsto que pararíamos numa taberna para comer alguma coisa, mas a troca das duas rodas e o reparo das mangueiras alterara o programa do cobrador.

Na véspera, quando meu benfeitor me deixou na estação de Al Hillah, perdi o ônibus por alguns minutos. Portanto, tive de esperar o seguinte, previsto para quatro horas mais tarde. Tinha chegado na hora, mas só havia uns vinte passageiros. O cobrador nos explicou que seu ônibus não partiria sem que houvesse, pelo menos, quarenta passageiros a bordo, senão a viagem não cobriria as despesas. Esperamos e pedimos que outros passageiros se juntassem a nós. O chofer dava voltas ao redor do ônibus e gritava "Bagdá! Bagdá!". Às vezes, falava com pessoas carregadas de bagagens e perguntava-lhes se iam para Bagdá. Quando lhe faziam um sinal negativo com a cabeça, voltava-se para outros viajantes. No final da tarde, o chofer nos pediu que descêssemos e tirássemos nossas malas do bagageiro. Houve alguns protestos, e depois todo mundo se reuniu na calçada para ver o ônibus voltar para a garagem. Os que moravam na cidade voltaram para casa; os que estavam de passagem foram para o abrigo para aí passar a noite. E que noite! Ladrões tentaram roubar um deles. A vítima, armada com um pedaço de pau, não deixou que se aproximassem. Os agressores recuaram uma primeira vez, depois vieram em maior número e, já que a polícia estava ausente, assistimos a uma surra vergonhosa. Ficamos afastados, entrincheirados atrás de nossas malas e sacolas, e nenhum de nós ousou ir em socorro da vítima. O pobre sujeito defendeu-se com valentia. Respondia a todos os ataques. No final, os ladrões jogaram-no no chão, atacaram-no e, depois de roubarem suas coisas, levaram-no com eles. Eram aproximadamente três horas da manhã e, a partir de então, ninguém pregou os olhos.

Mais uma barreira militar. Uma longa fila de veículos progredia lentamente, aproximando-se da margem direita da estrada. Havia placas de sinalização no centro da pista, bem como grandes pedras. Os soldados eram iraquianos. Controlavam a totalidade dos passageiros, verificavam o porta-malas dos veículos, os bagageiros, as sacolas, passavam um pente-fino nos homens cuja cara não lhes era simpática. Subiram em nosso ônibus, pediram nossos documentos e compararam algumas fisionomias com as fotos de procurados que tinham.

— Vocês dois, desçam — ordenou um cabo.

Dois jovens levantaram-se e, resignados, deixaram o ônibus. Um soldado procedeu à revista, depois os intimou a ir buscar seus pertences e a segui-lo até uma tenda erguida na areia, a cerca de vinte metros.

— Tudo bem — disse o cabo ao motorista. — Você pode ir embora.

O ônibus partiu capengando. Olhamos os dois passageiros de pé diante da tenda. Não pareciam preocupados. O cabo empurrou-os para o interior da tenda e eles desapareceram de nossa vista.

Os edifícios periféricos de Bagdá apareceram finalmente, envoltos num véu ocre. A tempestade de areia passara por ali e o ar estava carregado de poeira. É melhor assim, pensei. Eu não fazia questão de encontrar uma cidade desfigurada, suja e entregue a seus demônios. Eu gostava muito de Bagdá outrora. Outrora? Parecia-me que isso remontava a uma vida anterior. Bagdá era uma bela cidade, com suas grandes ruas, suas ricas avenidas, cintilantes de vitrines e de terraços ensolarados. Para um camponês como eu, era realmente a avenida Champs-Élyseés, da maneira como eu a imaginava do fundo de meu buraco em Kafr Karam. Eu tinha fascinação pelos anúncios de neon, pela decoração das lojas e passava uma boa parte de minhas noites percorrendo as avenidas que a brisa refrescava. Ao ver tanta gente deambulando pelas ruas, e tantas moças bonitas a rebolar pelas esplanadas, tinha a sensação de me proporcionar todas as viagens a que minha condição me impedia de ter acesso. Eu não tinha um tostão, mas tinha olhos para contemplar até chegar à vertigem, e um nariz para aspirar os odores capitosos da mais fabulosa cidade do Oriente Médio que o Tigre irrigava com suas benfeitorias, transportando em seus meandros a magia de suas lendas e de seus cantos. É verdade que a sombra do Líder alterava suas luzes, mas ela não me atingia. Eu era um jovem universitário deslumbrado, que acalentava na cabeça projetos mirabolantes. Cada beldade que Bagdá me sugeria tornava-se minha: como não sucumbir aos encantos da cidade das huris sem se identificar um pouco com ela? E ainda, dizia-me Kadem, precisava vê-la antes do embargo...

Se sobrevivera ao embargo da ONU só para desafiar o Ocidente e seu tráfico de influências, Bagdá seguramente não sobreviveria à afronta que lhe infligiam seus próprios monstros.

E eu, por minha vez, viera para cá destilar meu fel. Não sabia como proceder; no entanto, estava certo de dar-lhe um golpe duro. Era assim desde a noite dos tempos. Os beduínos, por mais desprovidos que fossem, não brincavam com o sentido da honra. A ofensa devia ser lavada em sangue, único detergente autorizado para manter o amor-próprio. Eu era o único filho homem de minha família. Já que meu pai era inválido, era a mim que cabia a tarefa suprema de vingar o ultraje sofrido, mesmo que fosse para perder a vida. A dignidade é inegociável. Se chegássemos a perdê-la, os sudários do mundo inteiro não seriam suficientes para nos velar o rosto e nenhum túmulo acolheria nossa carcaça sem se rachar.

Movido por não sei qual malefício, eu também ia causar estragos, sujar com minhas mãos as paredes que acariciara, cuspir nas janelas envidraçadas nas quais cuidara de minha imagem, descarregar minha cota de cadáveres no Tigre sagrado, antropófago a contragosto, outrora grande apreciador de virgens sublimes que eram oferecidas às divindades, hoje empanturrado de indesejáveis cujos despojos, em via de apodrecer, poluíam suas águas virtuosas...

O ônibus atravessou uma ponte à beira do rio. Eu não queria olhar os jardins das praças que eu imaginava destruídos, nem as pessoas que eram numerosas nas calçadas e das quais agora eu não gostava mais. Como poderia gostar de alguém depois do que eu vira em Kafr Karam? Como me achar ainda capaz de apreciar ilustres desconhecidos depois de ter sido destituído de minha autoestima? Será que eu ainda era eu mesmo? Se a resposta fosse afirmativa, quem era eu? Não me interessava mais saber. Isso não tinha nenhuma importância para mim a partir de agora. Romperam-se amarras, caíram tabus, e um mundo de sortilégios e de anátemas acabava de surgir sobre seus escombros. O que era assustador, nessa história, era o desembaraço com que eu passava de um universo ao outro, sem me sentir deslocado. Com que facilidade! Fui dormir sendo um moço dócil e afável e despertei possuído por uma cólera inextinguível. Levava meu ódio como uma segunda natureza; ele era minha armadura e minha túnica de Nessus, meu pedestal e minha fogueira; era tudo o que me restava dessa vida falaciosa e injusta, ingrata e cruel.

Eu não viera para reencontrar as lembranças felizes, mas para exterminá-las para sempre. Entre mim e Bagdá, passara o tempo das canduras floridas. Não tínhamos mais nada a nos dizer. Éramos semelhantes como duas gotas d'água; perdêramos nossa alma e preparávamo-nos para ceifar a dos outros.

O ônibus parou na altura de uma espécie de pátio dos milagres. A praça estava invadida por uma multidão de garotos esfarrapados, de olhar traiçoeiro e mãos ativas. Eram meninos de rua, faunescos, e que se alimentavam de detritos, meninos que os orfanatos e os centros de reeducação falidos despejaram, em batalhões, na cidade. Era um fenômeno recente, do qual eu nem sequer suspeitava. Mal os viajantes puseram um pé em terra, alguém já começou a gritar "Pega ladrão!". Um bando de moleques aproximou-se dos bagageiros e pegou o que quis ao passar. Foi o tempo de entender o que acontecera e o bando já fugia do outro lado da calçada.

Apressei-me a me afastar, segurando bem minha sacola debaixo do braço.

A clínica Thawba estava situada a algumas quadras do terminal rodoviário. Decidi ir a pé para aliviar minhas dores. Alguns carros estavam parados aqui e ali num pequeno estacionamento marcado por palmeiras feiosas. Os tempos mudaram, e a clínica também; com suas janelas maltratadas e sua frente descorada, era apenas a sombra do que havia sido.

Subi os degraus de uma escadaria no alto da qual um segurança palitava os dentes com um fósforo.

— Vim ver a doutora Farah — disse-lhe eu.

— Deixe ver o comprovante da hora marcada.

— Sou irmão dela.

Pediu-me que esperasse na escadaria e foi a uma cabine conversar com o responsável. Este último lançou-me um olhar desconfiado, antes de tirar o telefone do gancho. Falou por dois minutos. Eu o vi concordar com a cabeça e depois fazer sinal ao segurança, que veio me buscar para me conduzir a uma sala de espera de sofás estragados.

Farah chegou uns dez minutos mais tarde, com seu avental branco e seu estetoscópio no peito. Estava esplendorosa, maquiada com capricho, mas com um pouco de batom a mais nos lábios. Recebeu-me sem entusiasmo, como se nos víssemos todos os dias. Era provavelmente por causa de seu trabalho, que não lhe dava nenhuma trégua. É verdade que emagrecera. Seus beijos eram furtivos e seu abraço não tinha muito empenho.

— Quando você chegou? — perguntou.

— Agora há pouco.

— Bahia telefonou-me anteontem para me avisar de sua visita.

— Perdemos muito tempo na estrada. Com todos esses bloqueios militares e esses desvios forçados...

— Você não tinha outra escolha? — disse-me ela com uma ponta de censura.

Não percebi imediatamente, mas a fixidez de seu olhar me ajudou a ter clareza. Não era cansaço, não era por causa de seu trabalho; minha irmã não estava feliz em me rever.

— Você almoçou?

— Não.

— Tenho três pacientes para atender. Vou levá-lo para um quarto. Primeiro você toma um bom banho, pois está cheirando mal; em seguida, uma enfermeira vai lhe trazer comida. Se eu demorar, deite-se na cama e descanse até minha volta...

Apanhei minha sacola e fui atrás dela por um corredor e, depois, no andar de cima, onde me fez entrar num cômodo mobiliado com uma cama e um criado-mudo. Havia um pequeno televisor num suporte de parede e um chuveiro, por trás de uma cortina de plástico.

— O sabonete e o xampu estão na prateleira, bem como as toalhas. A água está racionada — observou ela. — Não desperdice.

Ela consultou o relógio.

— Preciso me apressar.

E retirou-se.

Permaneci por um bom tempo fixando o lugar em que ela estava, perguntando-me se, de alguma forma, eu não estava enganado. Evidentemente, Farah sempre fora distante. Era uma rebelde e uma lutadora, a única moça de Kafr Karam a ousar infringir as regras tribais e a fazer exatamente o que tinha vontade de fazer. Sua audácia e sua insolência certamente forjaram seu temperamento, tornando-a mais agressiva e menos conciliadora, mas sua recepção me deixava confuso. Nosso último encontro fora dois anos antes. Ela veio nos visitar em Kafr Karam e, mesmo que tenha ficado conosco menos tempo do que o previsto, em nenhum momento nos pareceu arrogante. É verdade que era raro ouvi-la rir, mas daí a pensar que fosse capaz de receber o próprio irmão com tal desinteresse...

Tirei a roupa, fui para baixo do jato do chuveiro e comecei a me ensaboar dos pés à cabeça. Ao sair do banho, tive a impressão de estar completamente mudado. Vesti a roupa limpa e deitei no colchão de espuma recoberto por uma tela plastificada. Uma enfermeira trouxe-me uma bandeja de comida. Comi como um brutamontes e adormeci imediatamente.

Quando Farah voltou, o dia estava terminando. Ela parecia menos tensa. Sentou-se na beirada da cama e cruzou as mãos brancas sobre um joelho.

— Passei mais cedo, mas, como você estava dormindo profundamente, não quis acordá-lo.

— Faz dois dias e duas noites que não prego o olho.

Ela coçou a testa, aborrecida.

— Você escolheu o pior momento para vir. Bagdá é o local mais perigoso da Terra atualmente.

Seu olhar, há pouco fixo, começou a se esquivar.

— Estou incomodando? — perguntei.

Levantou-se e foi acender o lustre. Gesto ridículo, pois o quarto estava bem iluminado. Virou-se bruscamente e disse:

— O que você veio buscar em Bagdá?

De novo essa ponta de censura que exacerbou minha suscetibilidade.

Farah e eu nunca tínhamos sido muito próximos. Ela era muito mais velha do que eu e fora embora de casa muito cedo; nossas relações, portanto, permaneceram vagas. Mesmo no tempo em que eu estudava na universidade, só nos víamos ocasionalmente. Agora que ela estava diante de mim, percebi que era apenas uma desconhecida. Pior ainda, que eu não gostava dela.

— Só há problemas em Bagdá — disse ela.

Passou a língua nos lábios.

— Estamos sem condições na clínica. Todos os dias, somos soterrados por doentes, feridos, pessoas mutiladas. A metade de meus colegas cruzou os braços. Como não estão nos pagando, só uns vinte dentre nós continuam tentando fazer alguma coisa.

Ela tirou um envelope do bolso e fez menção de me dar.

— O que é isso?

— Um pouco de dinheiro. Encontre um hotel por alguns dias, o tempo suficiente para eu ver como instalá-lo.

Eu estava muito surpreso.

Recusei o envelope.

— Devo entender que você não tem mais seu apartamento?

— Continuo com ele, mas não posso hospedá-lo.

— Por quê?

— Não posso.

— Como? Não entendo. Em nossa casa, damos um jeito para...

— Não estou em Kafr Karam — disse ela. — Estou em Bagdá.

— Sou seu irmão. Não se bate a porta na cara de um irmão.

— Lamento.

Encarei-a. Ela evitava me olhar. Não mais a reconhecia. Ela não se parecia com a imagem que conservara dela. Seus traços não me diziam nada; era outra pessoa.

— Você tem vergonha de mim, é isso? Você rompeu com suas origens; você é uma moça da cidade, moderna e tudo o mais, e eu continuo a ser o caipira que estraga o cenário? A dama é médica. Mora sozinha num apartamento chique no qual não recebe mais seus parentes, com medo de ser o alvo da zombaria de seus vizinhos de andar...

— Não posso hospedá-lo porque moro com alguém — interrompeu-me ela num tom seco.

Uma avalanche de gelo abateu-se sobre mim.

— Você mora com alguém? Como? Você se casou sem que a família soubesse?

— Não sou casada.

Fiquei de pé num salto.

— Você mora com um homem? Você mora em pecado?

Ela ergueu um olhar árido sobre mim.

— O que é o pecado, irmãozinho?

— Você não tem direito, é... É proibido por, por... Enfim, você ficou louca? Você tem uma família. Será que você pensou em sua família? Na honra dela? Na sua? Você é, você não pode viver em pecado, você não...

— Não vivo em pecado, vivo minha vida.

— Você não crê mais em Deus?

— Creio no que faço, e isso me basta.

10

Perambulei pela cidade até não poder mais. Não queria pensar em nada, nada ver, nada ouvir. As pessoas rodopiavam a minha volta; eu as ignorava. Quantas vezes uma buzina me fez pular para a calçada? Emergia por um momento de minha opacidade, e depois voltava a mergulhar nela, como se nada fosse. Sentia-me à vontade na escuridão, protegido de meus tormentos, fora do alcance das perguntas que irritavam, sozinho na minha raiva que cavava seu leito em minhas veias, se confundindo com as fibras de meu ser. Farah fazia parte da história antiga. Eu expulsara-a de minha mente, logo depois de tê-la deixado. Ela era apenas uma súcuba, uma prostituta; ela não tinha mais lugar na minha vida. Na tradição ancestral, quando um parente próximo saía do bom caminho, era sistematicamente banido de nossa comunidade. Quando era uma moça que errava, a rejeição era ainda mais rápida.

A noite encontrou-me num banco, numa praça sem graça, próxima a um posto de gasolina, em torno da qual estavam acocorados energúmenos de todo tipo, rejeitados pelos anjos e pelos demônios e que vieram dar com os costados aqui como baleias que a vertigem do oceano não mais atrai — um bando de mendigos bêbados enterrados em seus andrajos, garotos drogados com cola de sapateiro, mulheres decaídas mendigando com seus filhos no colo... Outrora, esse bairro não era assim. Não era elegante, mas era calmo e bem limpo, com suas lojas iluminadas e seus passantes curiosos e bonachões. Agora, estava infestado de órfãos esfomeados, de jovens lobisomens recobertos de farrapos e de escaras que não recuariam diante de nada para atacar.

Com a sacola segura contra o peito, eu vigiava um bando de garotos que circulava ao meu redor.

— O que você quer? — disse eu a um moleque que veio sentar-se perto de mim.

Era um menino de uns dez anos, com o rosto cortado e as narinas escorrendo. Seu cabelo estava enrolado acima da testa como um ninho de serpentes na cabeça da Medusa. Tinha olhos preocupantes e um sorriso pérfido no canto da boca. Usava uma camisa que lhe chegava até o meio das pernas, uma calça rasgada e estava descalço. Seus pés feridos e pretos de sujeira cheiravam mal.

— Tenho o direito de descansar, não? — gritou ele, enfrentando-me. — É um banco público, não é propriedade sua.

O cabo de uma faca saía de seu bolso.

A alguns metros, três meninos fingiam se interessar por um tufo de grama. Na realidade, eles nos observavam às escondidas e esperavam um gesto de seu companheiro para se aproximarem.

Levantei-me e afastei-me. O garoto no banco disse um palavrão em minha direção e me mostrou o baixo-ventre. Seus três parceiros encararam-me rindo de mim. O mais velho deles não tinha treze anos, mas recendia a morte a léguas de distância.

Apressei o passo.

Algumas ruelas mais adiante, sombras surgiram da escuridão e avançaram sobre mim. Desprevenido, encostei-me bem contra um muro. Umas mãos agarraram minha sacola e tentaram arrancá-la de mim. Dei um pontapé, atingi uma perna e recuei para uma porta. Os fantasmas redobraram sua ferocidade. Ouvi as alças de minha sacola rebentarem e comecei a dar chutes para todos os lados. No final de uma luta feroz, meus assaltantes desistiram e fugiram. Quando passaram debaixo de um poste, reconheci os quatro garotos de antes.

Fiquei de cócoras na calçada e, com as mãos na cabeça, respirei a plenos pulmões para recuperar o fôlego.

— Que país é este? — ouvi-me dizer ainda ofegante.

Ao me levantar, tive a impressão de que minha sacola estava mais leve. De fato, um talho atravessava-lhe o lado e a metade de minhas coisas tinha desaparecido. Levei a mão ao bolso traseiro de minha calça e fiquei aliviado ao constatar que meu dinheiro ainda estava ali. Foi então que comecei a correr para o centro da cidade, saltando de lado cada vez que cruzava com uma sombra.

Jantei num comerciante de assados, sentado num canto, longe da porta e das janelas, com um olho em meus espetinhos e outro nos fregueses que entravam e saíam como num rodamoinho. Não reconhecia ninguém e cada olhar que se fixava em mim irritava-me. Eu estava pouco à vontade no meio desses seres hirsutos, que suscitavam em mim tanto desconfiança quanto pavor. Não tinham muita coisa em comum com as gentes de meu vilarejo, exceto talvez a forma humana que pouco atenuava seu aspecto de brutamontes. Tudo neles inspirava-me uma fria animosidade. Eu tinha a sensação de me aventurar num território inimigo — pior, num campo minado, e esperava, a todo momento, ser despedaçado.

— Relaxe — disse-me o garçom, colocando um prato de batatas fritas diante de mim. — Faz um minuto que lhe estendo a travessa e você me olha sem me ver. O que está acontecendo? Você escapou de uma *blitz* ou saiu incólume de um atentado?

Deu-me uma piscada de olho e foi servir outro freguês.

Depois de devorar meus espetinhos e minhas batatas fritas, pedi outros, depois outros. Uma fome inaudita absorvia o que eu engolia e, quanto mais eu comia, mais ela se acentuava. Tomei uma garrafa de soda de um litro, uma garrafa d'água, comi dois cestos de pão e uns vinte espetinhos completos. Essa bulimia súbita assustava-me.

Pedi a conta para dar um fim nisso.

— Será que há um hotel aqui por perto? — perguntei ao caixa, enquanto me dava o troco.

Levantou uma sobrancelha e observou-me de esguelha:

— Há uma mesquita no outro lado da rua, atrás da praça. Fica à sua esquerda, na saída. As pessoas em trânsito são alojadas ali para passar a noite. Pelo menos é um lugar em que você pode dormir descansado.

— Quero ir para um hotel.

— Vê-se que não é daqui. Todos os hotéis são vigiados. E os gerentes são tão importunados pela polícia que a maioria foi embora... Vá para a mesquita. As invasões da polícia são raras e, além disso, é de graça.

— No seu lugar, é o que eu faria — soprou-me o garçom postado atrás de mim.

Peguei minha sacola e saí para a rua.

A mesquita era, na realidade, um depósito transformado em sala de orações no térreo de um edifício de dois andares, situado entre um grande bazar abandonado e um prédio. A rua era escassamente iluminada por um poste, tendo, de um lado e de outro, mercearias com as vitrines solidamente fechadas. O local não me agradou à primeira vista. Parecia perigoso. Eram onze horas da noite e, com exceção dos gatos de rua remexendo os montes de lixo das calçadas, não havia vivalma. A sala de orações estava vazia e os sem-teto, agrupados em outro cômodo bastante amplo e que podia acolher umas cinqüenta pessoas. O chão estava atapetado de cobertores gastos. Um lustre lançava suas luzes sobre as massas informes que se encolhiam aqui e ali. Eram uns vinte miseráveis que freqüentavam o local, deitados sem tirar a roupa, uns com a boca aberta e outros em posição fetal; o local cheirava a suor e a andrajos.

Escolhi deitar-me num canto, ao lado de um velho. Com a sacola como travesseiro, olhei fixamente para o teto e esperei.

Apagou-se o lustre. Soaram roncos, intensificaram-se e depois se espaçaram. Eu escutava o sangue latejar em minhas têmporas, minha respiração se acelerar; ataques de náusea partiam de minha barriga e acabavam em arrotos abafados. Uma única vez, a imagem de meu pai caindo de costas brilhou em minha cabeça; imediatamente a expulsei de minha mente. Estava mal demais para me ocupar com lembranças perturbadoras.

Sonhei que uma matilha de cães me perseguia através de um bosque sombrio povoado de urros e de galhos como garras. Eu estava nu, com as pernas e os braços ensangüentados e excrementos escorriam dos cabelos. De repente, um precipício afastou a vegetação. Eu ia cair no vazio quando o chamamento do muezim me despertou.

Na sala, a maioria dos albergados tinha ido embora. O velho partira também. Só restavam quatro miseráveis esfarrapados ainda deitados. Quanto a minha sacola, não estava mais ali. Levei a mão ao bolso de trás da calça; meu dinheiro desaparecera.

Sentado na calçada, com o queixo entre as mãos, eu observava os policiais de uniforme controlarem os veículos. Pediam os documentos dos motoristas, verificavam os dos passageiros, às vezes faziam descer todo mundo e procediam a revistas sistemáticas. Os porta-malas dos carros eram vistoriados; olhavam debaixo do capô e debaixo do chassis. Na véspera, no mesmo lugar, a interceptação de uma ambulância tornara-se um drama. O médico tentou explicar que se tratava de uma emergência. Os policiais não quiseram saber de nada. O médico acabou por se irritar e um cabo deu-lhe um soco na cara. Depois o caso se agravou. Os socos partiam dos dois lados, os insultos respondiam às ameaças. Finalmente, o cabo tirou sua pistola e atirou na perna do médico.

O bairro era mal-afamado. Dois dias antes do incidente da ambulância, um homem fora abatido exatamente no lugar em que a polícia fazia a *blitz*. Tinha uns cinqüenta anos. Saía da loja da frente, com uma sacola de provisões no braço. Preparava-se para entrar em seu carro quando uma moto parou junto a ele. Três tiros e o homem desabou, com a cabeça contra a sacola.

No mesmo lugar, três dias antes, um jovem deputado também fora morto. Estava a bordo de seu carro quando uma moto o alcançou. Uma rajada de balas — e o pára-brisa recobriu-se de teias de aranha. O veículo deu uma guinada sobre a calçada, derrubou uma pedestre antes de se chocar contra um poste. O matador encapuzado apressou-se a abrir a porta do carro. Puxou para fora o jovem deputado, estendeu-o no chão e crivou-o de balas à queima-roupa.

Em seguida, sem se apressar, subiu na moto e desapareceu num zumbido.

Era provavelmente para conter as matanças que a polícia cercou o local. Mas Bagdá era uma peneira. Fazia água por todos os lados. Os atentados eram muito freqüentes. Não se tampava um buraco senão para deixar livres outros, mais perigosos. Não era mais uma cidade; era um campo de batalha, um estande de tiro ao alvo, um gigantesco matadouro. Algumas semanas antes dos bombardeios aliados, as pessoas acreditavam que o milagre ainda era possível. Por toda parte no planeta, tanto em Roma como em Tóquio, em Madri ou em Paris, no Cairo ou em Berlim, o povo desfilava em massa — milhões de desconhecidos convergiam para o centro de suas cidades para dizer não à guerra. Quem os ouviu?

Com a caixa de Pandora aberta, a fera imunda se ultrapassava. Mais nada parecia capaz de torná-la sensata. Bagdá decompunha-se. Durante muito tempo moldada na implantação das repressões, eis que ela se desfazia de suas amarras de supliciada para se deixar ir à deriva, fascinada por sua cólera suicida e pela vertigem das impunidades. Com o tirano destituído, ela encontrava intactos seus silêncios forçados, sua covardia vingativa, seu mal de tamanho natural, e esconjurava com fórceps seus velhos demônios. Não tendo em nenhum momento amansado seus carrascos, ela não via como ter piedade de si mesma agora que todas as proibições estavam abolidas. Ela matava a sede nas fontes de suas feridas, em seu ponto sensível: seu rancor. Exaltada por seu sofrimento e pela aversão que suscitava, queria ser a encarnação de tudo o que não suportava, inclusive a imagem que se fazia dela e que ela rejeitava totalmente; e era da desesperança mais sórdida que tirava os ingredientes de seu próprio martírio.

Esta cidade estava louca, furiosa.

Como as camisas-de-força não lhe assentavam muito bem, ela preferia os cinturões explosivos e os estandartes tirados de sudários.

Duas semanas... Fazia duas semanas que eu perambulava entre os escombros, sem dinheiro nem pontos de referência. Dormia em qualquer lugar, alimentava-me de qualquer coisa, sobressaltado ao sabor das explosões. Parecia que estávamos na frente de batalha, com esses intermináveis cordões de arame farpado delimitando os bairros de segurança máxima, essas barricadas improvisadas, esses obstáculos antitanques contra os quais os carros dos camicases se desintegravam, esses mirantes acima das fachadas, essas grades com pontas de ferro atravessadas nas ruas e essas pessoas sonambúlicas que não sabiam mais para que santo rezar e que, assim que um atentado era perpetrado, corriam para o local do drama como moscas sobre uma gota de sangue.

Eu estava ao mesmo tempo cansado, abatido, revoltado e enojado. A cada dia, meu desprezo e minha cólera aumentavam um pouco mais. Bagdá injetava-me sua própria loucura. Eu queria entrar em linha reta dentro dela.

Esta manhã, ao parar diante de uma vitrine, não me reconheci. Estava com o cabelo muito revolto, o rosto envelhecido que dois olhos esgotados tornavam repulsivo, a boca rachada; minhas roupas deixavam a desejar; eu me havia tornado um mendigo.

— Não fique aí — disse-me um policial.

Levei um certo tempo para perceber que estava falando comigo.

Com um gesto desdenhoso, indicou-me que devia sair dali.

— Vamos, vamos, fora...

Não sei havia quantas horas eu estava sentado na calçada diante de um posto de controle. Levantei-me, um pouco tonto por causa da fome que me torturava. Minha mão foi em busca de um apoio e só encontrou o vazio. Com um andar vacilante, afastei-me.

Eu caminhava, caminhava... Era como se eu andasse num mundo paralelo. Os bulevares abriam-se diante de mim, semelhantes a goelas gigantes. Eu cambaleava no meio da multidão, com o olhar perturbado, as pernas dormentes. De vez em quando, um braço irritado me empurrava. Voltava a ficar de pé e continuava meu caminho sem objetivo preciso.

Numa ponte, uma aglomeração cercava um veículo incendiado. Abri passagem na confusão tão facilmente quanto um quebra-gelo no mar congelado.

O rio agitava-se nas margens, surdo aos clamores dos condenados. Um vento carregado de areia fustigava-me o rosto. Eu não sabia o que fazer de minha sombra nem o que fazer de meus passos.

— Ei!

Não me virei para trás. Não tinha força para me virar para trás; um movimento em falso e eu desabaria. Parecia-me que o único meio de me manter sobre as pernas era caminhar e sobretudo não me distrair.

Uma buzina berrou mais e mais... Depois um ruído de passos me pegou e uma mão me reteve pelo ombro.

— Você está surdo ou o quê?

Um gordo pôs-se de atravessado em meu caminho. Não o reconheci imediatamente por causa de minha visão vacilante. Ele abriu os braços. Seu sorriso parecia um arranhão.

— Sou eu...

Foi como se um oásis emergisse de meu delírio. Todo o meu ser estremeceu. Acho que nunca senti antes tal alívio. O homem que sorria para mim trazia-me para a terra, ressuscitava-me. Tornava-se de repente meu único recurso, minha derradeira salvação. Era Omar, o Cabo.

— Eu o deixei surpreso, não é? — exclamou, encantado. — Olhe como estou vestido, disse ele fazendo meia-volta. Um verdadeira *star*, hein?

Alisou a parte da frente de seu paletó, sua calça reta...

— Nem um pouco de graxa, nem uma ruga — gritou ele. — Impecável, este seu primo. De uma limpeza meticulosa. Você se lembra em Kafr Karam? Eu tinha sempre uma mancha de óleo ou de gordura em minha roupa. Pois bem, desde que estou em Bagdá, isso não acontece mais.

Seu entusiasmo decaiu de uma vez só. Ele acabava de perceber que eu não estava bem, que estava com dificuldade para me manter de pé, que estava a ponto de desmaiar.

— Meu Deus! De onde você está vindo?

Olhei-o fixamente como uma vítima levada pela correnteza se agarra a um galho, e disse-lhe:

— Estou com fome.

11

Omar levou-me a um restaurante barato. Não disse uma mísera palavra enquanto eu comia. Entendia que eu não era capaz de ouvir o que quer que fosse. Eu estava curvado sobre meu prato como sobre meu próprio destino. Eu só tinha olhos para as batatas fritas murchas que devorava aos punhados e para o pão que cortava com ferocidade. Parecia-me que nem me dava ao trabalho de mastigar. Estava com a garganta esfolada pelos bocados desenfreados, com os dedos pegajosos e o queixo cheio de suco de tomate. Os fregueses que estavam sentados por perto me observavam horrorizados. Foi preciso que Omar franzisse as sobrancelhas para que desviassem o olhar.

Quando terminei de me empanturrar, ele me levou a uma loja para me comprar roupas. Em seguida, deixou-me nos chuveiros públicos. Ao sair do banho, sentia-me um pouco melhor.

— Presumo que você não tem para onde ir — disse-me Omar, um pouco sem jeito.

— Não.

Ele coçou o queixo.

— Você não é obrigado — disse-lhe eu, suscetível.

— Não é isso, primo. Você está em boas mãos, mas elas não estão totalmente livres. Eu divido um pequeno apartamento com um sócio.

— Sem problema. Eu vou me virar.

— Não o estou deixando de lado. Só estou tentando raciocinar. Não se trata, para mim, de abandoná-lo a sua sorte. Bagdá não perdoa os desgarrados.

— Não quero incomodá-lo. Você já fez bastante por mim.

Com a mão aberta, pediu-me que o deixasse pensar. Estávamos na rua, eu de pé na calçada e ele encostado em seu furgão, com os braços cruzados e o dedo indicador no queixo, seu barrigão como uma barreira entre nós.

— Pouco importa — disse ele de repente. — Vou dizer a meu co-locatário para ir para outro lugar até encontrar alguma coisa para você. É um cara simpático. Tem família por aqui.

— Você tem certeza de que não o atrapalho?

Fez um movimento para ficar ereto e abriu-me a porta do carro:

— Suba, primo. Vamos ficar juntos.

Como eu hesitasse, pegou-me pelo ombro e me jogou para dentro.

Omar morava no primeiro andar de um prédio em Salman Park, um bairro periférico do sudoeste da cidade. Era uma construção velha e estragada, numa ruela infestada de moleques. A escadaria estava em ruínas e as portas estavam quase fora de seus gonzos. No vão da escada de maus cheiros sufocantes, as caixas de correio estavam danificadas, algumas completamente arrancadas. Uma penumbra insalubre jogava sua escuridão nos degraus rachados.

— Não há luz — avisou-me Omar. — Por causa dos ladrões. A lâmpada é substituída e eles a destroem no minuto seguinte.

Duas meninas de pouca idade brincavam no andar, com o rosto repugnante de sujeira.

— A mãe delas é meio louca — murmurou ele. — Ela as deixa aqui o dia inteiro e não quer saber o que fazem. Às vezes, transeuntes pegam-nas na calçada. E a mãe não fica contente quando lhe dizem para prestar atenção nas filhas... Estamos num mundo de malucos.

Ele abriu a porta e recuou para me deixar entrar. O cômodo era pequeno, mobiliado tão pobremente quanto uma gruta de troglodita. Havia um colchão de casal no chão, um caixote de madeira sobre o qual estava uma televisão pequena e, contra a parede, um banco. Um armário fechado a cadeado ficava diante da janela que dava para o pátio. Era tudo. Uma cela proporcionaria mais conforto ao detento do que o apartamento de Omar a seus convivas.

— É meu reino — exclamou o Cabo, com um gesto teatral. — No armário, você vai encontrar cobertores, latas de conserva e biscoitos. Não tenho cozinha e, para urinar, tenho de encolher a barriga para ir até o bidê.

Indicou com o polegar o banheiro.

— A água está racionada. Uma vez por semana, vem em conta-gotas. Se você estiver ausente ou distraído, vai esperar até a próxima distribuição. É inútil protestar. Além das chateações, você só aumentaria sua sede... Tenho dois galões no banheiro para lavar o rosto, pois a água não é potável.

Mexeu no cadeado e pôs a corrente sobre os batentes para me mostrar o que continha o armário.

— Faça como em sua casa... Preciso ir se não quiser ser despedido. Estarei de volta dentro de três ou quatro horas. Vou trazer comida e vamos falar do bom tempo até que as quimeras virem realidade.

Antes de ir embora, recomendou-me que fechasse a porta com duas voltas da chave e só dormisse com um olho.

Quando Omar voltou, o sol baixava.

Ocupou o banquinho e ficou me olhando espreguiçar sobre o colchão.

— Você dormiu vinte e quatro horas de enfiada — disse-me ele.

— Sério?

— Garanto-lhe que é verdade. Tentei acordá-lo pela manhã, mas você não reagiu. Voltei ao meio-dia, e você continuava mergulhado num sono profundo. Mesmo a explosão que aconteceu no pedaço não o incomodou.

— Houve um atentado?

— Estamos em Bagdá, primo. Quando não é uma bomba que explode, é um botijão de gás. Desta vez, foi um acidente. Houve mortos, mas não olhei quantos. Vou prestar atenção da próxima vez.

Eu me sentia indisposto, mas contente de estar debaixo de um teto, com Omar ao meu lado. Minhas duas semanas de transformação acelerada em mendigo acabaram comigo. Eu não teria agüentado por mais tempo.

— Será que posso saber o que você veio fazer em Bagdá? — perguntou-me Omar, examinando as unhas.

— Vingar uma ofensa — respondi sem hesitar.

Ele levantou os olhos para mim. Seu olhar era triste.

— Atualmente, as pessoas vêm a Bagdá para vingar uma ofensa ocorrida em outro lugar, o que faz com que se enganem grosseiramente de alvo... O que aconteceu em Kafr Karam?

— Os americanos.

— O que eles fizeram?

— Não posso lhe contar.

— Entendo... Vamos caminhar um pouco — disse-me ele, levantando-se. — Depois, vamos comer num restaurante. A gente conversa melhor quando se tem alguma coisa no estômago...

Tínhamos percorrido o bairro de ponta a ponta, falando de bobagens, deixando para depois o assunto mais importante. Omar estava preocupado. Uma ruga feia marcava-lhe a testa. De cabeça baixa e com as mãos nas costas, arrastava os pés como se um fardo o esmagasse. Não parava de chutar as latas de conserva que encontrava no caminho. A noite caía lentamente sobre a cidade fecundada por delírios. De tempos em tempos, carros de polícia passavam por nós com as sirenas ligadas; depois o tumulto comum dos bairros populosos retomava seu curso, quase imperceptível em razão de sua banalidade.

Jantamos num pequeno restaurante da praça. Omar conhecia o dono. Só havia dois clientes: um homem com ares de jovem bem-sucedido, com óculos de metal e terno sóbrio, e um caminhoneiro empoeirado que não tirava os olhos de seu veículo estacionado na frente, ao alcance de um bando de moleques.

— Há quanto tempo você está em Bagdá? — perguntou-me Omar.

— Há uns vinte dias, mais ou menos.

— Onde você estava dormindo?

— Em praças, nas margens do Tigre, em mesquitas. Dependia. Eu me deitava onde minhas pernas me abandonavam.

— Como você chegou a essa situação, meu Deus? Se você visse sua cara ontem. Eu o reconheci de longe, mas, quando me aproximei, fiquei na dúvida. Parecia que uma puta sifilítica urinara em cima de você enquanto você lhe lambia as partes íntimas.

Reencontrei de fato o Cabo de Kafr Karam. Estranhamente, sua obscenidade não me revoltou além da conta.

— Vim com a idéia de ficar hospedado na casa de minha irmã num primeiro momento — contei-lhe. — Mas não foi possível. Eu tinha um pouco de dinheiro comigo, o suficiente para me manter por um mês. Daqui até lá, pensei eu, encontraria um lugar para ficar. Na primeira noite, dormi numa mesquita. De manhã, minhas coisas e meu dinheiro tinham desaparecido. Deixo que você adivinhe a seqüência... Como reagiu seu co-locatário? — perguntei, para mudar de assunto.

— É uma boa pessoa. Ele sabe como é.

— Prometo-lhe não abusar de sua hospitalidade.

— Não diga besteiras, primo. Você não me atrapalha. Faria a mesma coisa por mim, se eu estivesse na sua situação. Somos beduínos. Não temos nada a ver com a gente daqui...

Colocou as mãos sobre a boca e pousou sobre mim dois olhos intensos:

— E se você me explicasse agora essa história de vingança? O que você pensa fazer exatamente?

— Não tenho nenhuma idéia...

Ele encheu de ar as bochechas e liberou um suspiro incoercível. Sua mão direita voltou para cima da mesa, pegou uma colher e começou a mexer a sopa fria no fundo do prato. Omar adivinhava o que eu tinha na cabeça. Os camponeses que vinham dos quatro cantos do fim do mundo para reforçar as fileiras dos *fedayins* eram muito numerosos. Todas as manhãs, ônibus despejavam contingentes deles nas estações rodoviárias. As motivações eram plurais, mas o objetivo era o mesmo. Saltava aos olhos.

— Não tenho direito de me opor a sua escolha, primo. Ninguém detém a verdade. Pessoalmente, não sei se estou errado ou não. Também não tenho lição a lhe dar. Você foi ofendido, você é a única pessoa que tem de decidir o que deve ser feito.

Havia muitas notas falsas em sua voz.

— Trata-se de honra, Omar — lembrei-lhe.

— Não quero discutir sobre isso. Mas é preciso que você saiba exatamente onde está pisando. Você está vendo o que a resistência faz todos os dias. Milhares de iraquianos tombaram em seus ataques. Para quantos americanos? Se essa questão não lhe diz respeito, é problema seu. Mas, quanto a mim, não estou de acordo.

Ele pediu dois cafés para ganhar tempo e reunir seus argumentos e prosseguiu:

— Para ser franco, vim a Bagdá para acabar com tudo. Não consegui nunca digerir a ofensa que Yassim me fez no café. Ele faltou ao respeito comigo, e depois, cada vez que penso nisso — ou seja, várias vezes por dia —, sinto que o ar me falta. Parece que me tornei asmático.

A evocação do incidente por que passou em Kafr Karam o deixou pouco à vontade. Tirou um lenço do bolso e se enxugou.

— Estou persuadido de que essa ofensa vai ficar colada em mim até que seja lavada em sangue — confessou ele. — Não há dúvida alguma quanto a isso: cedo ou tarde, Yassim vai pagar com a vida...

O garçom pôs duas xícaras de café ao lado de nossos pratos. Omar esperou que se retirasse para voltar a se enxugar. Seus ombros obesos vibravam. Disse então:

— Tenho vergonha do que aconteceu em Kafr Karam, no Safir. Embora me embriagasse, não tinha jeito. Decidi ir ver se eu estava em outro lugar. Eu estava muito exaltado. Queria botar fogo em tudo para transformar de ponta a ponta o país em um braseiro. Tudo o que punha na boca tinha gosto de sangue, tudo o que respirava cheirava a cremação. Minhas mãos pediam o aço das culatras e eu lhe juro que sentia o gatilho ceder quando mexia o dedo. Enquanto o ônibus me trazia para Bagdá, eu só tinha olhos para as trincheiras que eu me via cavando no deserto, abrigos e postos de comando. Eu raciocinava como soldado do corpo de engenharia, você entende?... Acontece que cheguei a Bagdá no dia em que houve essa enorme confusão na ponte, depois de um alarme falso, e que custou a vida de cerca de mil manifestantes. Quando vi isso, primo, quando vi todos esses cadáveres no chão, todas essas montanhas de calçados no lugar em que ocorreu a confusão, quando vi esses rostos de garotos azulados com os olhos semicerrados, quando vi toda essa desordem causada por iraquianos a iraquianos, eu disse comigo imediatamente que essa não era minha guerra. Cortei definitivamente, primo.

Levou a xícara de café à boca, tomou um gole e convidou-me a fazer o mesmo. Seu rosto fremia e suas narinas lembravam um peixe que está sufocando.

— Vim para me juntar aos *fedayins* — disse ele. — Não tinha em mente outra coisa a não ser isso. Mesmo o caso Yassim ficava para mais tarde. Acertaria contas com ele no momento oportuno. Em primeiro lugar, eu tinha litígios com o desertor que era. Precisava encontrar as armas que abandonara no campo de batalha com a aproximação do inimigo, precisava merecer o país que eu não soubera defender quando era considerado como alguém capaz de morrer por ele... Mas, que droga! Não se entra em guerra contra seu próprio povo só para contrariar o mundo.

Ele esperou minha reação que não veio, remexeu no cabelo com um ar desanimado. Meu silêncio deixava-o confuso. Ele entendia que eu não partilhava suas emoções, que estava solidamente instalado nas minhas. Nós, os beduínos, éramos assim. Quando nos calávamos, isso significava que tudo tinha sido dito e que não havia mais nada a acrescentar. Ele revia a desordem na ponte, eu não via nada, nem mesmo meu pai caindo de costas. Eu estava na situação pós-choque, pós-ofensa; eu estava no meu dever de lavar a desonra, meu dever sagrado e meu direito absoluto. Eu mesmo não sabia o que isso representava, como isso se construía em minha mente; só sabia que uma obrigação incontornável me mobilizava. Eu não estava nem inquieto nem exaltado; estava em outra dimensão, em que os únicos pontos de referência que eu tinha eram a certeza de ir até o fim do juramento que meus ancestrais haviam selado no sangue e na dor, desde que colocaram a honra acima da própria vida.

— Você está me escutando, primo?

— Estou.

— A atuação dos *fedayins* nos rebaixa aos olhos do mundo... Nós somos os iraquianos, primo. Temos onze mil anos de história atrás de nós. Fomos nós que ensinamos os homens a sonhar.

Ele esvaziou de uma vez só sua xícara e passou o dorso da mão sobre os lábios.

— Não estou tentando influenciá-lo.

— Você sabe muito bem que é impossível.

Tinha caído a noite. Um vento quente passava pelos muros. O céu estava coberto de poeira. Sobre uma esplanada, garotos jogavam futebol, nem um pouco incomodados com a falta de claridade.

Omar caminhava a meu lado. Seus pés se arrastavam pelo chão, pesados e distraídos. Quando chegamos embaixo de um poste, ele se deteve para me olhar de frente:

— Você acha que estou me metendo no que não me diz respeito, primo?

— Não.

— Eu não tentei arregimentá-lo. Não estou enganando ninguém.

— Isso nem me passou pela cabeça.

Foi minha vez de encará-lo:

— Há regras na vida sem as quais a humanidade voltaria para a Idade da Pedra, Omar. Evidentemente, nem todas nos convêm, não são infalíveis nem sempre razoáveis, mas elas nos permitem conservar certa dignidade... Você sabe o que eu gostaria de fazer no momento em que estou lhe falando? Gostaria de estar em casa, no meu quarto em cima da laje, escutando meu rádio fanhoso e sonhando com um pedaço de pão e água fresca. Mas não tenho mais rádio, e não poderia mais voltar para casa sem morrer de vergonha antes de transpor o limiar de nossa morada.

12

Omar trabalhava como entregador na loja de um vendedor de móveis, um ex-ajudante-de-ordens que conhecera no batalhão. Tinham se encontrado por acaso na oficina de um marceneiro. Omar acabava de chegar a Bagdá, procurava seus colegas de unidade, mas os endereços que tinha não eram mais válidos; muitos deles tinham mudado ou desaparecido. Omar estava oferecendo seus serviços ao marceneiro quando o ajudante-de-ordens chegou para encomendar mesas e armários. Os dois homens se abraçaram. Depois das perguntas protocolares, Omar comunicou sua situação a seu ex-superior. O ajudante-de-ordens não nadava em ouro nem tinha meios de fazer novos recrutamentos, mas o espírito de equipe venceu as considerações sobre a rentabilidade, e o cabo desertor foi contratado imediatamente. Seu empregador deu-lhe um furgão azul, que ele dirigia e conservava com devoção, e encontrou para ele o pequeno apartamento em Salman Park. O salário que Omar recebia era módico, às vezes com atraso de várias semanas, mas o ajudante não trapaceava. Omar sabia desde o começo que ia trabalhar muito por nenhum retorno; entretanto, tinha um teto e o suficiente para não morrer de fome. Em comparação com o que via a seu redor, só podia louvar seus santos e a sorte dos seus.

Omar levou-me para ver seu empregador com o objetivo de me encontrar uma colocação. Avisara-me que ia ser um esforço inútil. Os negócios estavam periclitantes, e as bolsas mais bem guarnecidas mal conseguiam garantir as despesas comuns da família. As pessoas tinham outras prioridades, outras emergências em vez de pensar em comprar novos móveis ou trocar suas poltronas. O ajudante-de-ordens, um personagem de estatura elevada, à maneira das aves pernaltas, recebeu-me com muita consideração. Omar apresentou-me como sendo seu primo e gabou-lhe méritos que não eram forçosamente os meus. O ajudante aquiescia e levantava admirativo as sobrancelhas, com o sorriso incerto. Quando Omar chegou às razões de minha presença no depósito, o sorriso do ajudante-de-ordens desapareceu. Sem dizer nada, saiu por uma porta secreta e voltou com um registro que abriu diante de nós. As listagens de escrita, em azul, prolongavam-se desmesuradamente, mas as das cifras, sublinhadas em vermelho, não acompanhavam. As entradas de dinheiro eram quase inexistentes; quanto ao capítulo reservado às encomendas, traçado em verde, era tão sucinto quanto um comunicado oficial.

— Sinto muito — disse ele. — Estou sem recursos.

Omar não insistiu.

Ligou para alguns amigos de seu celular, levou-me de um lado para outro da cidade; nenhum empregador prometeu nos avisar assim que houvesse algo novo. Omar estava chateado com isso e, quanto a mim, eu tinha a sensação de sobrecarregá-lo. No quinto dia, vendo que nenhuma porta se abria, decidi não mais importuná-lo.

Omar tratou-me como um cretino:

— Você vai ficar em casa até que possa voar com as próprias asas. O que pensariam os nossos, se soubessem que o deixei de lado? Eles já não suportam minha linguagem chula nem minha reputação de bêbado, não vou lhes permitir que me dêem o rótulo de hipócrita. Tenho um monte de defeitos, é verdade; não vou para o paraíso — é certo —, mas tenho meu orgulho, primo, e faço questão disso.

Numa tarde, enquanto Omar e eu estávamos num canto do apartamento, sem fazer nada, um jovem veio bater à porta. Era um moço amedrontado, de ombros frágeis, com um rosto de menina e olhos de uma limpidez cristalina. Devia ter minha idade, cerca de uns vinte anos. Usava uma camisa tropical aberta no peito, uma calça jeans apertada e sapatos novos riscados dos lados. Estava pouco à vontade por me encontrar ali, e o olhar insistente que pousou sobre o cabo excluía-me obrigatoriamente.

Omar apressou-se em nos apresentar. Também ele tinha sido surpreendido; sua voz tremeu curiosamente quando me disse:

— Primo, é Hany. Meu sócio e meu co-locatário.

Hany estendeu-me uma mão frágil que quase desapareceu na minha e depois, sem me dar muito importância, fez sinal a Omar para segui-lo até o patamar. Fecharam a porta depois que saíram. Alguns minutos mais tarde, Omar voltou para me dizer que seu sócio e ele tinham problemas para tratar no apartamento e perguntou-me se eu não me incomodaria de esperá-lo no café ao lado.

— Boa idéia, eu estava começando a me sentir meio entorpecido aqui — disse-lhe eu.

Omar assegurou-se de que eu não o levava a mal e me acompanhou até o fim da escada.

— Você pede o que quiser, é por minha conta.

Seus olhos brilhavam com uma alegria estranha.

— Dá a impressão de ser uma boa notícia — disse-lhe eu.

— É... — atrapalhou-se ele. — Quem sabe? O céu nem sempre só nos envia má sorte.

Fiz um sinal de despedida e fui ao café mais próximo. Omar encontrou-se comigo uma hora mais tarde. Parecia satisfeito com o encontro com seu sócio.

Hany visitou-nos em várias ocasiões. Todas as vezes, Omar pedia-me que o esperasse no café. Finalmente, o co-locatário, que sempre se recusava a se relacionar comigo, declarou uma noite que tinha sido muito paciente e que estava na hora de ele retomar seu dia-a-dia; queria voltar para o apartamento. Omar tentou argumentar. Hany insistiu. Confessou que não se sentia à vontade na casa das pessoas que o hospedavam e que estava cansado de sofrer com a hipocrisia delas quando podia passar sem isso. Hany estava decidido. A firmeza de seu rosto e a fixidez de seu olhar não deixavam nenhuma possibilidade de negociação.

— Ele tem razão — disse eu a Omar. — Aqui é sua casa. Ele foi muito paciente.

Hany tinha os olhos fixos em seu sócio. Ele nem viu a mão que lhe estendi para me despedir.

Omar interpôs-se entre mim e seu locatário e, contrariado, disse-lhe:

— Muito bem. Você quer voltar? Está feito. Mas esse cara é meu primo e não vou pô-lo porta fora por nada no mundo. Se eu não encontrar um teto para ele esta noite, vou dormir com ele num banco. E será dessa forma todas as noites, até que ele esteja abrigado.

Tentei protestar. Omar me empurrou para fora e bateu a porta atrás de nós.

Omar foi primeiro à casa de uma conhecida ver em que medida poderia me alojar por dois ou três dias, mas não se entendeu com ela; em seguida, apelou para seu empregador. Este me propôs dormir no depósito. Omar aceitou a princípio; em todo caso, e continuou a bater em outras portas. Quando reconheceu que elas não respondiam, retornamos ao depósito para brincar de guardas-noturnos.

Ao fim de uma semana, constatei que Omar estava cada vez menos falante. Fechara-se em si mesmo e não prestava mais atenção no que eu lhe dizia. Estava infeliz. A precariedade de nossa situação encovava-lhe a face e depositava seu fel no fundo do olhar. Eu me sentia responsável por sua falta de ânimo.

— O que você acha de Sayed, filho do Falcão? — perguntou-me um dia de manhã.

— Nada de especial. Por quê?

— Eu nunca consegui entender esse cara. Não sei como consegue se virar, mas ele mantém uma loja de eletrodomésticos no centro da cidade. Você gostaria de ver em que medida ele poderia dar-lhe uma ajuda?

— Claro. O que o incomoda nessa história?

— Não quero que você pense que estou tentando me livrar de você.

— Claro que não!

Bati-lhe na mão para tranqüilizá-lo.

— Vamos vê-lo, Omar, e imediatamente.

Entramos no furgão e partimos em direção ao centro da cidade. Tivemos de fazer meia-volta por causa de um atentado que acabava de atingir uma delegacia de bairro e contornar uma boa parte da cidade para chegar a um grande bulevar muito animado. A loja de Sayed ficava do lado de uma farmácia, no prolongamento de uma praça intacta. Omar estacionou a uns cem metros do estabelecimento. Não parecia tranqüilo.

— Bom, estamos com sorte, Sayed está no caixa — disse-me ele. — Não somos obrigados a esperar aqui...

Você vai encontrar-se com ele. Faça como se estivesse passando casualmente por aqui e que de repente o reconhecera através do vidro. Certamente, ele vai perguntar o que você está fazendo em Bagdá. Limite-se a contar-lhe a verdade: que você está perambulando pelas ruas há semanas, que não tem para onde ir e que não lhe sobra mais dinheiro. Então, ou ele vai ajudá-lo, ou vai pretextar um monte de dificuldades para ficar livre de você. Se ele o empregar, nem pense em vir me encontrar no depósito. Em todo caso, não imediatamente. Deixe passar uma semana ou duas. Não quero que Sayed saiba onde moro, nem o que faço. Ficarei muito agradecido se nunca citar meu nome em sua presença. Quanto a mim, volto para o depósito. Se você não estiver lá à noite, saberei que foi contratado.

Apressado, ele me empurrou para a calçada, fez sinal com o polegar e se esgueirou rapidamente por entre os carros que manobravam no meio dos pedestres.

Sayed escrevia num livro. Estava com as mangas da camisa arregaçadas, perto de um pequeno ventilador barulhento. Levantou os óculos para o alto da testa e franziu os olhos quando notou minha silhueta indecisa na entrada da loja. Levou um certo tempo para me situar em sua memória, pois não tínhamos sido muito próximos um do outro. Meu coração disparou. Depois o rosto do filho do Falcão iluminou-se e um amplo sorriso abriu-se em sua face.

— Não é verdade — gritou ele, abrindo os braços para me receber.

Abraçou-me longamente.

— Mas o que é que você está fazendo em Bagdá?

Contei-lhe mais ou menos o que Omar me recomendara. Sayed escutou-me com interesse, com o rosto inexpressivo. Eu tinha dificuldade em saber se minha desgraça o tocava ou não. Quando levantou a mão para me interromper, achei que estava me expulsando. Para meu grande alívio, ele a colocou em meu ombro e me declarou que, a partir daquele momento, minhas preocupações eram as dele e que, se isso fosse de meu interesse, eu poderia trabalhar em sua loja e morar no andar acima, num quartinho.

— Aqui, vendo televisores, antenas parabólicas, microondas etc. O que você teria de fazer é manter atualizados os registros das saídas e das chegadas. Você esteve na faculdade, não é mesmo?

— No primeiro ano de letras.

— Perfeito! A contabilidade é uma questão de honestidade, e você é um rapaz honesto. O resto você aprende com o passar do tempo. Não é um bicho-de-sete-cabeças, você vai ver... Estou muito contente em recebê-lo, sinceramente.

Subimos ao andar superior para ver meu quarto. O compartimento era ocupado por um jovem guarda-noturno que ficou aliviado por ser designado para outras tarefas e poder, dessa forma, voltar para casa depois do fechamento da loja. Gostei do lugar. Havia uma cama de campanha, uma televisão, uma mesa e um armário para colocar minhas coisas. Sayed adiantou-me dinheiro a fim de que eu pudesse tomar um banho e comprar uns produtos de toalete e roupas. Ofereceu-me também uma refeição num restaurante de verdade.

Dormi como um anjo.

No dia seguinte, às oito e meia, levantei a porta de ferro da loja. Os primeiros empregados — eram três — já estavam esperando na calçada. Sayed juntou-se a nós alguns minutos mais tarde e fez as respectivas apresentações. Os empregados não demonstraram muito entusiasmo ao me apertarem a mão. Eram jovens citadinos pouco comunicativos e desconfiados. O mais alto, Rachid, era encarregado da parte de trás da loja, à qual ninguém tinha acesso. Sua tarefa consistia em armazenar a mercadoria e zelar pela sua entrega. O mais velho, Amr, era o entregador. O terceiro, Ismail, encarregava-se do serviço pós-venda e era engenheiro eletrônico.

O escritório de Sayed fazia as vezes de sala de recepção. Reinava diante de uma baia envidraçada e deixava o resto da sala para os produtos em exposição. Havia prateleiras metálicas ao longo das paredes. Televisores de marca asiática, de tela grande ou pequena, valorizados por antenas parabólicas e todas as espécies de acessórios sofisticados, ocupavam o essencial dos espaços reservados. Havia também cafeteiras elétricas, liquidificadores, grelhas e utensílios de cozinha. Ao contrário da loja do vendedor de móveis, a de Sayed, situada numa importante avenida comercial, nunca ficava vazia. Os fregueses se acotovelavam ao longo do dia. É claro que a maioria vinha para dar uma olhada, mas as vendas eram constantes.

Eu estava bem até o dia em que Sayed me contou que "amigos muito queridos" me esperavam em meu quarto no andar de cima. Eu estava voltando do almoço. Sayed subiu antes de mim. Abriu a porta, e vi Yassim e os gêmeos Hassan e Hossein sentados em minha cama. Alguma coisa estremeceu dentro de mim. Os gêmeos estavam encantados por me rever. Saltaram em cima de mim e, rindo, deram-me tapas afetuosos. Quanto a Yassim, não se levantou. Permanecia imóvel na cama, com a espinha ereta, semelhante a uma cobra. Pigarreou para fazer com que os dois irmãos parassem a brincadeira e pousou sobre mim esse olhar que ninguém em Kafr Karam ousava enfrentar.

— Você precisou de tempo para despertar para si mesmo — disse-me ele.

Eu não compreendi o que ele queria dizer com isso.

Os gêmeos encostaram-se na parede e me deixaram sozinho no meio do quartinho, diante de Yassim.

— Está tudo bem?

— Não tenho o que lamentar.

— Eu lamento por você.

Mexeu-se para soltar uma parte do paletó presa em seu traseiro. Yassim estava mudado. Eu lhe daria dez anos a mais. Alguns meses tinham sido suficientes para endurecer-lhe os traços. Seu olhar continuava intimidante, mas as comissuras de seus lábios estavam escavadas, como se o riso forçado acabasse por afundá-las.

Decidi não me deixar impressionar.

— Será que posso saber por que você me lamenta?

Balançou a cabeça.

— Você pensa que não é para ser lamentado?

— Estou escutando.

— Ele está me escutando... Finalmente ele ouve, nosso caro filho do cavador de poços. Com o que vamos aborrecê-lo agora?

Ele me olhou com desprezo:

— Eu me pergunto como isso trabalha na sua cabeça, moço. É preciso ser autista para não ver o que está acontecendo. O país está em guerra, e milhões de cretinos agem como se nada fosse. Quando há explosões nas ruas, eles voltam para casa e fecham as janelas, pensando assim que estão lavando as mãos. Mas as coisas não acontecem dessa maneira. Cedo ou tarde, a guerra vai jogar no chão seu hipotético abrigo e surpreendê-los na cama... Quantas vezes eu repeti isso em Kafr Karam? Eu lhe dizia: se não se vai ao fogo, o fogo virá até nós. Quem me ouviu? Hein, Hassan, quem me ouviu?

— Ninguém — respondeu Hassan.

— Será que você esperou o fogo?

— Não, Yassim — disse Hassan.

— Será que você esperou que uns filhos do cão viessem tirá-lo de sua cama, no meio da noite, para você despertar para si mesmo?

— Não — repetiu Hassan.

— E você, Hossein, será que foi preciso que uns filhos do cão o arrastassem na lama para que você se levantasse?

— Não — respondeu Hossein.

Yassim olhou-me de novo com desprezo:

— Eu não esperei que cuspissem em meu amor-próprio para me insurgir. O que me faltava em Kafr Karam? De que eu me lamentava? Eu poderia ter fechado minhas janelas e tapado meus ouvidos. Mas eu sabia que, se não fosse ao fogo, o fogo viria até mim. Então peguei em armas para não acabar como Suleyman. Por uma questão de sobrevivência? Por uma questão de lógica, somente. Este país é meu. Canalhas procuram extorqui-lo de mim. O que eu faço? O que eu faço, segundo você? Você acha que eu estou esperando que venham violar minha mãe diante de meus olhos e sob meu teto?

Hassan e Hossein abaixaram a cabeça.

Yassim respirou lentamente e, moderando a acuidade de seu olhar, disse-me:

— Eu sei o que aconteceu em sua casa.

Eu franzi as sobrancelhas.

— Pois é — acrescentou. — O que é cemitério para os homens vira horta assim que eles se afastam. As mulheres não sabem o que significa a palavra segredo.

Eu abaixei a cabeça.

Ele encostou-se na parede, cruzou os braços sobre o peito e me olhou fixamente, em silêncio. Seu olhar me deixava incomodado. Cruzou os joelhos e colocou em cima as mãos espalmadas.

— Eu sei o que é ver seu venerado pai jogado no chão, com os testículos à mostra, por um brutamontes — disse ele.

Meu pomo-de-adão bloqueou-se em minha garganta. Não, ele não iria mostrar minha roupa suja no meio da via pública! Eu não suportaria isso.

Yassim lia em meu rosto o que eu gritava em meu íntimo. Ele não fez caso.

Mostrou com o queixo os gêmeos, depois Sayed e prosseguiu:

— Nós todos aqui, eu e os outros e os mendigos que pedem esmolas na rua sabemos *perfeitamente* o que esse ultraje significa... O soldado americano, não. Ele não pode avaliar a abrangência do sacrilégio. Ele não sabe nem mesmo o que é um sacrilégio. Em seu mundo, mandam-se os pais para asilos de velhos e os esquecem ali como a mais nova de suas preocupações; tratam sua mãe de prostituta e seu genitor de imbecil... O que se pode esperar de um tipo assim, hein?

A raiva afogava-me.

Yassim via isso nitidamente; mas ele foi mais longe:

— Que se pode esperar de um fedelho que colocaria num matadouro a mulher que o carregou em seu ventre, o pôs no mundo a fórceps, o concebeu fibra por fibra, o educou etapa por etapa e que o velou tantas vezes quanto o pastor a sua estrela?... Que ele respeite nossas mães? Que ele beije a cabeça dos velhos de nosso país?

O silêncio de Sayed e dos gêmeos aumentava minha raiva. Eu tinha a impressão de que tinham me arrastado para uma armadilha e eu estava furioso com eles. O fato de Yassim ter-se metido no que não lhe dizia respeito era um pouco o que fazia sua reputação, mas que os outros participassem disso sem, na verdade, se envolverem completamente me deixava furioso.

Sayed entendeu que eu estava a ponto de explodir e acabou falando:

— Essa gente não tem consideração pelas pessoas velhas mais do que por seus filhos. É o que Yassim tenta lhe explicar. Ele não está lhe passando um sabão. Ele está contando. O que aconteceu em Kafr Karam perturba-nos a todos, eu lhe garanto. Eu desconhecia essa história até hoje de manhã. E, quando me contaram, fiquei louco de fúria. Yassim tem razão. Os americanos foram longe demais.

— Sinceramente, o que você esperava? — resmungou Yassim, irritado com a intervenção de Sayed. — Que eles ficassem de costas diante da nudez de um sexagenário doente e aterrorizado?

Ele agitou sua mão:

— Por quê?

Eu perdera o uso da palavra.

Sayed aproveitou para me atacar:

— Por que você esperava que eles se virassem de costas, eles que podem surpreender seus melhores amigos trepando com suas mulheres e fazer como se nada fosse? O pudor é uma coisa que eles perderam de vista há tempos. A honra? Eles falsificaram seus códigos. Não são mais do que abortos furiosos que derrubam os valores como macacos em loja de louça. Eles vêm de um universo injusto e cruel, sem humanidade nem moral, em que o poderoso se nutre da carne dos subjugados, em que a violência e o ódio resumem a História deles, em que o maquiavelismo molda e justifica as iniciativas e as ambições. O que podem eles entender de nosso mundo, que contém em si as mais fabulosas páginas da civilização humana, em que os valores fundamentais não envelheceram, em que os juramentos não cederam nem um pouco, em que os pontos de referência de outrora não mudaram em nada?

— Pouca coisa — disse Yassim, que se levantou, aproximou-se de mim e ficou cara a cara comigo. — Pouca coisa, meu irmão.

E Sayed:

— Eles não sabem o que são nossos costumes, nossos sonhos e nossas preces. Eles não sabem, sobretudo, que temos com quem nos parecer, que nossa memória está intacta e nossas escolhas são justas. O que eles conhecem da Mesopotâmia, deste Iraque fantástico que eles espezinham com seus tanques infectos? Da Torre de Babel, dos Jardins Suspensos de Harun al-Rachid, das *Mil e Uma Noites*? Nada! Eles nunca olham para esse lado da História e só vêem em nosso país uma imensa poça de petróleo em que eles vão sugar até a última gota de nosso sangue. Eles não estão na História; estão num filão, numa mina de ouro, na espoliação. Não são mais do que mercenários a soldo das Finanças. Eles reduziram todos os valores a uma assustadora questão de dinheiro, todas as virtudes à questão do lucro. Predadores temíveis, é isso que são. Eles seriam capazes de andar sobre o corpo de Cristo para encher os bolsos. E, quando não se está de acordo, eles tiram sua artilharia pesada e metralham nossos santos, apedrejam nossos monumentos e assoam o nariz em nossos pergaminhos milenares.

Yassim empurrou-me para a janela e gritou:

— Olhe para eles; vamos, dê uma olhada pelo vidro e você vai ver quem são de fato: são máquinas.

— E essas máquinas vão ser derrotadas em Bagdá — disse Sayed. — E lá fora, em nossas ruas, está acontecendo o maior duelo de todos os tempos, o choque dos titãs: Babilônia contra Disneylândia, a Torre de Babel contra o Empire State, os Jardins Suspensos contra a Golden Gate, Scheherezade contra Bonnie Baker, Simbá contra o Exterminador...

Eu estava intimidado, completamente intimidado. Tinha a impressão de estar no centro de uma encenação, bem no meio de um ensaio teatral. Cercado de atores medíocres, que decoraram seu texto sem que com isso estivessem à altura de repeti-lo com o talento que merecia e, no entanto... no entanto, parecia-me que era exatamente o que eu gostaria de ouvir, que suas afirmações eram aquelas mesmas que me faltavam e cuja falta enchia minha cabeça de enxaquecas e de insônias. Tinha pouca importância saber se Sayed estava sendo sincero ou se Yassim estava me falando com palavras dele, palavras que lhe saíam das entranhas; a única certeza que eu tinha era de que a encenação me convinha, que ela me assentava como uma luva, que o segredo que eu ruminava havia semanas estava partilhado, que meu ódio não estava mais sozinho, que ele me restituía o essencial de minha determinação. Eu tinha dificuldade em definir essa alquimia que, em outras condições, me teria feito rir a bandeiras despregadas, pois, ao mesmo tempo, eu me sentia aliviado. Esse desprezível Yassim acabava de me tirar um enorme espinho do pé. Ele soubera tocar-me exatamente ali onde era preciso, remexer em todas as coisas horríveis de que me tinha empanturrado desde aquela noite em que o céu caíra na minha cabeça. Eu viera a Bagdá para vingar uma ofensa, mas não sabia como agir. A partir de agora, isso não era mais problema.

Por isso, quando Yassim consentiu finalmente em me abrir os braços, era como se ele me abrisse o único caminho que conduzia ao que eu procurava mais do que tudo no mundo: a honra dos meus.

13

Yassim e seus dois anjos da guarda, Hassan e Hossein, não vieram mais à loja. Naquela noite, Sayed convidou-nos para jantar em sua casa, todos os quatro, para festejar nosso encontro e selar nosso juramento; em seguida, depois da refeição, os três camaradas despediram-se de nós e desapareceram de circulação.

Retomei meu trabalho de guarda-noturno, que consistia em abrir a loja para os empregados e fechá-la depois de sua saída. Passaram-se semanas. Meus colegas me aceitaram mal. Cumprimentavam-me pela manhã e à noite, e mais nada. Sua indiferença me exasperava. No entanto, eu tentara ganhar-lhes a confiança; com o passar do tempo, passei também a ignorá-los. Restava-me ainda orgulho suficiente para me proibir de sorrir como um idiota para pessoas que não sabiam retribuir.

Eu fazia minhas refeições na praça, num restaurante de higiene discutível. Sayed entendera-se com o gerente para que ele abrisse uma conta e enviasse a fatura à loja no final do mês.

O gerente era um homem baixo, moreno, ágil e jovial. Tínhamos simpatizado um com o outro. Mais tarde, eu iria ficar sabendo que o restaurante pertencia a Sayed, bem como a banca de jornais, duas mercearias, uma loja de calçados no bulevar, um estúdio de fotografia e uma loja de telefonia.

Sayed dava-me um bom salário no fim da semana. Eu comprava roupas para mim, coisas de pouco valor e o resto eu punha numa sacola de couro, destinada à minha irmã gêmea Bahia; contava enviar-lhe tudo o que conseguisse guardar.

As coisas entravam nos eixos sem dificuldade. Eu estabelecera uma pequena rotina sob medida. Depois do fechamento da loja, saía para dar uma volta no centro da cidade. Gostava de caminhar. Todos os dias havia um pólo de atrações em Bagdá. Os tiroteios correspondiam aos atentados, as *blitze*, às emboscadas, às incursões punitivas, às marchas de protesto. As pessoas acomodavam-se com isso. Um lugar não estava ainda totalmente recuperado de uma explosão ou de uma execução sumária e a multidão já o ocupava. Fatalista. Estóica. Várias vezes, cheguei ao local de uma carnificina ainda recente e fiquei ali observando o horror até a chegada do socorro e do exército. Olhava os funcionários das ambulâncias recolherem os pedaços de corpos nas calçadas, os bombeiros evacuarem os prédios que explodiram, os guardas interrogarem os proprietários. Com as mãos nos bolsos, eu me esquecia de mim durante horas. Iniciando-me no exercício do ódio, eu me perguntava, enquanto os parentes das vítimas levantavam as mãos ao céu gritando sua dor, se seria capaz de infligir a outros os mesmos sofrimentos, e percebia que essas questões não me chocavam. Voltava para meu quarto caminhando tranqüilamente. Minhas noites nunca eram atingidas pelo pesadelo das ruas.

Uma vez, cerca de duas horas da manhã, fui despertado por ruídos abafados. Acendi a luz do andar, depois a do térreo, para verificar se um ladrão não entrara no local enquanto eu dormia. Não havia ninguém na loja e nenhum produto exposto parecia estar faltando. Os ruídos vinham da parte de trás, cuja porta era fechada por dentro. Era o setor de consertos, um território proibido a pessoas não autorizadas. Eu não tinha direito de entrar lá. Portanto, fiquei na sala comercial até a partida dos intrusos. No dia seguinte, contei o ocorrido a Sayed. Ele explicou-me que acontecia de o engenheiro ter de trabalhar até tarde para satisfazer fregueses exigentes e lembrou-me que o ateliê de consertos não era de minha competência. Percebi pelo seu tom que era uma advertência peremptória.

Numa sexta-feira à tarde, quando eu me esgueirava entre os pobres nas margens do Tigre, Omar, o Cabo, abordou-me. Fazia semanas que eu não o via. Usava o mesmo terno, mas malcuidado, novos óculos de sol grotescos, e tinha respingos de gordura na parte da frente da camisa que sua barriga parecia querer rasgar.

— Você está zangado comigo ou o quê? — disse-me ele. — Pergunto por você todos os dias no depósito e o ajudante me responde que você não passou por lá. Será que você está me criticando por algum motivo?

— O quê, por exemplo? Você foi mais do que um irmão para mim.

— Então, por que está me evitando?

— Não o estou evitando. Estou muito ocupado, só isso.

Tentou ler nos meus olhos se eu estava lhe escondendo alguma coisa. Estava agitado.

— Tenho estado preocupado com você — confessou-me. — Você não pode avaliar o quanto me arrependo de tê-lo jogado nos braços de Sayed. Cada vez que penso nisso, tenho vontade de arrancar os cabelos.

— Não se preocupe. Estou muito bem com ele.

— Eu não me perdoaria se ele o envolvesse em negócios escusos... histórias de sangue.

Ele tinha hesitado várias vezes antes de pôr para fora o que o atormentava. Os óculos escuros escondiam-me seu olhar, mas a expressão do rosto o traía. Omar estava desesperado, perseguido por esse drama de consciência. Deixava crescer a barba em sinal de contrição.

— Não vim a Bagdá para ganhar dinheiro, Omar. Já falamos sobre isso. É inútil acrescentar mais alguma coisa.

Minha resposta, longe de tranqüilizá-lo, chocou-o. Ele coçava a cabeça, mais aborrecido do que nunca.

— Venha — disse-lhe eu. — Vamos comer. Sou eu que convido.

— Não tenho fome. Para ser franco, não como mais desde que tive essa idéia abominável de confiá-lo a Sayed.

— Por favor...

— Tenho de ir embora. Não quero que me vejam com você. Seus amigos e eu não temos nada em comum.

— Sou livre para ver quem quiser.

— Eu não.

Apertou nervosamente os dedos e, depois de olhar em torno de nós com desconfiança, propôs-me:

— Falei com um colega do exército a seu respeito. Ele está pronto a recebê-lo na casa dele por um certo tempo. É um ex-tenente, um cara simpático. Está montando uma empresa e precisa de um homem de confiança.

— Eu estou exatamente onde gostaria de estar.

— Tem certeza?

— Absoluta.

Balançou a cabeça, com a morte na alma.

— Bem — disse ele, estendendo-me a mão —, se você sabe o que quer, só me resta deixar para lá. Se, por acaso, mudar de opinião, você sabe onde me encontrar. Pode contar comigo.

— Obrigado, Omar.

Ele baixou a cabeça e afastou-se.

Depois de uns dez passos, mudou de idéia e voltou. Seu rosto tremia espasmodicamente.

— Mais uma coisa, primo — sussurrou-me ele. — Se você tiver de lutar, faça isso de maneira limpa. Lute *em prol* de seu país e não *contra* o mundo todo. Separe bem as coisas e distinga o joio do trigo. Não mate qualquer um, não atire de qualquer jeito. Morrem mais inocentes do que salafrários. Você me promete isso?

— ...

— Está vendo? Você já está no caminho errado. O mundo não é nosso inimigo. Lembre-se dos povos que protestaram contra a guerra, esses milhões de pessoas que desfilaram em Madri, Roma, Paris, Tóquio, na América do Sul, na Ásia. Todos estavam e ainda estão do nosso lado. Eles foram mais numerosos a nos apoiar do que nos países árabes. Não esqueça disso. Todas as nações são vítimas da bulimia de um punhado de multinacionais. Seria atroz colocá-las no mesmo saco. Raptar jornalistas, executar membros de ONGs que só estão entre nós para ajudar, não é do nosso costume. Se quiser vingar uma ofensa, não ofenda ninguém. Se você pensa que sua honra deve ser salva, não desonre seu povo. Não ceda à loucura. Eu me enforcaria imediatamente se o reconhecesse numa gravação filmada, confundindo execução arbitrária e ato de bravura...

Enxugou o nariz na manga, balançou mais uma vez a cabeça com a nuca entre os ombros, e concluiu:

— Com certeza, eu vou me enforcar imediatamente, primo. A partir de agora, diga para você mesmo que tudo o que fizer me diz respeito diretamente.

E apressou-se em se confundir com os grupos desorientados que perambulavam ao longo do rio.

Dois meses depois de minha conversa com Omar, meus reflexos não mudaram em nada. Despertar às seis horas da manhã, abertura da loja duas horas mais tarde, transcrição nos registros das chegadas e das saídas de mercadorias, fechamento da loja no final da tarde. Depois de dispensar os empregados, Sayed e eu fazíamos o levantamento das vendas e o inventário das novas aquisições. Uma vez apurada a receita e determinadas as previsões para o dia seguinte, ele me dava o molho de chaves e levava a sacola cheia de dinheiro. A rotina começava a me pesar e meu universo se estreitava cada vez mais. Eu não ia mais à cidade, não percorria mais os cafés. Meu itinerário limitava-se a dois pontos distantes um do outro uns cem metros: o restaurante e a loja. Jantava cedo, comprava limonada e biscoitos na mercearia ao lado e me trancava em meu quarto. Passava o tempo vendo televisão, indo de um canal para outro, incapaz de me concentrar num programa ou num filme. Essa situação aumentava meu desgosto, deformava meu caráter. Tornava-me cada vez mais susceptível, cada vez menos paciente, e uma agressividade que eu não reconhecia em mim passou a caracterizar minhas palavras e meus gestos. Não suportava mais que meus colegas me ignorassem e não deixava de mostrar isso em nenhuma oportunidade. Quando alguém não correspondia a meu sorriso, eu murmurava "imbecil" de modo que ele pudesse ouvir e, se ousasse franzir as sobrancelhas, eu o encarava e zombava dele. Não íamos mais adiante e isso me deixava frustrado.

Numa noite, não agüentando mais, perguntei a Sayed o que ele estava esperando para me mandar para a luta. Respondeu-me num tom que me fez mal: "Cada coisa no seu tempo!". Eu tinha a impressão de ser insignificante e de não valer nada. Eles não perdem por esperar, prometia eu. Um dia, vou lhes mostrar do que sou capaz. Por enquanto, já que a iniciativa não dependia de mim, contentava-me em ruminar minhas frustrações e em arquitetar, para ocupar minhas insônias, projetos mirabolantes de vingança.

Depois, tudo se encadeou...

Eu tinha despedido o último freguês e abaixado metade da porta da loja quando dois homens me fizeram sinal para recuar e deixá-los entrar. Os empregados, Amr e Rachid, que estavam arrumando suas coisas para sair, ficaram paralisados. Sayed voltou a pôr os óculos; quando reconheceu os dois intrusos, levantou-se de trás da escrivaninha, tirou um envelope de uma gaveta e, com um piparote, empurrou-o por cima da mesa. Os dois homens se entreolharam e cruzaram as mãos. O mais alto, de mais de cinqüenta anos, tinha uma cara patibular. Uma horrível marca de queimadura na face direita obrigava sua pálpebra a se enrugar um pouco. Era um brutamontes em estado puro, de olhar pérfido e ricto sarcástico. Usava um paletó de couro gasto nos cotovelos, aberto sobre um suéter verde-garrafa salpicado de caspa. O outro, de uns trinta anos, mostrava os dentes de jovem ambicioso num sorriso afetado. Sua desenvoltura traía o arrivista com pressa de queimar etapas, convencido de que seus galões de policial tinham poderes talismânicos. Sua calça jeans era nova, dobrada na barra, sobre mocassins gastos. Olhava fixamente para Rachid de pé sobre um banquinho.

— Boa tarde, meu bom príncipe — disse o mais velho.

— Boa tarde, capitão —, respondeu Sayed batendo com o dedo no envelope. — Ele estava esperando por você.

— Eu estava em missão nesses últimos dias.

O capitão aproximou-se da mesa lentamente, pesou o envelope e resmungou:

— Ele ficou mais magro.

— A conta está aí.

O oficial de polícia esboçou uma careta cética.

— Você conhece meus problemas de família, Sayed. Tenho toda uma tribo para sustentar, e faz seis meses que não se recebe salário.

Indicou seu colega com o polegar:

— Meu amigo também está numa situação difícil. Ele quer se casar e não consegue encontrar um quarto de dormir.

Sayed crispou os lábios antes de voltar a mergulhar a mão na gaveta. Tirou algumas notas suplementares que o capitão fez desaparecer com um gesto de prestidigitador.

— Você é um bom príncipe, Sayed. Deus vai lhe pagar.

— Estamos atravessando um período difícil, capitão. É preciso que uns ajudem os outros.

O capitão coçou a face ferida, fingiu estar sem graça e ter de buscar no olhar de seu companheiro de equipe a força para furar o abscesso:

— Para dizer a verdade, não vim por causa do envelope. Meu amigo e eu estamos montando um negócio e pensei que talvez você estivesse interessado, que poderia nos dar uma ajuda.

Sayed tornou a se sentar e pôs o polegar e o indicador dos lados da boca.

O capitão ocupou o assento de frente para a escrivaninha e cruzou as pernas.

— Estou lançando uma pequena agência de viagens.

— Em Bagdá? Você acha que nosso país é um destino apreciado?

— Tenho parentes em Amã. Eles acham que seria bom para mim investir lá. Já viajei bastante e, para ser franco com você, não vejo o fim do túnel por aqui. Temos nos braços um segundo Vietnã, e não faço questão de perder minha vida. Tenho três projéteis no corpo e um coquetel Molotov quase me desfigurou. Decidi devolver a insígnia e ir para a Jordânia fazer fortuna. Meu negócio é lucrativo. Cem por cento de lucro. E legal. Se você quiser, fica meu sócio.

— Tenho dificuldades suficientes com meu próprio comércio.

— Pare com isso. Você se vira muito bem.

— Nem tanto.

O capitão pôs um cigarro na boca e acendeu-o com um isqueiro descartável. Soprou a fumaça na cara de Sayed, que limitou-se a virar ligeiramente.

— Que pena, disse o policial, você está perdendo uma excelente oportunidade, meu amigo. De fato, isso não o tenta?

— Não.

— Sem problema. E se agora passássemos ao objetivo de minha visita?

— Estou escutando.

— Será que você confia em mim?

— O que isso quer dizer?

— Desde que eu vigio seus negócios, será que tentei enganá-lo?

— Não.

— E se eu lhe pedisse que me adiantasse um pouco de dinheiro para montar meu negócio, será que você acha que não o reembolsaria?

Sayed esperava por esse ataque. Sorriu e abriu os braços:

— Você é uma pessoa leal, capitão. Eu lhe adiantaria milhões de olhos fechados, mas tenho dívidas até aqui e a loja vai devagar.

— Diga isso para outro! — disse o capitão apagando o cigarro mal começado sobre o vidro da escrivaninha. — Você está nadando em ouro. O que é que você acha que eu faço ao longo do dia? Sento no café da frente e anoto o vai-e-vem de seus furgões. Você vende duas vezes mais do que recebe. Só no dia de hoje — acrescentou ele tirando um pequeno bloco do bolso interno de seu paletó — você tirou dois refrigeradores grandes, quatro máquinas de lavar, quatro televisores e um monte de fregueses saíram com diversas caixas. E ainda estamos só na segunda-feira. No ritmo com que escoa seus produtos, você deveria fundar seu próprio banco.

— Você está me espionando, capitão?

— Eu sou sua estrela, Sayed. Eu vigio seus pequenos arranjos. Será que você foi incomodado pelos impostos? Será que outros policiais vieram tirar dinheiro de você? Você está tranqüilo quanto ao restante de seu tráfico. Sei que suas faturas são tão falsas quanto suas declarações sobre a honra e vigio para que elas permaneçam totalmente impunes. E você me dá migalhas e acha que está me cobrindo de seda. Não sou um mendigo, Sayed.

Levantou-se bruscamente e caminhou em linha reta para o depósito. Sayed não teve tempo de detê-lo. O capitão entrou na parte de trás da loja e mostrou com um gesto amplo as inúmeras caixas de papelão empilhadas, que ocupavam três quartos da sala.

— Aposto que toda essa mercadoria nunca passou por um posto aduaneiro.

— Todo mundo trabalha no mercado negro em Bagdá.

Sayed transpirava. Estava furioso, mas procurava se conter. Os dois policiais tinham a aparência calma daqueles que comandam a dança com mão de ferro. Sabiam o que queriam e como fazer para obtê-lo. Subornar era a vocação mais importante do conjunto de funcionários estatais, em particular nos setores de segurança; uma velha prática herdada do sistema deposto e que continuava a ser exercida desde a ocupação, corroborada pela confusão e pela pauperização galopante que reinava no país em que os seqüestros crapulosos, as caixinhas, os desvios de dinheiro e as extorsões de fundos eram práticas comuns.

— Quanto temos aqui? — perguntou o capitão a seu colega.

— O suficiente para comprar uma ilha no Pacífico.

— Você acha que estamos pedindo alguma coisa tão impossível assim, inspetor?

— Exatamente o suficiente para não morrer de sede, chefe.

Sayed enxugou-se com um lenço. Amr e Rachid permaneciam na soleira da porta, atrás dos dois policiais, à espera de um sinal do patrão.

— Voltemos ao escritório — balbuciou Sayed ao capitão. — Vamos ver o que posso fazer para ajudá-los a montar a empresa.

— Enfim alguém sensato — disse o capitão, abrindo os braços. — Atenção, se for um envelope como o que você me passou, não vale a pena.

— Não, não — disse Sayed, com pressa de deixar o depósito —, vamos encontrar um jeito. Voltemos ao escritório.

O capitão franziu as sobrancelhas.

— Parece que você tem alguma coisa a esconder, Sayed. Por que você nos põe para fora? O que há neste depósito além do que se vê?

— Nada, garanto-lhe. Só que é hora de fechar e tenho um encontro com alguém do outro lado da cidade.

— Tem certeza?

— O que você quer que eu esconda aqui? Toda a mercadoria está aqui, nas embalagens.

O capitão franziu a pálpebra direita. Estaria ele duvidando de alguma coisa e procuraria pôr Sayed à prova? Aproximou-se das muralhas de caixas, fuçou aqui e ali. De repente, virou para trás para ver se Sayed prendia ou não a respiração. A imobilidade de Amr e de Rachid pôs-lhe uma pulga atrás da orelha. Agachou-se para ver por baixo das pilhas de televisores e das diferentes embalagens, avistou uma porta escondida num canto e encaminhou-se para ela:

— O que há lá atrás?

— É a oficina de consertos. Está fechada a chave. O engenheiro foi embora há uma hora.

— Posso dar uma olhada?

— Está fechada por dentro. O engenheiro tem acesso pelo outro lado.

De repente, no momento em que o capitão se preparava para desistir, um ruído soou atrás da porta, petrificando Sayed e seus empregados. O capitão ergueu a sobrancelha, encantado por flagrar seu interlocutor mentindo.

— Eu lhe garanto que pensei que ele tinha ido embora, capitão.

O capitão bateu na porta.

— Abra, moço, senão eu arrombo.

— Um minuto, estou acabando uma solda — disse o engenheiro.

Ouviram-se rangidos, depois ruídos metálicos; uma chave girou na fechadura e a porta se abriu sobre o engenheiro de camiseta e calça de moletom. O capitão viu uma mesa cheia de arames, minúsculas porcas, chaves de parafusos, pequenos potes de tinta e de cola e material de solda em torno de uma televisão desmontada cuja tampa, recolocada com pressa, caiu, revelando um emaranhado de fios no interior da caixa. O capitão franziu de novo sua pálpebra direita. No momento em que descobriu a bomba meio dissimulada no interior do aparelho, no lugar do tubo catódico, sua garganta se contraiu e seu rosto se fechou de repente, quando o engenheiro lhe colocou o cano de uma pistola na nuca.

Por estar mais afastado, o inspetor não entendeu imediatamente o que estava acontecendo. O silêncio que acabava de se instalar na sala fez com que, instintivamente, levasse a mão ao cinto. Não conseguiu pegar sua arma. Amr voou sobre ela por trás, tapou-lhe a boca com a mão e cravou fundo um punhal abaixo de sua omoplata. O inspetor arregalou os olhos incrédulos, estremeceu da cabeça aos pés e caiu suavemente no chão.

O capitão tremia por todo o corpo. Não conseguia levantar os braços em sinal de rendição nem se inclinar para a frente.

— Não vou dizer nada, Sayed.

— Só os mortos sabem conter a língua, capitão. Lamento muito.

— Suplico-lhe. Tenho seis filhos...

— Era preciso pensar nisso antes.

— Por favor, Sayed, poupe-me. Juro que não digo nada. Se quiser, empregue-me na sua equipe. Serei seus ouvidos e seus olhos. Eu nunca aprovei os americanos. Eu os detesto. Sou policial, mas você pode verificar que nunca bati num resistente. Estou totalmente com vocês. Sayed, é verdade o que eu estava lhe dizendo; tenho intenção de ir embora. Não me mate, pelo amor de Deus. Tenho seis filhos, e o mais velho não tem quinze anos.

— Você estava me espionando?

— Não, juro-lhe que não. Quis somente ser ávido demais.

— Nesse caso, por que não veio sozinho?

— É meu colega de equipe.

— Não estou falando do cretino que o acompanha, mas dos caras que estão esperando você lá fora, na rua.

— Ninguém está me esperando lá fora, eu lhe juro...

Houve um silêncio. O capitão levantou os olhos; quando viu o sorriso satisfeito de Sayed, entendeu a gravidade de seu erro. Deveria ter sido um pouco mais astuto, dar a impressão de que não estava sozinho. Falta de sorte.

Sayed ordenou-me que fosse baixar completamente a porta da loja. Eu cumpri a ordem. Quando voltei para o depósito, o capitão estava de joelhos, com os pulsos amarrados nas costas. Tinha feito nas calças e chorava como uma criança.

— Você olhou lá fora? — perguntou-me Sayed.

— Não notei nada de anormal.

— Muito bem.

Sayed enfiou a cabeça do capitão num pedaço de embalagem de plástico e, com a ajuda de Rachid, deitou-o no chão. O oficial debateu-se loucamente. O saco ficou branco de vapor. Sayed apertou bem forte a boca do saco em volta do pescoço do capitão. Este ficou sem ar muito rapidamente e começou a se contorcer e a se agitar. Seu corpo foi tomado por convulsões brutais, que levaram muito tempo para diminuir antes que ele amolecesse, depois de uma última contração. Sayed e Rachid continuaram comprimindo o capitão com o peso deles e só se levantaram depois de constatar que o cadáver estava totalmente rígido.

— Livrem-me dos dois cadáveres — ordenou Sayed a Amr e a Rachid. — Quanto a você — disse, virando-se para mim —, limpe esse sangue antes que seque.

14

Sayed encarregara Amr e Rachid de fazer desaparecer os corpos. O engenheiro propusera que se pedisse um resgate às famílias dos dois policiais para dar a impressão de que fora um seqüestro e, dessa forma, confundir a investigação. Sayed respondera-lhe "É problema seu", antes de me intimar a acompanhá-lo. Tomamos sua Mercedes preta e atravessamos a cidade para ir do outro lado do Tigre. Sayed dirigia calmamente. Pusera um CD de música oriental no aparelho e aumentou o som. Sua fleuma natural descontraía-me.

Sempre temi o momento de transpor o limite; agora que o tinha atrás de mim, não sentia nada de especial. Eu assistira à matança com o mesmo distanciamento que mantinha diante das vítimas dos atentados. Eu não era mais o garoto frágil de Kafr Karam. Eu tinha sido substituído por outro indivíduo. Eu estava estupefato com a facilidade com que se passa de um mundo para o outro e quase lamentava ter levado tanto tempo temendo isso. Estava distante o molengão que vomitava ao ver um jorro de sangue e perdia a cabeça quando uma troca de tiros se iniciava; estava longe o frangalho que desmaiou por ocasião do incidente que levou Suleyman. Eu renascia na pele de alguém diferente, aguerrido, frio, implacável. Minhas mãos não tremiam. Meu coração batia normalmente. No retrovisor à minha direita, meu rosto não traía nenhuma expressão; era uma máscara de cera, impenetrável e inacessível.

Sayed levou-me para um pequeno edifício luxuoso, num bairro residencial. Os vigias levantaram a barreira logo que reconheceram sua Mercedes. Sayed parecia muito respeitado pelos guardas. Estacionou o carro na garagem e conduziu-me a um apartamento elegante. Não era aquele para o qual nos convidara, a Yassim, os gêmeos e eu. O lugar era gerido por um velho discreto e obsequioso que desempenhava a função de faz-tudo. Sayed recomendou-me que tomasse um banho e o encontrasse mais tarde no salão de janelas decoradas por cortinas de tafetá.

Tirei a roupa e entrei na banheira irrigada por uma torneira cromada, grande como uma chaleira. A água estava muito quente. Ela perfumou-me rapidamente.

O velho serviu-nos o jantar numa pequena sala reluzente de prataria. Sayed estava vestido com um robe grená que lhe dava um ar de nababo. Jantamos em silêncio. Só se ouviam os ruídos dos talheres que o tilintar do celular perturbava de vez em quando. Sayed olhava primeiro o visor de seu aparelho e depois decidia se atendia ou não. O engenheiro, por sua vez, ligou a respeito dos dois cadáveres. Sayed escutou-o e respondia com vários "hum"; quando fechou o telefone, levantou os olhos finalmente para mim e compreendi que Rachid e Amr tinham feito um bom trabalho.

O velho nos trouxe um cesto de frutas. Sayed continuou a me observar em silêncio. Talvez esperasse que eu conversasse com ele. Eu não via que assunto poderia nos envolver. Sayed era um taciturno até mesmo altivo. Tinha uma maneira de dirigir seus empregados que me desagradava. Obedeciam-lhe à risca e, quando ele decidia, era sem recurso. Paradoxalmente, sua autoridade me tranqüilizava. Com um tipo de sua estatura, eu não tinha razão para me questionar; ele pensava em tudo e parecia preparado para enfrentar qualquer eventualidade.

O velho mostrou-me meu quarto e uma sineta na mesa-de-cabeceira, caso eu precisasse de seus serviços. Verificou ostensivamente se tudo estava em ordem e retirou-se na ponta dos pés.

Deitei e apaguei a lâmpada.

Sayed veio ver se me faltava alguma coisa. Ele permaneceu na soleira da porta, com a mão no trinco, sem acender a luz.

— Tudo bem? — perguntou-me ele.

— Muito bem.

Sacudiu a cabeça, fechou a porta pela metade e abriu-a de novo.

— Gostei muito de seu sangue-frio lá no depósito — disse-me ele.

No dia seguinte, voltei para a loja e para meu quarto no primeiro andar. O comércio retomou seu curso. Ninguém veio nos perguntar se tínhamos visto dois oficiais de polícia nos arredores. Alguns dias mais tarde, a foto do capitão e de seu inspetor decorava a primeira página de um jornal que anunciava o seqüestro deles e o resgate pedido pelos raptores para sua libertação.

Rachid e Amr não mais me deixaram de lado nem me bateram de novo a porta na cara. A partir de agora eu era um deles. O engenheiro continuou a instalar suas bombas nos tubos catódicos. Evidentemente, ele só adulterava um em dez televisores, e nem todos os fregueses eram transportadores da morte. Só notei que os entregadores das encomendas-bomba eram os mesmos, três jovens metidos em macacões de mecânico; chegavam em pequenos furgões marcados nos lados com um imenso logotipo azul acompanhado de um cartaz em árabe e em inglês: "Entrega em domicílio". Estacionavam o veículo atrás do depósito, assinavam a entrega e iam embora.

Sayed desapareceu por uma semana. Quando voltou, participei-lhe meu desejo de juntar-me a Yassim e seu bando. Eu estava morrendo de tédio e o maldito mau cheiro de Bagdá poluía minhas idéias. Sayed pediu-me que tivesse paciência. Para ajudar a ocupar minhas noites, trouxe-me uns DVDs sobre os quais escreveram com caneta indelével Bagdá, Basra, Mossul, Safwan etc., seguido de uma data e de um número. Eram gravações tiradas de reportagens de televisão ou então feitas por amadores, mostrando os excessos das tropas da coalizão: o cerco de Falluja, as expedições punitivas cometidas por soldados britânicos contra garotos iraquianos capturados por ocasião de uma manifestação popular, a execução sumária praticada por um soldado americano contra um civil ferido no centro de uma mesquita, o tiro noturno e sem aviso prévio de um helicóptero americano contra camponeses cujo caminhão quebrara num campo; em resumo, a filmografia da humilhação e dos excessos cuja tendência era se tornarem banais. Assistira à totalidade dos DVDs sem pestanejar. Era como se concentrassem em mim todas as razões possíveis e imagináveis para fazer o mundo voar pelos ares. Era também, provavelmente, o que esperava Sayed; encher-me os olhos, armazenar em meu inconsciente um máximo de ódio que, na época conveniente, poderia conferir a minhas sevícias entusiasmo e certa legitimidade. Eu não me deixava enganar; considerava que tinha uma overdose de ódio e que não era necessário acrescentar mais nada. Eu era um beduíno, e nenhum beduíno pode se conformar com uma ofensa sem que o sangue seja derramado. Sayed deve ter perdido de vista essa regra constante e inflexível que sobrevivia às idades e às gerações; sua vida citadina e suas peregrinações misteriosas seguramente o haviam afastado da alma gregária de Kafr Karam.

Voltei a encontrar Omar. Ele passava o dia a não fazer nada nas casas de jogo. Convidou-me a comer, o que aceitei com a condição de que ele não abordasse assuntos polêmicos. Mostrou-se compreensivo durante a refeição e, de repente, seus olhos se encheram de lágrimas. Por pudor, não lhe perguntei o que o entristecia. Foi ele que me fez confidências. Contou-me as pequenas mesquinharias que lhe fazia Hany, seu co-locatário, e a idéia dele de deixar o país pelo Líbano. À pergunta feita para saber o que lhe causava sofrimento nessa decisão, respondeu que Hany lhe era muito caro, que ele não sobreviveria à sua partida. Despedimo-nos nas margens do Tigre, ele muito bêbado e eu, aborrecido com a idéia de voltar para meu quarto e para minha depressão.

Na loja, a rotina adquiria ares de escravidão. As semanas passavam sobre mim como uma manada de búfalos. Sentia-me sufocado. O tédio cortava-me em pedaços. Eu nem ia mais aos locais dos atentados, e as sirenas de Bagdá não mais me atingiam. Emagrecia a olhos vistos, quase não comia, dormia tarde, com a cabeça quente. Várias vezes, enquanto eu esperava atrás da vitrine, surpreendi-me falando sozinho, gesticulando. Sentia que estava perdendo o fio de minha própria história, que me diluía em minhas exasperações. Não agüentando mais, voltei a ver Sayed para dizer-lhe que estava pronto e que não havia necessidade de toda essa cena para conseguir minha adesão.

Ele estava no pequeno escritório preenchendo formulários. Depois de observar longamente a caneta, pousou-a sobre um monte de folhas, levantou os óculos para o alto da cabeça e girou sua cadeira para ficar de frente para mim.

— Não o estou enganando, primo. Espero instruções a seu respeito. Acho que temos alguma coisa para você, alguma coisa de extraordinário, mas só estamos no estágio da concepção.

— Não agüento mais esperar.

— Você não está certo. Estamos em guerra, e não na entrada de um estádio. Se você perder a paciência agora, não vai saber manter seu sangue-frio no momento em que for preciso. Volte a suas ocupações e aprenda a superar suas angústias.

— Eu não estou angustiado.

— Você está, sim.

Com isso, mandou-me embora.

Numa quarta-feira de manhã, um caminhão explodiu no final da rua levando dois imóveis em sua explosão. Havia pelo menos uns cem corpos espalhados pelo chão. A explosão cavara uma cratera de dois metros e mandara pelos ares a maioria das vitrines em volta. Eu nunca tinha visto Sayed nesse estado. Estava com as duas mãos na cabeça e, cambaleando na calçada, contemplava os estragos. Compreendi que as coisas não aconteceram conforme o previsto, pois, desde o início das hostilidades, o bairro até então fora poupado.

Amr e Rachid baixaram as portas da loja, e Sayed levou-me imediatamente para o outro lado do Tigre. Durante o trajeto, telefonou várias vezes para "sócios" e convidou-os a se encontrarem com ele urgentemente no "número 2". Usava uma linguagem codificada que se assemelhava a uma conversa banal entre comerciantes. Chegamos a um bairro periférico cheio de edifícios decrépitos, em que se amontoava uma gentalha entregue a si mesma. Entramos no pátio de uma casa, em que dois carros acabavam de estacionar. Seus ocupantes, dois homens de terno, acompanharam-nos ao interior da casa. Yassim juntou-se a nós alguns minutos mais tarde. Sayed só estava esperando por ele para abrir a sessão. A reunião durou uns quinze minutos. Essencialmente girou em torno do atentado que acabara de acontecer. Os três homens consultaram-se com o olhar, incapazes de apresentar uma hipótese. Não sabiam quem estava por trás do golpe. Deduzi que Yassim e os dois desconhecidos eram os chefes dos grupos que operavam nas áreas vizinhas, também eles pegos desprevenidos. Para Sayed, um novo grupo, desconhecido e forçosamente dissidente, tentava se imiscuir em seu setor e era preciso imperativamente identificá-lo para impedi-lo de alterar seus planos de ação e, por conseguinte, deitar por terra a divisão operatória em vigor. A reunião terminou. Os dois que chegaram primeiro foram embora, e depois Sayed, que, antes de entrar em seu carro, me confiou a Yassim "até nova ordem".

Yassim não estava contente em me integrar a seu grupo, sobretudo agora que desconhecidos tinham começado a apoderar-se de seu domínio. Contentou-se em me conduzir a um esconderijo ao norte de Bagdá; um buraco um pouco mais largo que uma cabine de votação, equipado com uma cama beliche e um armário minúsculo. O local era ocupado por um rapaz filiforme, com o rosto como uma lâmina de faca, do qual surgia um grande nariz curvo, atenuado por um pequeno bigode loiro. Estava dormindo quando chegamos. Yassim explicou-lhe que ele devia hospedar-me por dois ou três dias. O rapaz concordou com a cabeça. Quando Yassim foi embora, convidou-me a ocupar a cama de baixo.

— A polícia está atrás de você? — perguntou-me ele.

— Não.

— Você acabou de chegar?

— Não.

Pensou que eu não queria conversar com ele e calou-se.

Ficamos sentados um ao lado do outro até o meio-dia. Eu estava furioso com Yassim, e com o que estava me acontecendo. Tinha a impressão de ser jogado de um lado para outro como uma simples trouxa.

— Bem — disse o rapaz —, vou comprar sanduíches. Frango ou espetinho de carneiro?

— Você traz o que quiser.

Vestiu um paletó e saiu. Eu o ouvi descer depressa a escada e depois mais nada. Prestei atenção. Nenhum ruído. Parecia que o prédio estava abandonado. Aproximei-me da janela e vi o rapaz apressar-se em direção à praça. O sol velado lançava suas luzes sobre o bairro. Tinha vontade de abrir a janela e vomitar no vazio.

O rapaz trouxe-me um sanduíche de frango embalado num pedaço de jornal. Dei duas mordidas e coloquei-o sobre o armário, com o ventre contraído.

— Meu nome é Obid — disse o rapaz.

— O que estou fazendo aqui?

— Não sei. Eu mesmo só estou aqui faz uma semana. Antes, eu morava no centro da cidade. Era lá que eu atuava. Depois, escapei por pouco de uma batida da polícia. Espero ser designado para outro setor, se não for outra cidade... E você?

Fingi não ter ouvido a pergunta.

De noite, fiquei aliviado ao ver chegar Hossein, um dos gêmeos. Anunciou a Obid que um carro viria pegá-lo no dia seguinte. Obid ficou muito surpreso.

— E eu?

Hossein recompensou-me com um amplo sorriso:

— Você me acompanha imediatamente.

Hossein pilotava um pequeno carro todo maltratado.

Era inábil e não parava de bater nas calçadas. Dirigia tão mal que as pessoas se afastavam instintivamente quando ele passava. E ele ria, divertido com o pânico que provocava e pelas coisas que derrubava. Pensei que estivesse bêbado ou drogado. Nem uma coisa nem outra; ele não sabia dirigir e sua carta de habilitação era tão falsa quando os documentos do veículo.

— Você não tem medo de ser preso? — perguntei-lhe.

— Por quê? Ainda não atropelei ninguém.

Fiquei um pouco menos tenso quando saímos ilesos dos bairros populosos. Hossein divertia-se com qualquer coisa. Eu não o conhecera assim. Em Kafr Karam, é claro que era amável, mas um pouquinho difícil de se descontrair.

Hossein parou seu calhambeque na entrada de um conjunto residencial que fora fortemente atingido por disparos de mísseis. Os alojamentos pareciam abandonados. Só depois de atravessar uma espécie de linha de demarcação é que me dei conta de quanta gente se escondia ali. Mais tarde, entendi que isso era o sinal da presença de *fedayins*. As pessoas eram intimadas a se ocultar para evitar chamar a atenção de militares e da polícia.

Subimos por uma ruela fétida até uma casa grotesca de três andares. O outro gêmeo, Hassan, e um desconhecido abriram-nos a porta. Hossein apresentou-me a esse último. Chamava-se Lliz e era o dono da casa, um trintão pálido que parecia ter escapado de um centro cirúrgico. Passamos imediatamente à mesa. A refeição era rica, mas não me mostrei digno dela. Caiu a noite e ouviu-se ao longe a explosão de uma bomba. Hassan consultou seu relógio e disse: "Adeus, Marwan! Vamos nos rever no céu". Marwan devia ser o camicase que acabava de explodir a si mesmo.

Depois Hassan virou-se para mim:

— Você não sabe o quanto tenho prazer em revê-lo, primo.

— Só há vocês três no grupo de Yassim?

— Você acha que não é suficiente?

— Para onde foram os outros?

Hossein deu uma gargalhada.

Seu irmão bateu-lhe na perna para acalmá-lo.

— Você se refere a quem quando fala os "outros"?

— O resto de seu grupo de Kafr Karam: Adel, o ingênuo; Salah, o genro do serralheiro; e Bilal, o filho do barbeiro.

Hassan aquiesceu:

— Neste momento, Salah está com Yassim. Parece que um grupo dissidente procura nos derrubar... Adel morreu. Ele devia se fazer explodir num centro de recrutamento da polícia. Eu estava de acordo que lhe confiassem uma missão como essa. Adel não tinha muita cabeça. Yassim disse que ele era capaz. Puseram-lhe um cinturão de explosivos e tudo. Quando chegou ao centro, Adel esquecera como fazer funcionar o sistema de disparo. Entretanto, era simples. Só tinha de apertar um botão. Ele se atrapalhou e isso o deixou furioso. Então tirou seu paletó e começou a bater no cinturão explosivo. Os caras que esperavam para ser recrutados viram o que Adel levava em torno da cintura e fugiram. Só sobrou Adel no pátio, ocupado em se lembrar de como fazer funcionar o sistema. É claro que os policiais atiraram contra ele e Adel desintegrou-se sem ferir ninguém.

Hossein morreu de rir contorcendo-se:

— Só Adel para acabar desse jeito.

— E Bilal?

— Ninguém sabe para onde foi. Devia transportar um responsável pela resistência em Kirkuk. O responsável esperou no ponto de encontro e Bilal nunca mais apareceu. Continuamos sem saber o que lhe aconteceu... Procuramos nos necrotérios, nos hospitais, por toda parte, até com os policiais e nas casernas onde temos caras nossos, e nada... Nenhum vestígio do carro também.

Fiquei uma semana na casa de Lliz. Suportando as risadas inconvenientes de Hossein, que não batia bem. Alguma coisa tinha se rompido em sua mente. Seu irmão só o solicitava para tarefas domésticas. O resto do tempo Hossein instalava-se numa poltrona e via televisão até que o mandassem comprar provisões ou buscar alguém.

Uma única vez Yassim autorizou-me a ajudar Hassan e Lliz. Nossa missão consistia em transferir um refém de Bagdá para uma cooperativa agrícola. Partimos em pleno dia. Lliz conhecia todos os atalhos que contornavam os postos de controle. O refém eram uma européia, membro de uma ONG, seqüestrada no dispensário em que ela trabalhava como médica. Estava encarcerada no porão de uma residência, nas proximidades de um comissariado. Transportamo-la sem dificuldade, nas barbas dos policiais, e a entregamos a outro grupo, abrigado numa fazenda a uns vinte quilômetros ao sul da cidade.

Pensei, depois dessa proeza, gozar de mais confiança e receber logo uma segunda missão. Doce ilusão. Passaram-se três semanas sem que Yassim me desse sinal. Vinha de vez em quando nos visitar, conversava longamente com Hassan e Lliz; por vezes partilhava nossas refeições; em seguida, Salah, o genro do serralheiro, passava para pegá-lo, eles iam embora e eu ficava lá, decepcionado.

15

Eu tinha dormido mal. Acho que sonhei com Kafr Karam, mas não tenho certeza. Perdi o fio da meada no instante em que abri os olhos. Minha cabeça estava cheia de imagens indistintas, congeladas numa tela que cheirava a queimado, e eu me levantei com o mau cheiro de minha aldeia no nariz.

De meu sono, profundo e sem conseqüências, eu só conservara a dor lancinante que me atacava as articulações. Eu não estava contente em reconhecer o quarto em que me consumia fazia semanas, esperando não sei o quê. Eu me sentia como se fosse a menor peça em um conjunto de bonecas russas; o quarto era a boneca que me cobria, a casa, a próxima, e assim por diante, sendo o bairro fétido, a última boneca. Estava no meu corpo como um rato apanhado numa ratoeira. Minha mente corria em todos os sentidos sem achar escapatória. Seria isso a claustrofobia?... Eu precisava sair de mim mesmo, explodir como uma bomba, fazer alguma coisa.

Cambaleei até o banheiro. A toalha pendurada num prego estava negra de sujeira. A vidraça não via um pano fazia anos. O local cheirava a urina parada e a bolor; dava-me náuseas.

Sobre a pia suja, um pedaço de sabão deformado estava ao lado de um tubo de pasta de dentes intacto. O espelho envia-me o rosto envelhecido de um rapaz esgotado. Olhei-me como quem olha um estranho.

Não havia água na torneira. Desci ao térreo. Mergulhado em sua poltrona, Hossein assistia a um desenho animado na televisão. Ele ria enquanto beliscava um prato de amêndoas torradas. Na tela, um bando de gatos, vindo havia pouco das latas de lixo, molestava um gatinho assustado. Hossein deleitava-se com o medo encarnado no animalzinho um pouco perdido na selva dos subúrbios.

— Onde estão os outros? — perguntei-lhe.

Ele não me ouviu.

Fui para a cozinha, fiz café e voltei para a sala. Hossein tinha mudado de canal; interessava-se agora por uma luta de boxe.

— Onde estão Hassan e Lliz?

— Não sou eu que tenho de saber — resmungou. — Eles deveriam voltar antes do cair da noite e ainda não estão aqui.

— Alguém telefonou?

— Ninguém.

— Você acha que aconteceu alguma coisa com eles?

— Se meu gêmeo tivesse problemas, eu teria sentido.

— Talvez fosse preciso ligar para Yassim para ver o que ele diz.

— É proibido. É sempre ele que telefona.

Dei uma olhada pela janela. Lá fora, as ruas estavam banhadas na luz matinal. Logo as pessoas iriam emergir dos abrigos e os moleques invadiriam o local como gafanhotos.

Hossein mexeu no controle remoto e fez desfilar diferentes canais na tela. Nenhum programa o interessou. Sem desligar a televisão, remexeu-se em seu assento.

Apressou-se em me perguntar:

— Será que posso lhe fazer uma pergunta, primo?

— Claro.

— De verdade? Você me responderia sem hesitar?

— Por que não?

Jogou a cabeça para trás nesse riso que me arrepiava e que eu começava a detestar. Era um riso absurdo, que começava de qualquer jeito e a propósito de qualquer coisa. Eu o ouvia o tempo inteiro. Tanto de dia como de noite, pois Hossein não dormia nunca. Estava em sua poltrona de manhã à noite, com o controle remoto como uma varinha mágica, mudando de mundo e de língua a cada cinco minutos.

— Você me responderia francamente?

— Vou tentar.

Seus olhos brilhavam de uma forma esquisita, e tive pena dele.

— Você acha que eu sou... meio louco?

Sua garganta fechou-se com essa última palavra. Tinha um ar tão infeliz que fiquei constrangido.

— Por que você diz isso?

— Não é uma resposta, primo.

Tentei virar-me, mas seus olhos me dissuadiram.

— Não acho que você seja... meio louco.

— Mentiroso! No inferno, você vai ser pendurado pela língua em cima de uma fogueira... Você é como os outros, primo. Você diz uma coisa e pensa o contrário. Mas não se engane, não sou um maluco. Tenho minha cabeça perfeita, com os acessórios que vão junto. Sei contar nos dedos e sei ler no olhar o que as pessoas me escondem. É verdade que não consigo parar de rir, mas isso não faz de mim um maluco. Eu rio porque... porque... Não sei exatamente por quê. São coisas que não se explicam. Peguei o vírus quando vi Adel, o ingênuo, ficar nervoso, não conseguindo encontrar o botão que devia fazer explodir a bomba que ele carregava. Eu não estava longe e via-o enquanto se misturava aos candidatos no pátio da polícia. No momento, entrei em pânico. Quando ele explodiu com os tiros dos milicos, era como se eu tivesse me desintegrado com ele... Era alguém de quem eu gostava bastante. Tinha crescido no nosso quintal. E depois, passado o luto, cada vez que eu o revejo enfurecido, mexendo em seu cinturão explosivo, dou uma gargalhada. Era tão absurdo e de tal forma engraçado... Mas isso não faz de mim um meio louco. Sei contar nos dedos e sei distinguir o joio do trigo.

— Eu nunca disse que você era meio louco, Hossein.

— Os outros também não. Mas eles pensam isso. Você acha que não entendi? Antes, me enviavam sem parar a situações de risco. Emboscadas, seqüestros, execuções, eu estava no primeiro lugar da lista... Agora, eles me mandam comprar provisões ou buscar alguém no meu carro velho. Quando me apresento como voluntário para uma ação difícil, dizem-me que não é preciso, que o número de participantes é suficiente e que não é o caso de desguarnecer nossos flancos. O que quer dizer "desguarnecer nossos flancos"?

— Também a mim ainda não deram nada para fazer.

— Você tem sorte, primo. Porque vou lhe dizer o que acho. Nossa causa é justa, mas a defendem muito mal. Se rio de vez em quando, talvez seja por isso.

— Agora você está dizendo bobagens, Hossein.

— Para onde nos conduz essa guerra? Você vê o fim dela?

— Cale-se, Hossein.

— Mas é a verdade. O que está acontecendo não tem sentido. Matanças, sempre matanças, ainda matanças. Dia e noite. Na praça, nas mesquitas. Não se sabe mais quem é quem, e todo mundo é vigiado de perto.

— Você está delirando...

— Você sabe como morreu Adnane, o filho do padeiro? Contam que ele se jogou espetacularmente contra um posto de controle. Não é verdade. Não agüentava mais todas essas carnificinas. Ele estava em turno completo atirando em uns e dinamitando outros. Visando os mercados e os civis. Num dia de manhã fez explodir um ônibus escolar e um garoto ficou pendurado no alto de uma árvore. Quando chegou o socorro, puseram os mortos e os feridos em ambulâncias e os transportaram ao hospital. Só dois dias depois é que os transeuntes sentiram o cheiro do garoto apodrecendo na árvore. E nesse dia Adnane estava no local, como que por acaso. E então ele viu voluntários tirando o garoto da árvore. Adnane tinha virado a casaca. Mudou totalmente. Não era mais o combatente que se conhecia. E, uma noite, pôs um cinturão com baguetes de pão em torno do corpo para dar a impressão de serem cargas de dinamite e foi desafiar soldados em sua guarita. Abriu bruscamente seu sobretudo para mostrar seu equipamento, e os soldados o transformaram numa peneira. Reduziram-no a uma papa. Enquanto o cinturão não explodia, os soldados atiravam. Depois, não se sabia mais distinguir os pedaços de carne dos pedaços de pão... É essa a verdade, primo. Adnane não morreu em combate, foi para a morte por vontade própria, sem arma nem grito de guerra; ele simplesmente se suicidou.

Eu não podia ficar nem mais um minuto com Hossein. Coloquei a xícara sobre a mesinha e levantei-me para sair para a rua.

Hossein não abandonou sua poltrona.

Ele ainda me disse:

— Você não matou ninguém, primo. Então vá embora. Dirija suas velas para outro horizonte e desapareça sem olhar para trás. Eu teria feito a mesma coisa, se um batalhão de fantasmas não me detivesse pelas abas de meu casaco.

Encarei-o como se quisesse fulminá-lo com o olhar.

— Acho que Yassim tem razão, Hossein. Você só é bom para fazer compras.

E apressei-me em bater a porta atrás de mim.

Eu tinha ido ver o Tigre. Dando as costas para a cidade, fixava meu olhar no rio para esquecer os prédios da outra margem. Kafr Karam ocupava minha mente. Via novamente o estádio arenoso em que as crianças corriam atrás da bola, as duas palmeiras convalescentes, a mesquita, o barbeiro tosando crânios em forma de rutabaga, os dois cafés que se ignoravam solenemente, as faixas de poeira girando ao longo da estrada prateada, depois a cratera em que Kadem me fazia ouvir Fairuz, e os horizontes tão mortos quanto as estações... Eu tentava fazer meia-volta, retornar à aldeia; minhas lembranças recusavam-se a me seguir. O filme desordenado das evocações embalou-me, bloqueou-se e desapareceu sob uma grande mancha escura, e novamente Bagdá me pegou com suas artérias esgotadas, suas esplanadas povoadas de espectros, suas árvores esfarrapadas e sua barulheira. O sol batia forte, tão próximo que se poderia atingi-lo com um esguicho de bombeiros. Acho que tinha atravessado uma boa parte da cidade sem nada reter do que encontrara, vira ou ouvira. Não tinha parado de andar a esmo desde que deixara Hossein.

Como o rio não conseguia afogar meus pensamentos, voltei a caminhar. Sem saber para onde ir. Eu estava em Bagdá como uma idéia fixa perdida no rumor do nada. Cercado por todos os lados por sombras que formavam rodamoinhos. Um grão de areia na tempestade.

Eu não gostava dessa cidade. Ela não representava nada para mim. Não significava nada. Eu a percorria como um território maldito; ela me suportava como um corpo estranho. Éramos duas desgraças incompatíveis, dois mundos paralelos que caminhavam lado a lado, sem nunca se encontrarem.

À minha esquerda, debaixo de uma passarela metálica, um furgão em pane atraía a criançada. Mais adiante, nas proximidades do estádio em que os clamores tinham se calado, caminhões americanos saíam de um acampamento militar. Kafr Karam reapareceu no zumbido do comboio. De nossa casa, submersa pela penumbra, eu só distinguia a árvore indefinida ao pé da qual mais ninguém se sentava. Também não havia ninguém no pátio. A casa estava vazia, sem alma nem fantasmas. Procurei minhas irmãs, minha mãe... Ninguém. Com exceção da escoriação no pescoço de Bahia, nenhum rosto, nenhuma silhueta furtiva. Parecia que esses seres, outrora tão queridos, haviam sido banidos de minhas lembranças. Alguma coisa havia se rompido em minha memória, enterrando em seu desmoronamento todos os vestígios dos meus...

O ronco de um caminhão jogou-me sobre a calçada.

— Acorde, idiota — gritou-me o motorista. — Onde você acha que está? No quintal de sua mãe?

Transeuntes pararam, prontos para reunir em torno deles outros curiosos. Era uma loucura constatar como, em Bagdá, o menor incidente ocasionava um tumulto monstruoso. Esperei que o motorista seguisse seu caminho para atravessar a rua.

Meus pés ardiam nos sapatos.

Fazia horas que eu perambulava.

Sentei-me no terraço de um café e pedi uma soda. Não tinha comido nada durante o dia, mas não tinha fome. Eu estava somente esgotado.

— Não é verdade — disse alguém atrás de mim.

Que felicidade! Que alívio quando reconheci Omar, o Cabo. Estava metido num macacão novo, com a barriga exuberante.

— O que você está fazendo neste lugar?

— Tomando uma soda.

— Mas há soda em todos os cafés. Por que neste aqui?

— Você faz perguntas demais, Omar, e eu estou sem cabeça.

Ele abriu os braços para me cumprimentar. Seus lábios pousaram com insistência em minhas faces. Estava realmente feliz em me ver. Puxou uma cadeira e deixou-se cair nela, enxugando-se num lenço.

— Estou suando feito um porco — disse ele sem fôlego. — Tenho muito prazer em encontrá-lo, primo. De verdade.

— Eu também.

Chamou o garçom e pediu uma limonada.

— Então, o que você me conta?

— Como vai Hany?

— Ah, ele é um lunático. Nunca sei como entendê-lo.

— Continua com a intenção de se exilar?

— Ele não poderia encontrar seu caminho na natureza. É um citadino convicto. Assim que perde de vista seu prédio, pede socorro... Ele me enganava, você entende? Queria saber se eu me importava com ele... E você?

— Você continua com seu ex-ajudante-de-ordens?

— Aonde você quer que eu vá? Ele, pelo menos, quando as coisas se complicam, adianta-me um dinheiro. É um cara legal... Você não me disse ainda o que está fazendo por aqui.

— Nada. Ando sem rumo.

— Estou vendo... Não preciso lhe dizer que você pode contar sempre comigo. Se você quiser voltar a trabalhar conosco, sem problemas. Podemos ajudá-lo.

— Você não tem idéia de dar um pulo em Kafr Karam? Tenho um pouco de dinheiro para enviar à família.

— Não imediatamente... Por que não volta para casa, já que acha que não há nada para você em Bagdá?

Omar procurava me sondar. Morria de vontade de saber se era possível voltar a discutir os assuntos que me aborreciam. O que leu em meu olhar o fez recuar. Levantou os braços:

— Só perguntei por perguntar — disse-me ele, conciliador.

Meu relógio indicava quinze horas e quinze.

— Preciso voltar para casa — disse eu.

— É longe?

— Um estirão.

— Posso levá-lo, se você quiser. Meu furgão está na praça.

— Não, não quero incomodá-lo.

— Você não me incomoda, primo. Acabo de entregar um baú por aqui e não tenho mais nada a fazer.

— Preste atenção, você vai precisar fazer um desvio enorme para voltar para casa.

— Tenho combustível suficiente no tanque.

Ele tomou um gole de sua limonada e fez sinal ao caixa para não deixar que eu pagasse.

— Ponha na minha conta, Saad.

O caixa recusou meu dinheiro e anotou o montante num pedaço de papel, acrescentando o nome de Omar.

A tarde começava a cair. Os últimos espasmos do sol refletiam-se no alto dos prédios. Os ruídos da rua serenavam. O dia tinha sido duro: três atentados no centro da cidade e uma escaramuça em volta de uma igreja no subúrbio.

Estávamos na casa de Lliz. Yassim, Salah, Hassan e o dono estavam trancados num cômodo, no andar de cima. Certamente para acabar de combinar uma próxima operação. Hossein e eu não tínhamos sido convidados para a reunião. Hossein fingia não se importar, mas eu o adivinhava muito sentido. Eu estava fora de mim e, como ele, ruminava meu ódio em silêncio.

A porta de cima rangeu; um grande ruído de vozes indicou-nos o fim do conciliábulo. Salah foi o primeiro que desceu. Era gigantesco com uma cara de leão-de-chácara e os punhos peludos constantemente fechados, como se estrangulasse uma serpente. Tudo nele parecia em ebulição. Falava raramente, nunca dava sua opinião e mantinha distância em relação aos outros. Só tinha ouvidos para Yassim, a quem ele sempre acompanhava. Quando nos vimos pela primeira vez, ele nem mesmo me cumprimentou.

Yassim, Hassan e Lliz ficaram por um momento conversando no alto da escada, antes de se juntarem a nós. Seus rostos não exprimiam nem tensão nem entusiasmo. Ocuparam o banco acolchoado e ficaram diante de nós. A contragosto, Hossein apanhou o controle remoto que ficava a seus pés e desligou a televisão.

— Você fundiu o motor de seu carro? — perguntou-lhe Yassim.

— Ninguém me disse que era preciso pôr óleo.

— Você tem um indicador no painel.

— Eu vi uma luz vermelha acender, mas não entendi por quê.

— Você poderia ter perguntado a Hassan.

— Hassan age como se eu não estivesse aqui.

— O que você está dizendo? — perguntou-lhe o irmão gêmeo.

Hossein esboçou um gesto com a mão e levantou-se de sua poltrona.

— Estou falando com você — lembrou-o Yassim num tom autoritário.

— Não sou surdo, mas vou mijar.

Salah estremeceu da cabeça aos pés. Ele não estava gostando muito da atitude de Hossein. Se só lhe dissesse respeito, teria acertado as contas imediatamente. Salah não tolerava que se faltasse ao respeito com o chefe. Respirou fortemente e cruzou os braços sobre o peito, com os maxilares cerrados.

Yassim consultou Hassan com o olhar. Este abriu os braços em sinal de impotência e depois correu para o banheiro. Ouvimos que repreendia seu irmão em voz baixa.

Lliz ofereceu-nos uma xícara de chá.

— Não tenho tempo — disse-lhe Yassim.

— Levaria menos de um minuto — insistiu o dono da casa.

— Nesse caso, restam-lhe cinqüenta e oito segundos.

Lliz foi depressa para a cozinha.

O celular de Yassim tocou. Levou-o ao ouvido, escutou; seu rosto se contraiu. Levantou-se bruscamente, aproximou-se da janela, com as costas coladas na parede e, com precaução, ergueu um pedaço da cortina.

— Eu os estou vendo — disse ele ao celular. — O que eles estão querendo aqui?... Ninguém sabe o que se está fazendo neste local. Você tem certeza de que eles estão atrás de nós?... (Com a outra mão, ordenou a Salah que fosse ao andar de cima ver o que acontecia na rua. Salah subiu correndo. Yassim continuou a falar ao celular.) Que eu saiba, não houve briga no setor.

Hassan, que voltava do banheiro, compreendeu imediatamente que alguma coisa não ia bem. Foi para o outro lado da janela e, por sua vez, afastou delicadamente a cortina. O que viu jogou-o para trás. Disse um palavrão, correu para buscar um fuzil-metralhadora escondido num armário e, ao passar, alertou Lliz, ocupado em preparar o chá.

Salah desceu imperturbável.

— Há pelo menos uns vinte policiais em torno da casa — anunciou ele, tirando um grande revólver do cinturão.

Yassim escrutou o telhado em frente, torceu o pescoço para observar os terraços contíguos. Disse ao celular:

— Onde você está exatamente?... Muito bem. Você os pega por trás e nos abre uma brecha no dispositivo deles... Pela rua da garagem, você tem certeza? Eles são quantos? Fazemos assim. Você os distrai por seu lado e eu me ocupo do resto.

Desligou o celular e disse-nos:

— Acho que um cretino nos denunciou. Os tiras estão pendurados nos telhados ao norte, a leste e ao sul. Jawad e seus homens vão nos dar uma ajuda para nos tirar daqui. Vamos sair pelo lado da garagem. Teremos diante de nós três ou quatro caras.

Lliz estava afobado.

— Eu lhe garanto, Yassim, não temos delatores no bairro.

— Vamos falar disso depois. Vire-se para que possamos sair daqui sem muitos estragos.

Lliz foi buscar um lança-míssil, de marca soviética. No momento em que chegava ao meio da sala, uma vidraça voou em pedaços e Lliz caiu de costas, fulminado. A bala, atirada provavelmente do terraço vizinho, fraturou-lhe o maxilar superior. O sangue começou a jorrar de seu rosto e a se espalhar pelo chão. Imediatamente, uma chuva de projéteis abateu-se sobre a sala, pulverizando a prataria, atingindo as paredes e levantando rodamoinhos de poeira e de fragmentos diversos em torno de nós.

Jogamo-nos no chão, rastejamos para abrigos hipotéticos. Salah atirou às cegas pela janela; e, dando gritos selvagens, esvaziou seu carregador. Yassim, mais calmo, ficou de cócoras no lugar em que estava. Olhava fixamente o corpo desarticulado de Lliz, pensando no que deveria fazer. Hossein escondeu-se no corredor, com a braguilha aberta. Quando notou Lliz estendido no chão, deu uma gargalhada.

Salah pulou sobre o lança-míssil, armou-o e com a cabeça intimou-nos a abandonar a sala. Hassan cobriu Yassim, que foi refugiar-se no corredor. Os tiros de metralhadora cessaram subitamente e, no silêncio mortal, só se ouviam os gritos distantes das mulheres e das crianças. Hassan aproveitou a calma momentânea para me empurrar para a frente dele.

Os estalidos recomeçaram cada vez mais intensos. Desta vez, nenhum projétil atingiu-nos. Yassim explicou-nos que Jawad e seus homens tentavam desviar a atenção dos policiais e era o sinal para sair por trás. Salah dirigiu seu lança-míssil para um terraço e abriu fogo. Uma monstruosa detonação furou-me o tímpano, seguida de uma explosão, enquanto uma fumaça espessa e corrosiva encobria a sala.

— Vão embora — gritou-nos Salah. — Eu faço a cobertura.

Aturdido, comecei a correr atrás dos outros. As rajadas eram lançadas com toda a força. As balas ricocheteavam em torno de mim, assobiavam em meus ouvidos. Dobrado em dois, com as mãos nas têmporas, parecia que eu atravessava as paredes. Andei na borda de uma lucarna e aterrissei num monte de lixo. Hossein divertia-se correndo em linha reta. Seu irmão agarrou-o e obrigou-o a segui-lo por uma ruela. Tiros estouraram adiante. Atrás de nós, um míssil explodiu. Alguém berrou, atingido pelos fragmentos. Seus gritos perseguiram-me durante muito tempo. Cerrei os dentes e corri, corri como nunca correra em minha vida...

16

Yassim estava furioso. No esconderijo em que nos enfiamos depois de conseguir frustrar o ataque da polícia, não se ouvia mais ninguém a não ser ele. Batia nos móveis, chutava as portas. Com os braços cruzados no peito, Hassan mantinha os olhos baixos. Seu gêmeo estava abatido no fundo do vestíbulo, sentado no chão, com a cabeça entre os joelhos e as mãos por cima da nuca. Faltava Salah, e era isso o que aumentava o furor de Yassim. Ele estava habituado a emboscadas, mas deixara atrás de si seu mais fiel tenente!...

— Preciso da cabeça do traidor que nos denunciou — gritava ele. — Preciso dela, e sobre uma bandeja.

Olhou seu celular:

— Por que Salah não telefona?

Dividido entre a raiva e a preocupação, Yassim perdia seu sangue-frio. Quando não nos metralhava com sua saliva esbranquiçada, derrubava tudo ao passar. Mal tínhamos acabado de nos precipitar em nosso novo refúgio e já mais nada ficava em seu lugar.

— Não havia delator no local — repetia ele. — Lliz era categórico. Havia meses que estávamos ali e nem uma vez fomos incomodados. Não há dúvida, ou foi você (ele me fuzilou com o dedo) ou foi Hossein, que deve ter feito uma bobagem.

— Eu não fiz bobagem — protestou Hossein. — E tem mais: pare de achar que sou um retardado.

Era exatamente o que esperava Yassim, exasperado com nosso mutismo. Precipitou-se sobre o gêmeo, agarrou-o pelo colarinho da camisa e levantou-o violentamente.

— Você não fala comigo nesse tom, entendeu?

Hossein deixou pender os braços ao longo do corpo em sinal de submissão, mas ergueu suficientemente a cabeça para mostrar ao chefe que não o temia.

Yassim afastou-o com raiva e viu-o deslizar contra a parede e retomar sua posição inicial. Quando se voltou para mim, senti seus olhos incandescentes me atravessarem totalmente.

— Você? Você tem certeza de não ter deixado pistas em sua passagem?

Eu ainda estava aturdido. As detonações e os gritos ressoavam em minha cabeça. Eu não chegava a crer que tínhamos saído sãos e salvos depois de suportar um dilúvio de fogo e correr como loucos através de uma multidão de ruelas e de tiros cruzados. Eu nem sentia minhas pernas sobre as quais repousava esgotado, desfeito, estupefato. Não precisava realmente passar por uma prova a mais.

E o olhar de Yassim pesava sobre mim como um cutelo.

— Você não fez amizade com um desconhecido? Ou você deixou escapar a palavra que não devia a alguém?

— Eu não conheço ninguém.

— Ninguém?... Então como você explica a porcaria que acaba de nos pegar desprevenidos? Havia meses que estávamos tranqüilos nesse esconderijo. Meus homens são aguerridos. Eles olham duas vezes onde põem os pés. Você é o único que não entrou completamente na situação. Quem você freqüenta fora do grupo? Aonde você vai quando deixa o esconderijo? O que faz de seu tempo?...

Suas perguntas caíam sobre mim, uma atrás da outra, sem me deixar espaço para dizer uma palavra ou recuperar a respiração. Minhas mãos não conseguiam contê-las nem afastá-las. Yassim procurava irritar-me. Eu era o ponto fraco, e ele precisava de um bode expiatório. Sempre foi assim; quando não se encontra um sentido para uma desgraça, inventam-lhe um culpado. Eu repetia os "nãos", esforçava-me por resistir, por defender-me, por não me deixar impressionar, quando, de repente, num grito de raiva e sem que eu me desse conta, escapou-me o nome de Omar, o Cabo. Talvez fosse o cansaço, ou o saco cheio, ou então uma maneira de me livrar do olhar totalmente ignóbil de Yassim. Foi o tempo de perceber minha inconseqüência e já era tarde demais. Teria dado minha alma para voltar a engolir minhas palavras, mas já o rosto de Yassim se tornara um braseiro.

— O quê? Omar, o Cabo?

— Vemo-nos de vez em quando, é tudo.

— Ele sabia onde você estava alojado?

— Não. Só uma vez ele me trouxe até a praça. Mas não me acompanhou até em casa. Despedimo-nos na altura do posto de gasolina.

Eu esperava que Yassim deixasse de lado essa história, para voltar a Hossein ou atacar Hassan. Eu estava enganado.

— Eu estou sonhando ou o quê? Você trouxe esse sórdido até nosso esconderijo?

— Ele me pegou na estrada e se ofereceu gentilmente para me deixar no posto. Onde está o mal? O posto fica longe de nosso esconderijo. Omar não podia adivinhar aonde eu ia. E, depois, é Omar, não um qualquer. Ele nunca nos denunciaria.

— Ele sabia que você está comigo?

— Sabia...

— Imbecil... Cretino! Você teve a coragem de conduzir esse medroso até...

— Ele não tem nada a ver.

— O que você sabe sobre isso? Bagdá, o país inteiro está cheio de alcagüetes e colaboradores.

— Espere, espere, Yassim, você está no caminho errado...

— Cale a boca! Não insista. Você não tem nada a dizer. Nada, entendeu? Onde é que ele está morando, esse covarde?

Entendi que eu tinha errado gravemente, que Yassim não hesitaria em me matar se eu não tentasse me corrigir. Na mesma noite, obrigou-me a levá-lo até Omar. No caminho, vendo-o um pouco menos tenso, supliquei-lhe que pensasse melhor. Eu estava me sentindo mal, muito mal; não sabia o que fazer; estava aniquilado pelo remorso e pelo medo de estar na origem de um terrível mal-entendido. Yassim prometeu-me que, se Omar não fosse responsável por nada, ele o deixaria em paz.

Hassan estava ao volante, com um punhal de caçador dissimulado sob o blusão. A rigidez de seu pescoço dava-me arrepios. Yassim examinava as unhas no banco do passageiro, com o rosto opaco. Eu me encolhia no banco de trás, com as mãos úmidas, os intestinos revoltos, as coxas apertadas para conter uma necessidade irresistível de urinar.

Evitáramos os bloqueios e as grandes artérias para nos esgueirarmos até o bairro pobre em que eu tinha ficado por alguns dias. O prédio em questão erguia-se na escuridão, semelhante a uma baliza funesta; nenhuma janela estava iluminada, nenhuma silhueta se movimentava nos arredores. Deviam ser três horas da manhã. Estacionamos o carro num pequeno pátio degradado e, depois de uma rápida olhada no local, entramos furtivamente no edifício. Eu tinha comigo uma cópia da chave. Yassim tomou-a de mim antes de introduzi-la na fechadura. Ele abriu delicadamente a porta; tateando, procurou o interruptor e acendeu a luz... Omar estava deitado sobre um colchão, nu como um verme, com a perna por cima do quadril de Hany, cujo corpo diáfano estava inteiramente despido. O espetáculo desorientou-nos num primeiro momento. Yassim foi o primeiro a se recuperar. Firmou-se nas pernas, pôs as mãos na cintura e contemplou silenciosamente os dois corpos nus estendidos a seus pés.

— Vejam isso... eu conhecia Omar, o bêbado, e eis Omar, o sodomita. Ele pega rapazes agora. É o cúmulo.

Havia um tal desprezo em sua voz que eu engoli em seco.

Os dois amantes dormiam profundamente, no meio de garrafas de vinho vazias e pratos sujos. Eles cheiravam mal. Hassan esticou a ponta de seu sapato para sacudir Omar. Este último mexeu-se pesadamente, emitiu um murmúrio e voltou a roncar.

— Volte e espere-nos no carro — ordenou-me Yassim.

Eu tinha três ou cinco anos menos do que ele e achava que não estava maduro o suficiente para assistir a um espetáculo tão indecente, principalmente em sua presença.

— Você me prometeu que, se ele não tiver nada com isso, o deixará em paz — lembrei-lhe.

— Faça o que estou lhe dizendo.

Obedeci.

Alguns minutos mais tarde, Yassim e Hassan juntaram-se a mim no carro. Não tendo ouvido gritos nem detonação, pensei que o pior tinha sido evitado. Depois vi Hassan limpar as mãos manchadas de sangue nas axilas, e entendi.

— Era ele — anunciou Yassim, acomodando-se na frente. — Ele confessou.

— Vocês ficaram menos de cinco minutos. Como fizeram para fazê-lo falar tão depressa?

— Diga-lhe, Hassan.

Hassan engatou a primeira e deu partida no carro. Quando chegamos ao fim da rua, virou-se para mim e declarou:

— Era ele, sim, primo. Você não tem razão nenhuma para perder o ânimo. Esse infame não hesitou um segundo ao nos ver de pé diante dele. Cuspiu em nós e disse: "Vão se danar".

— Ele soube por que vocês estavam ali?

— Ele entendeu no momento em que despertou. E riu na nossa cara... É evidente, primo. Acredite em mim, não é mais do que um lixo repugnante, um porco e um traidor. Ele não vai causar mais estragos.

Eu queria saber mais: o que Omar dissera exatamente, o que acontecera com seu companheiro, Hany. Yassim virou-se completamente em minha direção e gritou:

— Você está querendo um relatório com todas as formalidades ou o quê? Quando se está em guerra, não se dá importância às minúcias. Se você sente que não está pronto, vá embora imediatamente. Sem que ninguém saiba de nada.

Como eu o odiei, meu Deus, como nunca pensei que fosse capaz de odiar. Por seu lado, ele percebeu todo o ódio que me inspirava, pois seu olhar, que se autoproclamava inexpugnável, hesitou sob o meu. Nesse preciso instante, eu soube que acabava de ganhar um inimigo mortal e que, na próxima oportunidade, Yassim não me pouparia.

Por volta do meio-dia, enquanto roíamos as unhas em nosso novo esconderijo, o telefone de Yassim tocou. Era

Salah. Ele tinha escapado. Miraculosamente. Considerando a reportagem que a televisão fizera sobre o ataque, só restavam ruínas da casa de Lliz. A construção desmoronava sob o impacto dos tiros de grosso calibre, e o fogo destruía uma boa parte. Segundo o testemunho dos moradores, a batalha organizada durara toda a noite e os reforços enviados ao local do confronto só fizeram aumentar a confusão produzida pelo corte da eletricidade e pelo pânico que se apoderou dos vizinhos, dentre os quais alguns foram atingidos por balas perdidas e fragmentos de granadas.

Yassim recuperou a cor. Ao reconhecer a voz de seu tenente na ponta da linha, quase chorou. Mas imediatamente se recompôs. Gritou com o sobrevivente, criticando-lhe o silêncio; em seguida, concordou em escutá-lo sem interrompê-lo. Sacudia a cabeça, passava e repassava o dedo pelo colarinho enquanto o olhávamos em silêncio. No final, ergueu o queixo e disse:

— Você não pode trazê-lo aqui?... Peça para Jawad, ele sabe como transferir uma encomenda...

Desligou o telefone e, sem nos dirigir a palavra, correu para o cômodo vizinho e bateu-nos a porta no nariz.

A "encomenda" chegou-nos de noite, no porta-malas de um carro dirigido por um oficial de polícia de uniforme, um rapaz alto, de testa larga e que eu entrevira duas ou três vezes na loja de Sayed. Ele encomendava-nos televisores. Estava de terno quando nos visitava. Era ele, Jawad — um nome de guerra —, e eu estava a mil léguas de distância de pensar que ele ocupava a função de adjunto do delegado da região.

Explicou-nos que, ao voltar de uma missão rotineira, constatara que o grupo de sua unidade havia partido em operação.

— Quando o plantão me comunicou as coordenadas da intervenção, não podia acreditar. Era seu esconderijo que o delegado visava. Ele queria tentar o golpe sozinho para marcar pontos em relação a seus rivais.

— Você poderia ter me prevenido imediatamente — criticou-o Yassim.

— Eu não tinha certeza. Seu esconderijo era um dos mais seguros de Bagdá. Eu não via como se poderia encontrá-lo, com os alarmes que foram posicionados em volta. Eu teria sido avisado. Para me certificar, fui ao local e ali compreendi.

Levantou a tampa do porta-malas do carro estacionado na garagem. No interior, encolhido, um homem parecia sufocar. Estava envolvido em fita adesiva, com a boca amordaçada e o rosto inchado e coberto de marcas de socos.

— Foi ele que os denunciou. Estava com o delegado no local da batida para mostrar onde vocês se escondiam.

Yassim balançou a cabeça com um ar desolado.

Salah mergulhou os braços musculosos no porta-malas e retirou brutalmente o prisioneiro. Jogou-o no chão e afastou-o do carro aos pontapés.

Yassim acocorou-se diante do desconhecido e arrancou-lhe a mordaça:

— Se você gritar, furo-lhe os olhos e lanço sua língua aos ratos.

O homem devia ter uns quarenta anos. Era franzino, com o rosto abatido e as têmporas grisalhas. Enroscava-se nessa espécie de camisa como uma larva.

— Já vi essa cara — disse Hossein.

— Era vizinho de vocês — disse o oficial, gingando e com os dedos agarrados ao cinturão. — Morava na casa que faz esquina com a mercearia, a que tem trepadeiras na fachada.

Yassim levantou-se.

— Por quê? — perguntou ele ao desconhecido. — Por que você nos entregou? Caramba! Estamos lutando por você.

— Eu não lhes pedi nada — respondeu o delator com desdém. — Ser salvo por delinqüentes da sua espécie?... É melhor morrer!

Salah deu-lhe um violento pontapé no quadril. O delator rolou sobre si mesmo, sem fôlego. Esperou recuperar os sentidos para voltar à carga:

— Vocês acham que são *fedayins*. Vocês não passam de assassinos, de vândalos e de matadores de crianças. Não tenho medo de vocês. Façam de mim o que quiserem, vocês não vão tirar da minha cabeça que são apenas cães furiosos, desequilibrados sem religião nem moral... Eu odeio vocês!

Ele cuspiu em cada um de nós.

Yassim estava estupefato.

— Esse cara é normal? — perguntou ele.

— Totalmente. É professor numa escola primária — confirmou o oficial de polícia.

Yassim segurou o queixo entre o polegar e o indicador para refletir.

— Como ele fez para nos notar? Não estamos fichados em lugar nenhum, nossas fichas policiais estão limpas... Como soube quem éramos?

— Eu reconheceria essa cara entre milhões de caras de macacos — disse o delator, indicando Salah com a cabeça... — Cachorro, bastardo, filho-da-puta...

Salah preparava-se para desmontá-lo; Yassim dissuadiu-o.

— Eu estava lá quando você matou Mohammed Sobhi, o sindicalista — disse o delator, vermelho de raiva. — Eu estava no carro que o esperava embaixo do prédio. E vi você atirar nele pelas costas quando ele estava saindo do elevador. Pelas costas. Covardemente. Traidor, delinqüente, assassino! Se eu tivesse as mãos livres, comeria você cru. Você só serve para atirar pelas costas e safar-se como um coelho. E, depois, você se acha um herói e se exibe na praça. Se o Iraque tiver de ser defendido por covardes de sua espécie, será melhor deixá-lo aos cães e aos patifes. Vocês não passam de uns miseráveis, possuídos pelo demônio, uns...

Yassim chutou-o no rosto, interrompendo-o.

— Você entendeu alguma coisa de seu delírio, Jawad?

O oficial de polícia torceu os lábios para o lado:

— Mohammed Sobhi, o sindicalista, era seu irmão. Esse ordinário reconheceu Salah quando o viu entrar no esconderijo. Foi alertar a delegacia.

Yassim esticou os lábios numa expressão circunspecta.

— Ponham-lhe de novo a mordaça — ordenou ele — e levem-no para bem longe daqui. Quero que morra aos poucos, fibra por fibra, que apodreça antes de entregar a alma.

Salah e Hassan encarregaram-se de executar as ordens.

Colocaram novamente a "encomenda" no porta-malas do veículo e saíram da garagem com os faróis apagados, precedidos do oficial de polícia no carro de Salah.

Hossein fechou o portão.

Yassim permanecia plantado no lugar em que interrogara o prisioneiro. Com a nuca inclinada e os ombros curvados. Eu estava atrás dele, prestes a atacá-lo.

Precisei ir ao mais profundo de meu ser para recuperar o fôlego e dizer-lhe:

— Está vendo? Omar não tinha nada a ver com isso.

Era como se eu tivesse aberto a caixa de Pandora. Yassim estremeceu da cabeça aos pés, girou de uma vez só na minha direção e, com o dedo tão ameaçador quanto uma espada, disse-me num tom que me paralisou:

— Mais uma palavra, uma mínima palavra, e eu o degolo com meus dentes.

Com isso, afastou-me com as costas da mão e retornou ao seu quarto para agredir os móveis.

Saí na noite.

Era uma noite falida, com um céu esquecido de suas estrelas e um mau cheiro de necrotério. Nas luzes anêmicas das avenidas, enquanto o toque de recolher ganhava força, eu media a incongruência dos seres e das coisas. Bagdá afastara até suas preces. E, quanto a mim, não me reconhecia mais nas minhas. Andava rente aos muros como uma sombra, com a morte na alma... *Mas o que foi que eu fiz? Deus, Todo-Poderoso! Como vou fazer para que Omar me perdoe?...*

17

O sono tornara-se meu purgatório. Mal adormecia, voltava a fugir por fieiras de corredores labirínticos, com a sombra de um ancestral no meu encalço. Ela estava por toda parte. Até na minha respiração desenfreada... Despertava sobressaltado, banhado em suor da cabeça aos pés, com os braços esticados para a frente. Ela continuava ali. Na claridade do alvorecer. No silêncio da noite. Por cima de minha cama. Eu segurava minhas têmporas com as duas mãos e fazia-me tão pequeno que desaparecia em meus lençóis... *Mas o que foi que eu fiz?* Essa pergunta horrível me alcançava, entrava em mim em plena corrida, como um falcão alcança a abetarda. O fantasma de Omar tornara-se meu animal de companhia, meu sofrimento itinerante, minha embriaguez e minha loucura. Era só abaixar as pálpebras para que ele preenchesse minha mente, era só abri-las para que ele ocultasse o resto do mundo. Não havia mais nada além de mim e dele. Éramos o mundo.

Embora eu rezasse, suplicasse que me poupasse só por um minuto, tudo era em vão; ele permanecia ali, silencioso e transtornado, tão real que eu o teria tocado se esticasse o braço.

Passara-se uma semana e as coisas intensificavam-se, alimentavam-se com minhas obsessões, inspiravam-se com meus desânimos para ter mais energia e voltar em socorro, umas empurrando as outras, sem trégua nem descanso...

Eu me sentia mergulhando progressivamente na depressão.

Eu queria morrer.

Fui encontrar Sayed para lhe contar meu desejo de acabar com isso. Oferecia-me como voluntário para um atentado suicida. Era o mais convincente dos atalhos, o mais lucrativo também. Essa idéia martelava em minha cabeça bem antes da confusão que conduzira à execução do Cabo. Tornou-se minha idéia fixa. Eu não tinha medo. Nada mais me ligava a coisa alguma. Não via o que os camicases tinham mais do que eu. Ouvíamos que explodiam todas as manhãs na praça, todas as noites contra os acampamentos militares. Eles iam para a morte como para uma festa, em surpreendentes fogos de artifício.

— Você está na fila como todo mundo — respondeu-me Yassim. — E espera sua vez.

Não havia mais compreensão entre Yassim e eu. Ele não gostava de mim; eu o detestava mortalmente. Ele estava o tempo todo atrás de mim, interrompendo-me quando eu tentava introduzir um argumento, rejeitando-me violentamente quando eu queria tornar-me útil. Nossas relações deterioravam a vida dos outros membros de nosso grupo; o drama estava por um fio. Ele procurava me derrubar, fazer-me entrar na linha. Eu não era um maluco, não contestava nem sua autoridade nem seu carisma;

eu o detestava e ele considerava o desprezo que suscitava em mim uma insubordinação.

Sayed acabou por se render à evidência. A coabitação com Yassim corria o risco de acabar mal, de pôr em perigo o grupo todo. Autorizou-me a retomar minha função na loja, e eu reencontrei com entusiasmo meu quarto no primeiro andar. O fantasma de Omar encontrou-me ali; só para ele. No entanto, eu preferia seu assédio a ver Yassim.

Foi uma quarta-feira. Eu estava voltando do restaurante depois do fechamento da loja. O sol insistia em suas cores inflamadas, por trás dos prédios da cidade. Sayed me esperava na soleira da porta. Seus olhos brilhavam no fundo da penumbra. Estava superexcitado.

Subiu comigo para o quarto e pegou-me pelos ombros:

— Hoje recebi a maior notícia da minha vida...

Abraçou-me com o rosto radioso e, não agüentando mais, deixou que sua felicidade explodisse.

— É fantástico, primo. Fantástico.

Pediu-me que me sentasse na cama, tentou conter seu entusiasmo; em seguida, confiou-me:

— Eu lhe falara de uma missão. Você queria lutar e eu lhe disse que talvez tivesse alguma coisa para você e que eu esperava ter certeza... Pois bem, o milagre aconteceu. Acabo de ter a confirmação, há menos de uma hora. Agora, essa famosa missão é possível. Você estaria à altura de assumi-la?

— E como!

— Trata-se da mais importante missão já empreendida em todos os tempos. A missão final. Aquela que vai provocar a capitulação incondicional do Ocidente e que vai nos pôr definitivamente nos primeiros lugares no concerto das nações... Você acha que está à altura de?...

— Estou pronto, Sayed. Minha vida está a sua disposição.

— Não se trata de sua vida. Morre-se todos os dias, e minha vida também não me pertence. É uma missão capital. Ela exige um engajamento sem falhas.

— Será que você está duvidando de mim?

— Eu não estaria falando disso com você.

— Onde está o problema, então?

— Você é livre para recusá-la. Não quero pressioná-lo.

— Ninguém me pressiona. Estou disposto. Incondicionalmente.

— Aprecio sua determinação, primo. Se isso pode tranqüilizá-lo, você tem minha inteira confiança. Estou observando-o desde que chegou a minha loja. Cada vez que você ergue os olhos para mim, sinto-me levitar; eu decolo... A escolha foi difícil. Não há falta de candidatos. Mas acho importante que seja uma pessoa de minha aldeia, de Kafr Karam, a esquecida, para que a História a lembre com simpatia.

Tomou-me nos braços e beijou-me na testa.

Ele acabava de elevar-me ao grau dos seres venerados.

Nessa noite, ainda sonhei com Omar. Mas não fugi dele.

Sayed veio ainda sondar-me. Queria estar seguro de que eu não concordara depressa demais.

Na véspera de começarem os preparativos da missão, ele me disse:

— Dou-lhe três dias para refletir bem. Depois, cortam-se as amarras.

— Já refleti; agora, quero agir.

Sayed instalou-me em um pequeno apartamento luxuoso com vista para o Tigre. Um fotógrafo esperava-me ali. Depois da sessão de fotos, passei pela tesoura de um cabeleireiro, em seguida, tomei um banho. Já que devia deixar Bagdá no decorrer da semana, dei um pulo ao correio para enviar à Bahia o dinheiro que guardara para isso.

Deixei Bagdá numa sexta-feira, depois da Grande Prece, a bordo de um caminhão de gado dirigido por um velho camponês de turbante. Devia ser considerado seu sobrinho e pastor. Meus novos papéis estavam em ordem, falsificados a partir de documentos envelhecidos, para dar a impressão de verdadeiros. Meu nome figurava no registro de comércio. Negociamos nas diferentes barreiras e atingimos Ar Ramadi, antes do cair da noite. Sayed esperava-nos numa fazenda a uns vinte quilômetros a oeste da cidade. Garantiu-nos que tudo tinha dado certo, jantou conosco e comunicou-nos o itinerário da etapa seguinte, antes de se retirar. No dia seguinte, ao raiar do dia, retomamos o caminho para uma pequena aldeia na vertente leste do planalto de Shamiya, onde outro transportador encarregou-se de mim a bordo de uma caminhonete. Passamos a noite numa povoação que deixamos antes do alvorecer para atingir Rutba, não distante das fronteiras jordanianas. Sayed já havia chegado e nos recebeu no pátio de um dispensário. Um médico de jaleco surrado convidou-nos a tomar um banho e ocupar um quarto de doentes. Nossa partida foi adiada três vezes por causa de uma redistribuição militar na região. No quarto dia, favorecidos por uma tempestade de areia, o caminhoneiro e eu dirigimo-nos para a Jordânia. A visibilidade era nula, mas o motorista ia tranqüilamente pelos caminhos que parecia conhecer de olhos fechados. No final de várias horas de sacolejos e sufocação, paramos no fundo de um vale nu em que o vento rugia sem parar. Refugiamo-nos numa caverna e, após empurrar o carro para debaixo de um abrigo natural, comemos um pouco; depois o caminhoneiro, um indivíduo baixo, seco e impenetrável, subiu ao alto de um monte. Vi que tirava seu telefone celular e indicava as coordenadas, baseando-se num aparelho de navegação.

Na volta, disse-me:

— Não vou dormir ao relento esta noite.

Foi a única vez que me dirigiu a palavra.

Foi deitar-se na caverna e fez como se eu não estivesse ali.

A tempestade acalmou-se espaçando sua intensidade; o vento ainda soprou no fundo das saliências; em seguida, à medida que a paisagem emergia do nevoeiro ocre do deserto, perdeu o fôlego e, sem avisar, calou-se subitamente.

O sol congestionou-se ao tocar o solo, destacando as colinas sem vegetação que recortavam o horizonte. De repente, surgindo de lugar nenhum, dois almocreves tomaram o leito do vale até nossa caverna. Mais tarde eu iria entender que eles pertenciam a uma organização de ex-contrabandistas convertidos em passadores de armas e que ocasionalmente davam uma ajuda, como guias, aos voluntários vindos de outros lugares para reforçar as fileiras da resistência iraquiana. O caminhoneiro cumprimentou-os por chegarem na hora combinada, informou-se sobre a situação operacional que prevalecia no setor e me entregou a eles. Sem se despedir, voltou para seu veículo e foi embora rapidamente.

Os dois desconhecidos eram altos e magros, com o rosto coberto por um *keffieh* empoeirado. Usavam calças de jogging, pulôveres espessos e alpargatas esportivas.

— Vai dar tudo certo, garantiu-me o mais alto.

Ofereceu-me uma blusa de lã espessa e um gorro.

— As noites são frias por aqui.

Ajudaram-me a montar numa mula e iniciaram a marcha. Caiu a noite. O vento despertou glacial e irritante. Meus guias revezavam-se na outra mula. Os atalhos de cabras ramificavam-se diante de nós, opalinos ao luar. Descemos flancos escarpados, escalamos outros, só parando para prestar atenção e escrutar as zonas de sombra. A travessia transcorria como haviam previsto os guias. Fizemos uma pequena pausa no fundo de um vale para comer e recuperar as forças. Devorei várias fatias de carne-seca e esvaziei um odre de água de fonte. Meus companheiros recomendaram-me que não comesse depressa demais e tentasse descansar. Eram muito cuidadosos comigo e me perguntavam regularmente se eu estava agüentando, se queria descer da mula e andar um pouco. Pedi-lhes que continuassem.

Atravessamos a fronteira jordaniana por volta das quatro horas da manhã. Duas patrulhas de guardas de fronteira tinham se cruzado alguns minutos antes, uma a bordo de um 4x4 militar, a outra a pé. O posto de observação ficava no alto de um morro, reconhecível pelo seu mirante e sua antena iluminada por um poste. Meus guias observaram-no com binóculos de infravermelhos. Quando o grupo de batedores voltou para sua caserna, pegamos nossas mulas pelas rédeas e deslizamos ao longo de um leito de rio. Alguns quilômetros mais adiante, um pequeno furgão carregado de bacias de plástico encontrou-nos. Um homem de túnica tradicional estava ao volante, com a cabeça cingida por um lenço beduíno. Cumprimentou meus dois guias, traçou-lhes no chão um itinerário seguro para retornar ao Iraque. Informou-os que aviões telecomandados sobrevoavam a zona e deu-lhes detalhes quanto à maneira de escapar de sua varredura; em seguida, explicou-lhes como contornar uma nova unidade das forças coligadas que acabava de se instalar atrás da linha de demarcação. Os guias fizeram-lhe algumas perguntas de ordem prática e depois, satisfeitos, desejaram-nos boa sorte e iniciaram o caminho de volta.

— Você pode relaxar agora — disse-me o desconhecido. — A partir daqui, vai ser fácil. Você está nas mãos do melhor profissional.

Era um indivíduo franzino, de pele morena, com a cabeça maior que os ombros, o que dava a impressão de que suas pernas não tinham firmeza. A boca de lábios grossos abria-se sobre duas fileiras de dentes de ouro que cintilavam ao raiar do dia. Dirigia como um louco, não se preocupando nem com os buracos nem com as freadas bruscas que dava a torto e a direito, jogando-me contra o pára-brisa.

Sayed reapareceu à noite, na casa de meu novo guia. Abraçou-me longamente.

— Mais duas etapas e você vai poder descansar.

No dia seguinte, depois de um café-da-manhã reforçado, ele acompanhou-me até um vilarejo fronteiriço, a bordo de um carro de grande potência. Ali, confiou-me a Chaker e a Imad, dois jovens com jeito de universitários, e disse-me:

— Do outro lado é a Síria; depois, logo em seguida, o Líbano. Vemo-nos daqui a dois dias em Beirute.

Parte III

BEIRUTE

18

Minha estada em Beirute chega ao fim. Faz duas semanas que espero. Conto nos dedos as horas. De pé diante da janela de meu quarto, contemplo a rua abandonada. A chuva tamborila nas vidraças. Na calçada varrida pelo vento, um mendigo sopra as mãos para aquecê-las. Aguarda uma alma caridosa. Está ali há um bom tempo e não vi ninguém lhe colocar uma moeda na mão. Que espera ele dos dias seguintes? Suas polainas estão totalmente molhadas, suas chinelas enchem-se de água; sua cara é simplesmente grotesca. Viver como um cão, mais próximo dos gatos de rua do que da multidão, essa é a obscenidade. Esse indivíduo não é digno sequer de possuir uma sombra, de associá-la a sua decadência. Aliás, ele não tem sombra. Isolado em sua miséria como um verme numa fruta estragada, ele esquece que está morto e acabado. Não tenho nenhuma compaixão por ele. Digo a mim mesmo que, se o destino o rebaixou ao mesmo nível que a sarjeta, é para que encarne um símbolo. Qual? Aquele que consiste em me fazer tomar consciência da insustentável inépcia da vida. Esse homem espera, é certo. Mas o quê? Que o maná celeste caia sobre ele? Que um transeunte perceba sua miséria? Que tenham piedade dele?... Imbecil! Há uma vida depois da piedade?... Kadem não tinha totalmente razão. Não foi o mundo que caiu bem baixo; são os homens que se comprazem na baixeza. É porque eu me recuso a parecer com esse morto-vivo que vim a Beirute. Ou viver como homem, ou morrer como mártir. Não há alternativa para aquele que quer ser livre. Eu me vejo mal na pele de um vencido. Desde aquela noite em que os soldados americanos entraram em nossa casa, subvertendo a ordem das coisas e dos valores ancestrais, eu espero... Espero o momento de recuperar meu amor-próprio sem o qual só se é aviltamento. Considero-me em via de tudo e de nada. O que atravessei, vivi, sofri até agora não conta. Houve congelamento da imagem naquela noite. A Terra deixou de girar para mim. Não estou no Líbano, não estou num hotel; estou em coma. E compete a mim renascer ou apodrecer.

Sayed cuidou pessoalmente para que não me falte nada. Instalou-me em uma das mais caras suítes do hotel e pôs a minha disposição Imad e Chaker, dois jovens extraordinários que me tratam com toda a consideração possível e imaginável, disponíveis dia e noite, atentos a um sinal, prontos para satisfazer meus desejos mais extravagantes. Proíbo-me de me tomar por não sei quem. Continuei sendo o mesmo moço de Kafr Karam, humilde e apagado. Embora eu saiba a importância que tenho, não deixei de observar as regras que me forjaram na simplicidade e correção. Único capricho: mandei que retirassem da suíte a televisão, o rádio, os retratos pendurados nas paredes; que se mantenha o mínimo estrito, ou seja, os móveis e algumas garrafas de água mineral no frigobar. Se só dependesse de mim, teria escolhido uma caverna no deserto para me subtrair às vaidades irrisórias das pessoas mimadas. Eu queria ser meu único pólo de atração, meu único ponto de referência, passar o restante de minha estada libanesa preparando-me mentalmente a fim de estar à altura do que os meus me confiaram.

Não tenho mais medo de ficar sozinho no escuro. Já estou me iniciando no bolor dos túmulos. Estou pronto!

Domestiquei meus pensamentos, controlei meus questionamentos. Contenho minhas emoções com mão de ferro. Meus tormentos, minhas hesitações, meus brancos pertencem à história antiga. Sou dono do que se passa em minha cabeça. Nada me escapa, nada me resiste. O doutor Jalal limpou meu caminho, fechou minhas brechas. E, quanto a meus medos de outrora, sou eu que os convoco a partir de agora, que os passo em revista. A mancha escura que em Bagdá escondia uma parte de minhas lembranças dissipou-se. Posso voltar a Kafr Karam quando bem entender, empurrar qualquer porta, revisitar qualquer pátio e surpreender qualquer um em sua intimidade. Lembro-me de minha mãe, minhas irmãs, meus próximos e meus primos, uns depois dos outros. Sem me indispor. Meu quarto está povoado de fantasmas e de ausentes. Omar divide a cama comigo; Suleyman atravessa o quarto como um pé de vento; os convidados da festa imolados nos pomares das Haitem desfilam em torno de mim. Até meu pai está aqui. Prosterna-se a meus pés, com os testículos à mostra. Eu não me viro de costas, não cubro o rosto. E quando uma coronhada o joga no chão, não o ajudo a se levantar. Permaneço de pé; minha inflexibilidade de esfinge impede-me de me curvar, inclusive sobre meu genitor.

Dentro de alguns dias, caberá ao mundo prosternar-se a meus pés.

A mais importante missão revolucionária já empreendida desde que o homem aprendeu a não se curvar.

E fui eu o escolhido para realizá-la.

Que desforra sobre o destino!

Nunca o exercício da morte pareceu-me tão eufórico, tão cósmico.

À noite, quando me deito no sofá diante da janela, rememoro as maldades que marcaram minha vida, e todas elas reforçam meu engajamento. Não sei exatamente o que vou fazer, qual será a natureza da minha missão — *... alguma coisa que fará o 11 de Setembro parecer uma algazarra de alunos durante o recreio*. Uma certeza absoluta: não vou recuar!

Batem à porta.

É o dr. Jalal.

Está vestido com o mesmo agasalho de moletom que usava na véspera e não se deu ao trabalho de amarrar os cordões.

É a primeira vez que transpõe o umbral de minha porta. Seu hálito, que recende a vinho, espalha-se no cômodo.

— Eu estava mofando em meu quarto — disse ele. — Você ficaria aborrecido se lhe fizesse companhia por um momento?

— Você não me incomoda.

— Obrigado.

Ele titubeia até o sofá, coçando o traseiro com a mão por baixo da cueca. Não cheira bem. Aposto que não toma banho há tempos.

Olha com admiração para a suíte.

— Oh! Será que você é filho de um nababo?

— Meu pai era cavador de poços.

— O meu era uma nulidade.

Ele se dá conta do absurdo de sua réplica, apaga-a com a mão e depois, cruzando as pernas, abate-se contra o espaldar do sofá e olha para o teto.

— Não preguei o olho esta noite — queixa-se ele. — Nesses últimos tempos, não consigo conciliar o sono.

— Você trabalha demais.

Ele sacode o queixo:

— Provavelmente você tem razão. Essas conferências me esgotam.

Eu ouvira falar do dr. Jalal na escola. Mal, é claro. Lera dois ou três de seus livros, sobretudo *Por que os muçulmanos estão irritados?*, um ensaio sobre o surgimento do integrismo do *jihad* e que suscitara a indignação do clero na época. Era muito controverso nos meios intelectuais árabes, e muitos o atacavam publicamente com desprezo. Suas teorias sobre o disfuncionamento do pensamento árabe contemporâneo eram verdadeiros discursos acusatórios que os imãs rejeitavam em bloco, chegando até a prever o inferno para aqueles que ousassem lê-los. Para o comum dos fiéis, o dr. Jalal não era mais do que um saltimbanco a soldo dos grupos ocidentais hostis ao Islã em geral, e aos árabes em particular. Eu mesmo o detestava, censurando-lhe uma cultura abusiva e exibicionista das idéias tradicionais e seu desprezo evidente pelos seus. Ele representava, para mim, a espécie mais repugnante desses traidores que proliferam como ratos nas esferas midiático-universitárias européias, prontos a vender sua alma para ter sua foto num jornal e fazer com que falem deles, e eu não desaprovara os *fatwas* que o condenaram à morte, com a esperança de pôr fim a suas elucubrações incendiárias que ele publicava na imprensa ocidental e apresentava com um zelo ultrajante nos estúdios de televisão.

Foi, portanto, com estupefação que fiquei sabendo de sua mudança súbita. Não sem certo alívio, é preciso reconhecer.

A primeira vez que vi o dr. Jalal em carne e osso foi no segundo dia de minha chegada a Beirute. Sayed insistira em que eu assistisse a sua conferência: "Ele é magnífico!".

Isso acontecia num salão de festas não distante da universidade. Havia um mundo de gente, centenas de pessoas em pé em volta das fileiras de cadeiras tomadas de assalto horas antes da intervenção do doutor. Estudantes, mulheres, moças, pais de família, funcionários amontoavam-se no imenso auditório. O falatório deles lembrava um vulcão entrando em erupção. Quando o doutor apareceu sobre o estrado, acompanhado por milicianos, os aplausos abalaram as paredes e fizeram estremecer as vidraças. Deu-nos uma aula magistral sobre a hegemonia imperialista e as campanhas de desinformação na origem da demonização dos muçulmanos.

Nesse dia, eu adorei esse homem.

É verdade que ele tem má aparência, que arrasta os pés e se veste de qualquer jeito, confundindo o interlocutor com sua cara de ressaca e sua indolência de bêbado inveterado, mas quando toma a palavra — meu Deus!, quando abaixa o microfone erguendo os olhos para seus ouvintes, eleva a tribuna ao patamar do Olimpo. Ele sabe melhor do que ninguém falar de nossos sofrimentos, das afrontas que nos fizeram, da necessidade para nós de nos insurgirmos contra nossos silêncios. *Hoje somos os lacaios do Ocidente; amanhã, nossos filhos serão seus escravos,* insistia ele. E a assistência explodia. Entrava desordenadamente num *delirium tremens*. Se um engraçadinho tivesse gritado que era para atacar o inimigo, nesse instante a totalidade das embaixadas ocidentais teria sido reduzida a cinzas na passagem. O dr. Jalal tem a arte de mobilizar até os pernetas. A justeza de seus propósitos, a eficácia de seus argumentos são de uma felicidade total. Nenhum imã lhe chegava aos pés, nenhum orador poderia, melhor do que ele, fazer de um murmúrio um grito. É de uma sensibilidade muito intensa, de uma inteligência excepcional; mentor de raro carisma.

"O Pentágono faria com que o diabo caísse em sua própria armadilha", dizia ele no final de sua conferência, em resposta à observação de um estudante. "Essas pessoas estão persuadidas de que estão muito à frente do bom Deus. Faz tempo que eles preparam minuciosamente a guerra contra o Iraque. O 11 de Setembro não é seu desencadeamento, mas o pretexto. A idéia de destruir o Iraque remonta ao momento em que Saddam colocou a primeira pedra de sua base nuclear. Não era nem o déspota nem o petróleo que eram visados, mas a capacidade iraquiana. No entanto, não é proibido juntar o útil ao agradável: pôr de joelhos um país e bombear sua seiva. Os americanos adoram matar dois coelhos com uma só cajadada. Com o Iraque, eles visaram ao crime perfeito. Encontraram coisa melhor ainda: fazer do móvel do crime a garantia de sua impunidade... Eu me explico: por que atacar o Iraque? Porque é suspeito de dispor de armas de destruição em massa. Como atacá-lo sem muitos riscos? Ter certeza de que ele não dispõe de armas de destruição em massa. Não é o cúmulo da capacidade combinatória? O resto veio sozinho, como a água na boca. Os americanos manipularam o planeta fazendo-o sentir medo. Em seguida, para ter certeza de que suas tropas não correriam nenhum risco, obrigaram os especialistas da ONU a fazer o trabalho sujo para eles, e sem custos. Uma vez seguros de que nenhuma arma nuclear existia no Iraque, lançaram seus exércitos sobre um povo habilmente embrutecido por embargos e assédios psicológicos. E o círculo se fechou."

Eu tinha uma ofensa a ser lavada com sangue; para um beduíno, é tão sagrado como a prece para um crente. Com o dr. Jalal, a ofensa inseriu-se na Causa.

— Você está doente? — pergunta-me ele, mostrando o estoque de medicamentos sobre meu criado-mudo.

Sou pego de surpresa.

Por não ter imaginado recebê-lo um dia em meu apartamento, não previra a exibição. Então me reprovo. Por que deixei esses medicamentos ao alcance de qualquer um, quando deveria tê-los guardado na caixa de remédios do banheiro? No entanto, as instruções de Sayed são estritas: não deixar nada ao acaso, desconfiar de todo mundo.

Intrigado, o dr. Jalal faz um esforço para se levantar e aproxima-se das caixas espalhadas no criado-mudo.

— Puxa, aqui há o suficiente para cuidar de uma tribo.

— Tenho problemas de saúde — digo-lhe estupidamente.

— Problemas sérios, pelo que vejo. O que você tem para tomar tudo isso?

— Não quero falar sobre isso.

O dr. Jalal pega algumas caixas, vira-as e revira-as na mão, lê em voz alta o nome dos medicamentos como se lêem grafites ininteligíveis, percorre em silêncio uma ficha ou duas. Com as sobrancelhas franzidas, vai pegando diferentes vidros, olha-os, sacode os comprimidos que contêm.

— Por acaso você sofreu um transplante?

— Foi isso — disse-lhe eu, salvo por sua dedução.

— Rim ou fígado?

— Por favor, não quero falar sobre isso.

Para meu grande alívio, ele volta a colocar os vidros no lugar e retorna ao sofá.

— De todo jeito, você parece em forma.

— É porque sigo rigorosamente as prescrições. São medicamentos que devo tomar a vida inteira.

— Eu sei.

Para mudar de assunto, pergunto-lhe:

— Será que posso lhe fazer uma pergunta indiscreta?

— Sobre o comportamento de minha mãe?

— Eu não me permitiria isso.

— Contei de todas as maneiras seus escândalos num livro autobiográfico. Era uma prostituta. Como existem por toda parte. Meu pai sabia disso e calava-se. Tenho mais desprezo por ele do que por ela.

Fico sem graça.

— Qual é a sua questão... indiscreta?

— Suponho que já lhe tenham perguntado centenas de vezes.

— É mesmo?...

— Como se operou sua passagem de crítico feroz dos partidários do *jilhad* a porta-voz deles?

Ele dá uma gargalhada, relaxa. Visivelmente, é um exercício que não lhe desagrada. Põe as mãos por trás da nuca, espreguiça-se grosseiramente; em seguida, depois de passar a língua pelos lábios, conta, com o rosto subitamente grave:

— São coisas que nos caem em cima no momento em que você menos espera. Como uma revelação. De repente, você vê claramente, e os pequenos detalhes que não calculava assumem uma dimensão extraordinária... Eu estava numa bolha. Foi provavelmente o ódio por minha mãe que me tornou cego a ponto de tudo o que me ligava a ela me repugnar, até meu sangue, minha pátria, minha família... Na verdade, eu era apenas o testa-de-ferro dos ocidentais. Eles perceberam minhas falhas. As honras e as solicitações que faziam recair sobre mim consistiam em me sujeitar. Não havia um estúdio de televisão que não exigisse a minha presença. Se uma bomba explodia em algum lugar, os microfones e as luzes da ribalta encontravam-me. Meu discurso estava em conformidade com as expectativas dos ocidentais. Eu os reconfortava. Eu dizia o que eles queriam ouvir, o que eles próprios gostariam de dizer, se eu não estivesse ali para poupá-los dessa tarefa e dos aborrecimentos dela decorrentes. Eu lhes era conveniente, um pouco como uma luva... Depois, um dia, chego a Amsterdã. Algumas semanas após o assassinato de um cineasta holandês por um muçulmano, em razão de um documentário blasfematório mostrando uma mulher nua vestida de versículos corânicos. Você deve ter ouvido falar dessa história.

— Vagamente.

O dr. Jalal esboça uma careta e prossegue:

— Em geral, na universidade em que eu me apresentava, a sala estava superlotada... Nesse dia, muitos assentos estavam vazios. As pessoas que vieram estavam ali para ver de perto a fera imunda. Tinham ódio no rosto. Eu não era mais o dr. Jalal, seu aliado, aquele que defendia seus valores e a idéia que eles faziam da democracia. Tudo isso fora para o lixo. A seus olhos, eu era apenas um árabe, o retrato escarrado do árabe assassino do cineasta. Tinham mudado radicalmente, eles, os precursores da modernidade, os mais tolerantes, os mais emancipados dos europeus. Ei-los que arvoravam sua tendência racista como um troféu. Para eles, a partir daquele momento, todos os árabes são terroristas, e eu?... Eu, o dr. Jalal, inimigo jurado dos fundamentalistas, eu, que era esmagado pelos *fatwas*, que trabalhava duro por eles?... Eu, a seus olhos, não era mais do que um traidor de minha nação, o que me tornava duplamente desprezível... E aí tive como que uma iluminação. Compreendi a que ponto eu estava enganado e, sobretudo, onde estava meu verdadeiro lugar. Portanto, fiz as malas e juntei-me aos meus.

Depois de tudo explicar, entrincheirou-se por trás de um rosto sombrio. Compreendi que acabava de tocar numa fibra particularmente sensível e pergunto-me se, por minha indiscrição, eu não cutuquei com faca uma ferida que ele gostaria de ver cicatrizar.

19

Depois da saída do dr. Jalal, que chegara a adormecer no sofá, eu me apresso a pôr a salvo meus medicamentos. Estou furioso. Onde estava com a cabeça? Qualquer idiota teria ficado escandalizado com o arsenal de vidros e de comprimidos sobre o meu criado-mudo. Será que o dr. Jalal suspeita de alguma coisa? Por que, contra qualquer expectativa, veio ele a meu quarto? Não era hábito seu ir ao encontro dos outros. Exceto quando se embriagava solitário no bar, quase não era visto circulando pelo hotel. Contraído, distante, não respondia a sorrisos nem cumprimentos. O pessoal do hotel evitava-o, pois, por qualquer motivo, era capaz de ter um acesso de raiva abominável. Por outro lado, que eu saiba, ele deve desconhecer o objeto de minha estada em Beirute. Ele está no Líbano para suas conferências; eu aqui estou por razões mantidas em segredo. Por que se juntou a mim ontem, no terraço, ele que abomina companhias?

Não há dúvida de que está intrigado comigo.

Tomo um monte de medicamentos que um professor me prescreveu depois de me haver submetido a inúmeros testes, para determinar os produtos aos quais eu não seria alérgico e preparar meu corpo para resistir a eventuais fenômenos de rejeição. Três dias depois de minha chegada a Beirute, fui auscultado por diferentes médicos, submetido a coletas de sangue e exames aprofundados, passando sem trégua de um escâner a um cardiógrafo. Uma vez declarado são de corpo e de espírito, fui apresentado a um certo professor Ghany, o único habilitado a decidir se eu estava apto, ou não, para a missão. Era um velho famélico, seco como um bastão, com o crânio encimado por uma cabeleira grisalha e fina. Sayed explicou-me que o professor Ghany era virologista, mas que trabalhava também em outros setores científicos; uma eminência parda sem igual, quase um mágico, que trabalhara durante décadas nos mais famosos institutos de pesquisa americanos, antes de ser expulso *por causa de seu arabismo e de sua religião*.

Até ontem, as coisas transcorriam da forma mais normal do mundo. Chaker vinha me buscar para me levar a uma clínica particular, no norte da cidade. Esperava-me no carro, até o final das consultas; em seguida, trazia-me de volta ao hotel. Sem fazer perguntas.

A intrusão do dr. Jalal perturba-me.

Desde que foi embora, não paro de passar em revista nossos raros encontros. Onde errei? A partir de que momento despertei sua curiosidade? Alguém cometeu uma gafe em torno de mim? O que significa "Espero que você destrua esses canalhas"?

Quem o autorizava a me falar dessa maneira?

Chaker encontra-me ruminando essa história. Minhas preocupações chamam sua atenção imediatamente.

— Alguma coisa não está dando certo? — pergunta-me, fechando a porta atrás de si.

Estou deitado no sofá, com as costas para a janela. A chuva parou de cair. Na rua, ouve-se o ruído dos carros sobre o pavimento coberto d'água. Nuvens acobreadas acumulam-se no céu, prontas a despejar seu conteúdo sobre a cidade.

Chaker pega uma cadeira e senta-se ao contrário, com uma perna de cada lado do assento. É um moço alto, de uns trinta anos, belo e jovial, com cabelos compridos puxados para trás, presos num rabo-de-cavalo discreto. Deve medir 1,80 metro, tem ombros largos e queixo determinado. Seus olhos azuis têm um brilho mineral, sem objetivo preciso, só dois olhos azulados fixos em algum lugar, como se estivesse com a cabeça alhures. Adotei-o desde que me apertou a mão, quando Sayed me entregou a ele e a Imad, na fronteira síria, para me fazerem entrar clandestinamente no Líbano. É verdade que ele não fala muito; no entanto, sabe estar presente. Podemos permanecer lado a lado e olhar o mesmo objeto sem trocar uma única palavra. Mas alguma coisa mudou nele. Desde que encontraram seu amigo Imad numa praça, morto por uma overdose, Chaker perdeu sua atitude altiva. Antes, era cheio de vida. Nem dava tempo de desligar o telefone e já tocava a campainha da porta. Ele batalhava para alcançar o que queria com a mesma energia, o mesmo devotamento. Depois, a polícia encontra o corpo de seu mais próximo colaborador e é uma ducha fria para Chaker. Isso o bloqueou do dia para a noite.

Não conheci Imad de muito perto. Com exceção da travessia que fizemos a partir da Jordânia, ele não ficou muito tempo comigo. Vinha com Chaker pegar-me no hotel, apenas isso. Era um rapaz tímido, escondido na sombra de seu colega de equipe. Não dava a impressão de se drogar. Quando me contaram como tinha sido descoberto, deitado num banco público, com a boca azul, suspeitei de uma execução disfarçada. Chaker tinha a mesma opinião que eu, mas guardava-a para si. Uma única vez lhe perguntei o que pensava da morte de Imad; seu olhar azulado tornou-se triste. A partir de então, evitamos falar sobre isso.

— Problemas?

— Não exatamente — respondi.

— Você está com um ar contrariado.

— Que horas são?

Ele consulta o relógio e me diz que temos ainda uns vinte minutos. Levanto-me e vou refrescar o rosto no banheiro. A água gelada me acalma. Permaneço longos minutos inclinado sobre o lavabo, aspergindo o rosto e a nuca.

Ao me erguer, surpreendo Chaker no espelho observando-me. Está com os braços cruzados no peito, a cabeça inclinada para o lado, o ombro contra a parede. Ele me olha passar os dedos molhados no cabelo, com um brilho vidrado no olhar.

— Se você não está se sentindo bem, vou adiar o encontro — diz ele.

— Está tudo bem...

Ele estica os lábios, cético.

— É você quem decide... Sayed chegou esta manhã. Ficaria muito contente em rever você.

— Faz quinze dias que não dá sinal de vida — comento.

— Ele tinha voltado ao Iraque... As coisas se complicam por lá — acrescenta ele, estendendo-me uma toalha.

Eu me enxugo, passo-a em volta da nuca.

— O dr. Jalal passou para me ver esta tarde — conto.

Chaker levanta uma sobrancelha.

— Ah, é?

— Também subiu, ontem, para conversar comigo no terraço.

— E então?

— Isso me preocupa.

— Ele lhe disse coisas obscuras?

Eu o encaro.

— Que tipo de cara é esse doutor?

— Não sei de nada. Não é meu setor. Se você quer um conselho, não se preocupe com bobagens.

Volto para o quarto para calçar os sapatos e pôr o paletó, e digo-lhe que estou pronto.

— Vou buscar o carro — diz ele. Você me espera na entrada do hotel.

A porta corrediça da clínica movimenta-se com um rangido. Chaker tira seus óculos escuros antes de entrar com seu 4x4 sobre o cascalho de um pátio interno. Estaciona no meio de duas ambulâncias e desliga o motor.

— Espero você aqui — diz-me ele.

— Muito bem — digo-lhe, descendo do carro.

Ele pisca o olho para mim e inclina-se para fechar a porta.

Subo os degraus de uma vasta escadaria de granito. Um enfermeiro intercepta-me no hall da clínica e me conduz ao consultório do professor Ghany, no primeiro andar. Sayed está ali, afundado num sofá, com os dedos agarrados nos joelhos. Seu sorriso o ilumina quando me vê chegar. Levanta-se e abre os braços. Sayed emagreceu muito. Só tem ossos sob seu terno cinza.

O professor espera que tenhamos acabado de nos abraçar antes de nos propor as duas cadeiras que estão diante dele. Está nervoso; não pára de bater em sua pasta com um lápis.

— Os resultados das análises são excelentes — anuncia ele. — O tratamento que lhe prescrevi foi eficaz. Você está perfeito para a missão.

Sayed não tira os olhos de mim.

O professor pousa o lápis, curva-se sobre sua escrivaninha para erguer o queixo e me olhar direto nos olhos.

— Não é uma missão qualquer — observa ele.

— Eu não mudo de posição.

— Trata-se de uma operação única em seu gênero — acrescenta o professor, ligeiramente inseguro por minha rigidez e meu mutismo. — O Ocidente não nos deixa escolha. Sayed está voltando de Bagdá. A situação é alarmante. Os iraquianos estão implodindo. Estão à beira da guerra civil. E temos de intervir rapidamente para evitar que a região caia numa conflagração da qual nunca mais se recuperará.

— Os xiitas e os sunitas se entredevoram — acrescenta Sayed. — Já há centenas de mortos, e a vindita apodera-se das mentes todos os dias.

— Acho que são vocês dois que estão perdendo tempo — digo. — Digam-me o que vocês esperam de mim e eu cumpro.

O lápis do professor imobiliza-se.

Os dois homens trocam olhares circunspectos.

O professor reage primeiro, com o lápis que continua suspenso no vazio.

— Não se trata de uma missão comum — diz ele. — A arma, que lhe damos, é tão eficaz quanto impossível de ser detectada. Nenhum escâner, nenhum controle, nada é capaz de detectá-la. Você pode levá-la aonde quiser. Nu, se preferir. O inimigo nada verá.

— Estou escutando.

O lápis toca a pasta, sobe lentamente e depois cai sobre uma pilha de folhetos e não se mexe mais.

As mãos de Sayed afundam-se entre suas coxas. Um silêncio de chumbo paira sobre os três. O silêncio prolonga-se por um minuto ou dois, insustentável. Ouve-se o barulho longínquo de um ar-condicionado, ou de uma impressora. O professor retoma seu lápis, vira-o e revira-o em seus dedos.

Ele sabe que o momento é decisivo e o teme. Depois de pigarrear, se concentra em seus pulsos e me surpreende:

— Trata-se de um vírus.

Eu não reajo. Não compreendi. Não vejo relação com a missão. A palavra vírus atravessa minha mente como um vocábulo desconhecido. Produz o efeito de um *déjà-vu*. O que é? Vírus... vírus... Onde eu já ouvi essa palavra que volta a girar em minha mente sem que eu consiga situá-la? Depois, os exames, as radiografias, os medicamentos encontram seus lugares no quebra-cabeça e a palavra vírus fica precisa, desvenda-me pedaço por pedaço seu segredo — micróbio, microorganismo, gripe, doença, epidemia, cuidados médicos, hospitalização; toda espécie de imagens estereotipadas desfilam em minha cabeça, entrecruzam-se antes de se confundirem... No entanto, eu continuo não vendo a relação.

A meu lado, Sayed está tenso como um arco.

O professor me explica:

— Um vírus revolucionário. Precisei de anos para produzi-lo. Muito dinheiro foi investido nesse projeto. Homens deram a vida para torná-lo possível.

O que é que ele está dizendo?

— Um vírus — repete o professor.

— Eu ouvi direito. E qual é o problema?

— O único problema é você. Será que você está disposto ou não?

— Eu jamais recuo.

— Quanto ao vírus, é você que vai ser o portador dele.

Tenho dificuldade para acompanhar o que ele diz. Alguma coisa, em suas palavras, escapa-me. Não o assimilo. Acho que me tornei autista.

O professor acrescenta:

— Todos esses exames e esses medicamentos eram para verificar se seu corpo era capaz de recebê-lo. Seu corpo reage de maneira impecável.

Somente então eu encontro o fio da meada. De repente, tudo se esclarece em minha mente. *Trata-se de um vírus. Minha missão consiste em ser portador de um vírus. É isso, prepararam-me fisicamente para receber um vírus. Um vírus. Minha arma, minha bomba, meu aparelho de camicase...*

Sayed tenta pegar minha mão; eu a retiro.

— Você está com um ar surpreso — diz-me o professor.

— Estou. Mas não mais do que isso.

— Algum problema? — pergunta Sayed.

— Não há problema algum — digo em tom categórico.

— Nós temos... — tenta prosseguir o virologista.

— Professor, estou lhe dizendo que não há nenhum problema. Vírus ou bomba, qual é a diferença? O senhor não precisa me explicar por quê, diga-me somente quando e como. Não sou nem melhor nem menos corajoso que os iraquianos que morrem todos os dias em meu país. Quando aceitei acompanhar Sayed, divorciei-me da vida. Sou um morto que espera uma sepultura decente.

— Não duvidei de sua determinação nem por um segundo — diz-me Sayed com a voz tremida.

— Nesse caso, por que não passar diretamente às coisas concretas? Quando vou receber a... a honra de servir a minha Causa?

— Dentro de cinco dias — reponde o professor.

— Por que não hoje?

— Obedecemos a um calendário rigoroso.

— Muito bem. Não saio de meu hotel. Vocês podem vir me buscar quando quiserem. Quanto mais cedo, melhor. Tenho pressa de recuperar minha alma.

Sayed pede a Chaker que nos deixe sozinhos e me convida a entrar em seu carro. Atravessamos a metade da cidade sem dizer nada. Sinto que procura as palavras e não encontra nenhuma. Num momento, não suportando o silêncio, estendeu a mão para o rádio, antes de retirá-la. A chuva recomeçou ainda mais forte. Os prédios parecem suportá-la com resignação. A morosidade deles faz-me lembrar o mendigo que eu observava havia pouco da janela do hotel.

Passamos por um bairro de prédios envelhecidos. Os vestígios da guerra são resistentes. Canteiros de obras tentam reparar essa situação; devoram os flancos da cidade, eriçados de guindastes, e os buldôzeres parecem pit bulls atacando as ruínas. Num cruzamento, dois automobilistas discutem acaloradamente: seus carros acabam de se chocar. Fragmentos de vidro estão espalhados pelo asfalto. Sayed não pára no sinal vermelho e quase atinge um carro que surgia de uma rua adjacente. As buzinadas nos injuriam de um lado e do outro. Sayed não as ouve. Está perdido em suas preocupações.

Entramos na estrada que passa por uma parte escarpada. O mar está agitado. Parecia uma imensa cólera obscura protestando e opondo uma grande resistência. Embarcações na baía esperam para chegar ao porto; na neblina ambiente, assemelham-se a navios-fantasma.

Andamos uns quarenta quilômetros até Sayed emergir de seu nevoeiro. Percebe que errou de caminho, vira o pescoço para se situar, pára bruscamente no acostamento e espera para pôr ordem em suas idéias.

— É uma missão muito importante — diz ele. — Muito, muito importante. Se não lhe revelei nada a respeito do vírus, é porque ninguém deve saber disso. Acreditei sinceramente, pelo fato de freqüentar a clínica, que você iria ter uma pequena idéia... será que você entende? Não era para lhe pôr diante de um fato consumado. Até agora, nada está fechado. Eu lhe suplico, não veja nenhuma pressão nisso, nenhuma espécie de abuso de confiança. Se você pensa que não está pronto, que essa missão não lhe convém, pode se retirar e ninguém vai lhe guardar rancor. Só quero que saiba que o próximo postulante vai passar pelo mesmo caminho que você. Ele não vai saber nada até o último minuto. Para a segurança de todos nós e para o êxito da missão.

— Você tem medo de que eu não esteja à altura?

— Não... — grita ele antes de se controlar; as juntas dos dedos embranquecidas em torno do volante. — Desculpe-me, não quis elevar o tom de voz diante de você. Estou confuso, é tudo. Eu ficaria muito zangado comigo mesmo se você se sentisse enganado, ou numa situação sem saída. Eu o advertira, em Bagdá, que essa missão não se assemelhava a nenhuma outra. Eu não podia lhe dizer mais nada. Será que você entende?

— Agora, sim.

Ele tira o lenço e começa a limpar os cantos da boca e sob as orelhas.

— Você está com raiva de mim?

— De forma alguma, Sayed. Essa história de vírus me surpreendeu, mas não põe em dúvida meu engajamento. Um beduíno não fraqueja. Sua palavra é um tiro de fuzil. Quando sai, nunca mais volta. Serei portador desse vírus. Em nome dos meus e em nome de meu país.

— Não durmo mais desde que confiei você ao professor. Não tem nada a ver com você. Sei que você irá até o fim. Mas é tão... fundamental. Você não pode avaliar a importância dessa operação. É nosso último cartucho, entende? Depois, vai nascer uma nova era, e nunca mais o Ocidente vai nos olhar da mesma maneira... Não tenho medo de morrer. Por outro lado, tenho medo de que minha morte não mude em nada a nossa situação. Que nossos mártires não sirvam para grande coisa. Seria a mais nojenta injustiça que se pode fazer com eles. Para mim, a vida não é senão uma aposta insensata; é a maneira de morrer que lhe salva o que foi apostado. Não quero que nossos filhos sofram. Se nossos pais tivessem controlado as coisas em seu tempo, seríamos menos desgraçados. Infelizmente eles esperaram o milagre em vez de ir procurá-lo, e somos obrigados a forçar o destino.

Ele se volta para mim. Seu rosto está lívido, seus olhos brilham com lágrimas furiosas.

— Se você visse Bagdá, o que a cidade se tornou, com seus santuários destruídos, suas guerras de mesquitas, suas matanças fratricidas... Estamos sobrecarregados. Pedimos calma e ninguém nos escuta. É verdade que, com Saddam, éramos reféns. Mas, meu Deus, hoje em dia somos zumbis. Nossos cemitérios estão saturados e nossas preces voam em pedaços com nossos minaretes. Como chegamos a esses extremos?... Se não durmo, é porque esperamos tudo, *absolutamente tudo,* de você. Você é nosso último recurso, nosso último combate de honra. Se você for bem-sucedido, vai acertar os relógios na hora certa e o despertador vai tocar finalmente em nosso favor. Não sei se o professor lhe explicou em que consiste esse vírus.

— Ele não precisa explicar.

— E, no entanto, é preciso. É preciso que você saiba o que seu sacrifício significa para seu povo e para todos os povos oprimidos da Terra. Você é o fim da hegemonia imperialista, a reparação dos infortúnios, a redenção dos justos...

Desta vez, sou eu que o pego pelo pulso.

— Por favor, Sayed, não duvide de mim. Isso me mata.

— Eu não duvido de você.

— Então não diga nada. Deixe que as coisas aconteçam por si mesmas. Não preciso ser acompanhado. Saberei encontrar meu caminho sozinho.

— Estou tentando somente dizer-lhe o quanto seu sacrifício...

— É inútil. E, depois, você sabe como somos em Kafr Karam. Nunca se fala de um projeto quando se quer realmente realizá-lo um dia. Os desejos precisam ser calados para eclodirem. Então, vamos ficar calados... Eu quero ir até o fim. Com toda a confiança. Será que você me entende?

Sayed sacode a cabeça.

— Você certamente tem razão. Quem tem fé em si não espera a dos outros.

— É isso mesmo, Sayed, é isso mesmo.

Ele engata a marcha a ré, recua até um caminho de cascalho e faz meia-volta para retornar a Beirute.

Passei boa parte da noite no terraço do hotel, curvado por cima da balaustrada que dá para a avenida, esperando que o dr. Jalal viesse a meu encontro. Sinto-me só. Tento me controlar. Preciso da cólera de Jalal para preencher meus brancos. Mas não é possível encontrá-lo. Fui bater a sua porta, duas vezes. Não estava lá. Nem no bar. De meu observatório ocasional, vigio os carros que param à beira da calçada, à espreita de sua silhueta desengonçada. Pessoas entram e saem do hotel; suas vozes me chegam em fragmentos amplificados antes de se dissolverem no rumor da noite. Uma lua crescente enfeita o céu, tão branca e cortante como uma foice. Mais no alto, colares de estrelas mostram seu esplendor. Faz frio; filamentos de vapor espalham-se em torno de meus suspiros. Apertado em meu casaco, sopro em meus punhos entorpecidos, com os olhos maiores que a cabeça. Desde há pouco, não penso em nada. A *toxina* que circula em minha mente depois que a palavra vírus a atravessou só espera de mim um sinal para se animar. Não quero dar-lhe a oportunidade de semear a perturbação em minha alma. Essa toxina é o Maligno. É o alçapão no meu caminho. É minha inflexão, minha perda;

jurei diante de meus santos e meus ancestrais que não me ajoelharia. Então eu olho: olho a rua cheia de sonâmbulos, os carros que passam, os neons que se divertem na fachada dos edifícios, os fregueses sitiando as lojas; olho, com os olhos mais vastos que as interrogações, com os olhos no lugar da cabeça. E essa cidade é exímia na sedução!... Ontem ainda, um imenso sudário a recobria de alto a baixo, confiscando suas luzes e seus ecos, tornando seus excessos de outrora uma miserável angústia de folha branca, feita de frieza e de perplexidade, de grave fracasso e de incerteza... Será que ela esqueceu seu martírio a ponto de não se compadecer com o luto de seus próximos? Incorrigível Beirute! Apesar do espectro da guerra civil que gravita em torno de seus festins, ela faz como se nada fosse. E essas pessoas que se excitam nas calçadas, semelhantes a baratas no fundo das sarjetas, para onde correm elas? Que sonho as reconciliaria com seu sono? Que alvorecer, com os dias futuros?... Não, eu não vou acabar como elas. Não quero nem mesmo parecer-me com elas.

Duas horas da manhã.

Não há mais ninguém na rua. As lojas baixaram suas portas e os derradeiros fantasmas desapareceram. Jalal não vai vir. Será que preciso realmente dele?

Volto para meu quarto, gelado mas revigorado. O ar fresco fez-me bem. A toxina que circulava em minha mente acabou por desistir. Entro debaixo das cobertas e apago a luz. Estou à vontade no escuro. Meus mortos e meus vivos estão perto de mim. Vírus ou bomba, o que muda, quando se segura com uma mão uma ofensa e com a outra a Causa? Não vou tomar comprimido para dormir. Reintegrei-me em meu elemento. Tudo vai bem. *A vida não é mais do que uma aposta insensata; é a maneira de morrer que lhe salva a aposta*. Assim nascem as lendas.

20

Um homem de certa idade dirige-se à recepção. É alto e ossudo, com a cor de cera dos ascetas. Usa um velho sobretudo cinza por cima de um terno escuro, sapatos de couro deformados, mas engraxados recentemente. Com seus óculos grossos de tartaruga e sua gravata que conheceu dias melhores, tem o porte digno e patético de um professor primário em final de carreira. Com o jornal debaixo do braço, o queixo erguido, toca uma campainha no balcão e espera tranqüilamente que venham atendê-lo.

— Senhor?

— Boa noite. Diga ao dr. Jalal que Mohammed Seen está aqui.

O recepcionista vira-se para os escaninhos que estão atrás dele, não vê a chave no número 36 e mente:

— O dr. Jalal não está em seu quarto, senhor.

— Eu o vi entrar há dois minutos — insiste o homem. — Deve estar muito ocupado ou descansando, mas sou um velho amigo seu e ele não ficaria contente em saber que passei aqui e isso não lhe foi comunicado.

O recepcionista dá uma olhada por cima do ombro do visitante — eu estou sentado no salão de entrada, tomando um chá. Em seguida, depois de se coçar atrás da orelha, pega o telefone:

— Vou ver se ele está no bar. O senhor é?...

— Mohammed Seen, romancista.

O recepcionista disca um número, puxa sua gravata-borboleta para desafogar o pescoço e morde o lábio quando respondem do outro lado da linha.

— É da recepção, senhor. O dr. Jalal está no bar?... Um certo Mohammed Seen o chama na entrada... Está bem, senhor.

O recepcionista pousa o fone e pede ao romancista que espere.

O doutor surge do vão da escada que dá para os quartos, com os braços abertos e um sorriso até as orelhas. "*Allah, ya baba*! Que bom vento o traz, *habibi*? Oba! O grande Seen lembra-se de mim." Os dois homens abraçam-se calorosamente, beijam-se nas faces, contentes de se verem; passam um momento interminável contemplando-se e dando-se tapas nas costas.

— Que surpresa excelente! — exclama o doutor. — Desde quando você está em Beirute?

— Uma semana. O Instituto Francês me convidou.

— Formidável. Espero que você prolongue sua estada. Isso me agradaria muito.

— Devo voltar a Paris no domingo.

— Ainda temos dois dias. É uma loucura como você está perfumado. Venha, vamos para o terraço ver o sol se pôr. Tem-se uma vista excelente das luzes da cidade.

Eles desaparecem no vão da escada.

Os dois homens instalam-se na alcova envidraçada do terraço do hotel. Ouço-os rir e trocar batidas nos ombros; esgueiro-me sub-repticiamente por trás de um painel de madeira e espiono-os.

Mohammed Seen livra-se de seu sobretudo e o coloca a seu lado, sobre o braço da poltrona.

— Você toma alguma coisa? — propõe-lhe Jalal.

— Não, obrigado.

— Meu Deus! Quanto tempo! Onde você estava?

— Vivo como um nômade.

— Li seu último livro. Uma verdadeira maravilha.

— Obrigado.

O doutor deixa-se cair em seu assento e cruza as pernas. Olha para o escritor sorrindo, visivelmente encantado em encontrá-lo.

O romancista apóia os cotovelos nos joelhos, junta as mãos à maneira de um bonzo e pousa delicadamente seu queixo sobre a ponta dos dedos. Seu entusiasmo dissipou-se.

— Não faça essa cara, Mohammed. Problemas?

— Um único... E é você.

O doutor se lança para trás com um riso curto e seco. Recompõe-se em seguida, como se acabasse de assimilar de uma só vez as intenções de seu interlocutor.

— Você tem um problema comigo?

O romancista ergue o pescoço; suas mãos apertam os joelhos.

— Não vou fazer muitos rodeios, Jalal. Estive em sua conferência anteontem. Continuo muito surpreso.

— Por que não veio falar comigo logo depois?

— Com toda a multidão que gravitava em torno de você?... Na verdade, não o reconheço mais. Eu estava tão perplexo que acho que fui o último a deixar a sala. Estava surpreso, de fato. Era como se um tijolo tivesse caído na minha cabeça.

O sorriso de Jalal desaparece. Uma expressão dolorosa transparece em seu rosto. Torna-se triste, e sua testa se enruga. Por longo tempo, coça abaixo do lábio inferior, esperando encontrar uma palavra capaz de quebrar o muro invisível que acaba de se erguer entre ele e o romancista.

Depois de franzir as sobrancelhas, diz, com a voz cortada:

— Tanto assim, Mohammed?...

— Ainda estou aturdido, se você quer saber.

— Presumo que você veio me puxar as orelhas, mestre... Muito bem, não se acanhe...

O escritor ergue seu sobretudo, apalpa-o nervosamente e tira dele um maço de cigarros. Quando oferece um ao doutor, este o recusa com uma mão seca. A brutalidade do gesto não escapa ao amigo.

O doutor entrincheirou-se por trás de uma expressão desencantada. Seu rosto está tenso e o olhar, carregado de uma fria animosidade.

O escritor procura seu isqueiro, mas não consegue encontrá-lo e, como Jalal não lhe oferece o seu, desiste de fumar.

— Estou esperando — diz-lhe o doutor num tom gutural.

O escritor acena com a cabeça. Recoloca o cigarro no maço, depois o maço no bolso do sobretudo, que volta a colocar no braço da poltrona. Parece que está ganhando tempo ou que põe ordem em suas idéias, agora que é obrigado a se explicar.

Expira com força e diz à queima-roupa:

— Como se pode virar a casaca do dia para a noite?

O doutor estremece. Os músculos de seu rosto convulsionam-se. Parecia que não esperava um ataque tão frontal... Depois de um longo silêncio, durante o qual conserva os olhos imóveis, responde:

— Não virei a casaca, Mohammed. Somente me dei conta de que a usava do avesso.

— Você estava usando-a do lado certo, Jalal.

— Era o que eu achava. Estava enganado.

— Foi porque lhe recusaram a Insígnia das Três Academias?

— Você acha que eu não a merecia?

— Com todo o mérito. Mas não é o fim do mundo.

— Foi o fim de meus sonhos. A prova é que tudo mudou a partir daí.

— E o que foi que mudou?

— A distribuição das cartas. Somos nós que damos as cartas e os prêmios, agora. Melhor ainda: somos nós que impomos as regras do jogo.

— Que jogo, Jalal? O jogo de massacre?... Isso não diverte ninguém, ao contrário... Você pulou do trem andando. Você estava bem, antes.

— Como imigrante árabe de plantão?

— Você não era um imigrante árabe de plantão. Era um homem esclarecido. Hoje, a consciência do mundo somos nós. Você e eu, e essas inteligências órfãs, hostilizadas pelos seus e desdenhadas pelos cérebros empedernidos. Somos minoritários, é verdade, mas existimos. Somos os únicos capazes de mudar as coisas, você e eu. O Ocidente está fora do páreo. Está ultrapassado pelos acontecimentos. A verdadeira batalha ocorre nos embates das elites muçulmanas, ou seja, entre nós dois e os radicais.

— Entre a raça ariana e a raça dos miseráveis.[1]

1 Perde-se na tradução o jogo de palavras do original: "race aryenne" e "race âaryenne". No segundo caso, no original, uma nota do autor esclarece que "race âaryenne são os nus, os miseráveis". (N.T.)

— É falso. E você sabe disso muito bem. Hoje, isso ocorre conosco. Os muçulmanos estão com aquele que levar sua voz o mais longe possível. Eles não se importam com o fato de ser um terrorista ou um artista, um impostor ou um justo, uma obscura eminência ou uma eminência parda. Eles precisam de um mito, de um ídolo. Alguém que seja capaz de representá-los, mostrá-los em sua complexidade, defendê-los a seu modo. Com a pena ou com as bombas, pouco importa. E cabe a nós decidirmos a escolha das armas, Jalal, *nós*: você e eu.

— Eu escolhi as minhas. E não há outras.

— Você não pensa assim.

— Penso.

— Não mesmo. É sua casaca que não está mais do lado certo.

— Eu não lhe dou o direito...

— Está bem — interrompe ele. — Não vim para ferir suas suscetibilidades. Mas vim para lhe dizer o seguinte: temos uma responsabilidade pesada sobre nossos ombros, Jalal. Tudo depende de nós, de você e de mim. Nossa vitória é a salvação do mundo inteiro. Nosso fracasso é o caos. Temos nas mãos um instrumento extraordinário: nossa cultura dupla. Ela nos permite saber do que se trata, onde está o erro e onde está a razão, onde se situa a falha em uns e por que há um bloqueio em outros. O Ocidente está em dúvida. Suas teorias, que ele impunha como verdades absolutas, esmigalham-se no sopro dos protestos. Durante muito tempo embalado por suas ilusões, ei-lo que perde seus pontos de referência. Daí a metástase que conduziu ao diálogo de surdos que opõe a pseudomodernidade e a pseudobarbárie.

— O Ocidente não é moderno; ele é rico. Os "bárbaros" não são bárbaros, eles são pobres, não têm os meios da modernidade deles.

— Concordo perfeitamente com você. E é aí que nós intervimos para recolocar as coisas em seu lugar, moderar os temperamentos, reajustar os olhares, proscrever os estereótipos que estão na origem dessa confusão. Somos o meio-termo, Jalal, o equilíbrio das coisas.

— É uma cilada!... É o que eu também achava. Para sobreviver ao imperialismo intelectual que me esnobava, a mim, um erudito, eu repetia para mim mesmo exatamente o que você acaba de me dizer. Mas eu me dizia coisas bonitas. Eu só era bom para arriscar minha pele nos estúdios de televisão condenando os meus, minhas tradições, minha religião, meus próximos e meus santos. Eles se aproveitaram de mim. Como de um tição. Eu não sou um tição. Sou uma lâmina de dois gumes. Eles me tornaram menos cortante de um lado, mas resta-me o outro para estripá-los. Não creia que seja por causa da Insígnia das Três Academias. Não se trata, nesse caso, senão de uma humilhação como tantas outras. A verdade está alhures. O Ocidente ficou senil. Suas nostalgias imperiais o impedem de admitir que o mundo mudou. Ele envelhece mal, e tornou-se paranóico e chato. Não se pode mais nem mesmo tentar fazê-lo chegar a uma atitude razoável. É por isso que é preciso aplicar-lhe a eutanásia... Não se constrói sobre edificações velhas. Arrasa-se tudo e recomeça-se desde as fundações.

— Com o quê? Com TNT, cartas-bomba, explosões espetaculares. Um vândalo não constrói, ele destrói... Precisamos saber tomar para nós, Jalal, aceitar os golpes baixos e as injustiças daqueles que considerávamos nossos aliados, transcender nossas fúrias. Trata-se do porvir da humanidade. O que pesam nossas desilusões diante da ameaça que paira sobre o mundo? Eles não foram corretos com você, eu não nego...

— Com você tampouco — lembro-lhe.

— É uma razão válida para associar o destino das nações à fatuidade de um punhado de templários?

— Em minha opinião, esse punhado de cretinos encarna toda a arrogância que o Ocidente mostra em relação a nós.

— Você se esquece de seus discípulos, seus colegas, dos milhares de estudantes europeus que formou e que veiculam seu ensinamento. É o que conta, Jalal. Ao diabo o reconhecimento, se ele é concedido por pessoas que não chegam a seus pés. *Quando um gênio aparece neste mundo, é reconhecido pelo fato de que todos os imbecis se unem contra ele*, segundo Jonathan Swift. Sempre foi assim... Seu triunfo é o saber que você lega aos outros, as mentes que esclarece. Você não pode dar as costas a tantas alegrias e satisfação só para conservar o ciúme de um bando de inconscientes zelosos.

— Francamente, Mohammed, você não vai compreender nunca. Você é gentil demais, e de uma ingenuidade desesperadora. Eu não estou me vingando; eu reivindico meu gênio, minha integridade, meu direito de ser grande, belo e consagrado. Aceitar a exclusão, passar uma esponja nos anos de ostracismo, de despotismo intelectual, segregacionismo e falta de acuidade... nunca mais. Sou professor, emérito...

— Você era, Jalal. Agora não é mais. Tomando assento na tribuna do obscurantismo, você prova a seus ex-alunos e àqueles que o ofenderam que, no final das contas, você não vale grande coisa.

— Eles também não valem grande coisa para mim. A partir de agora, a taxa de câmbio que me impunham não vale mais. Sou minha própria unidade de medida. Minha própria bolsa de valores. Meu próprio dicionário. Decidi rever tudo desde o início, redefinir tudo. Impor minhas verdades a mim mesmo. Acabou o tempo dos salamaleques rastejantes. Para reerguer o mundo, é preciso livrá-lo daqueles que curvam a coluna. O mito do capacete colonial é coisa do passado. Temos os meios para nossa insurreição. Deixamos de ser tolos e gritamos aos quatro ventos, com todas as forças e sem nos escondermos, que o Ocidente não é senão uma fraude grosseira. Uma refinada mentira. A falsidade em toda a sua galanteria. Decidi levantar seu vestido de gala para ver se sua parte de dentro é tão excitante quando seus atributos... Creia-me, Mohammed. O Ocidente é uma má opção. Desde o tempo em que ele nos canta suas cantigas de embalar para nos manipular em nossa sonolência. Até quando isso vai durar? Nós demos um basta: é preciso que ele reveja seus temas. Houve um tempo em que ele se divertia definindo o mundo como bem lhe parecia. Chamava um autóctone de indígena, e um homem livre de selvagem, e fazia e desfazia as mitologias a seu bel-prazer, reduzindo nossos bardos a mero folclore de feira e elevando seus charlatães ao nível das divindades. Hoje, os povos ofendidos recuperaram o uso da palavra. Eles têm uma opinião a dar. E é exatamente o que dizem nossos canhões.

O escritor bate palmas:

— Você está delirando, Jalal. Volte um pouco para a terra, meu Deus! Seu lugar não é entre os que matam, massacram e aterrorizam. E você sabe disso! Sei que você sabe. Eu o escutei, anteontem. Sua conferência era lamentável, e em nenhum momento percebi nem que fosse um vestígio da sinceridade que o distinguia no tempo em que você lutava para que a sobriedade triunfasse sobre a cólera, para que a violência, o terrorismo e a infelicidade fossem banidos das mentalidades...

— Chega! — explode o doutor, descomprimindo-se como uma mola. — Se você se diverte com o fato de se deixar abater por uns que valem menos que nada, é problema seu. Mas não venha me dizer que a merda em que você vegeta é um festim. Eu sei reconhecer o cheiro das privadas, caramba! E sua delicadeza fedida. E você me enche, droga!... No entanto, tudo está claro. O Ocidente não gosta de nós. Ele também não vai gostar de você. Você nunca vai morar em seu coração, pois ele não tem coração e nunca vai elevá-lo às nuvens porque o olha de cima. Você quer continuar sendo um pobre puxa-saco, um árabe servil, um rato privilegiado; você quer continuar a esperar deles o que eles são incapazes de lhe dar? Muito bem. Você tem paciência e espera. Quem sabe? Uma migalha poderia cair do saco de lixo deles. Mas não venha me encher com suas teorias de engraxate, *ya oualed*. Sei perfeitamente aonde vou e o que quero.

Mohammed Seen levanta os braços em sinal de desistência, apanha seu sobretudo e fica de pé.

Eu me apresso em me retirar.

Ouço Jalal brigar com o escritor nas escadas:

— *Eu lhes ofereço a Lua numa bandeja de prata. Eles só vêem o cocô de mosca sobre a bandeja. Como vocês querem que eles saboreiem a Lua?* Foi você que escreveu isso.

— Não tente me levar para esse terreno, Jalal.

— Por que tanta amargura nessa constatação de fracasso, senhor Mohammed Seen? Por que você precisa sofrer por causa de sua generosidade? É porque eles se recusam a reconhecer seu justo valor. Eles classificam sua retórica de "grandiloqüência" e reduzem seus soberbos lampejos a imprudentes "licenças de estilo". É contra essa injustiça que eu luto, é contra esse olhar redutor que eles se dignam a pousar sobre nossa magnificência que me insurjo. É preciso que essa gente se dê conta do mal que nos faz, que compreenda que, se persistir em cuspir no que temos de melhor, será obrigada a compor com o que temos de pior. É muito simples.

— O mundo dos intelectuais é, por toda parte, o mesmo, tão suspeito e enganador como qualquer lugar perigoso freqüentado por malfeitores. É uma corja total, sem escrúpulos e sem código de honra. Não poupa nem os seus nem os outros... Se isso pode consolá-lo, sou mais contestado e odiado pelos meus do que em nenhum outro lugar. Diz-se que ninguém é profeta em seu país. Eu substituo o ponto por uma vírgula e acrescento: e ninguém é senhor na casa dos outros. Minha salvação vem dessa revelação: não quero ser nem senhor nem profeta. Sou apenas um romancista que tenta trazer um pouco de generosidade aos que quiserem recebê-la.

— Se você se diverte em contentar-se com migalhas...

— Completamente, Jalal. Prefiro divertir-me a partir de nada do que me postar sobre tudo. Minha dor me enriquece desde que não empobreça ninguém. E só é miserável aquele que escolheu semear a desgraça onde a vida é que deve ser semeada. Entre a noite de meu infortúnio e o luto de meus amigos, escolho o escuro que me faz sonhar.

Eles me encontram no corredor, no andar térreo. Faço de conta que estou saindo do banheiro. Eles estão tão envolvidos em sua querela de intelectuais que passam diante de mim, zumbindo, vibrantes, inextinguíveis, sem me notar.

— Você está com o pé em duas canoas, Mohammed. É uma situação muito pouco confortável. Estamos em pleno choque de civilizações. Você vai precisar escolher seu campo.

— Eu sou meu próprio campo.

— Pretensioso! Não se pode ser seu próprio campo, isso só faz com que a pessoa se isole.

— Nunca está só aquele que caminha em direção à luz.

— Qual? A de Ícaro ou a das mariposas?

— A da minha consciência. Nenhuma sombra a obscurece.

Jalal pára de repente e olha o romancista que se afasta. Quando ele empurra a porta que dá para a recepção, o doutor prepara-se para correr a fim de alcançá-lo, muda de idéia e deixa cair as mãos sobre as coxas, desanimando:

— Você só está no estágio anal da tomada de consciência, Mohammed. Um mundo está em marcha, e você fica se questionando... Eles não vão lhe dar nada, nada de nada — grita ele. — Até as migalhas que lhe deixam hoje vão exigir de você um dia... Nada, estou lhe dizendo, nada, e depois nada, e nunca nada...

A porta se fecha com um gemido. Ouve-se o passo arrastado do escritor diminuir e depois desaparecer, absorvido pelo carpete no hall de entrada.

O dr. Jalal põe as duas mãos na cabeça e resmunga um xingamento ininteligível.

— Você quer que eu lhe estoure o cérebro? — digo-lhe eu.

Ele me fulmina com o olho voraz.

— Alto lá! — diz ele. — Não há só isso na vida.

21

O dr. Jalal não saiu ileso de seu encontro com o escritor. Ele raramente se levanta antes do meio-dia e, à noite, ouço-o andar para lá e para cá em seu quarto. Segundo Chaker, ele cancelou a conferência que devia fazer na universidade de Beirute, desmarcou as entrevistas com a imprensa e não mais se aproximou do livro que estava finalizando.

Não consigo admitir que um erudito de seu calibre possa perder o pé diante de um escrevinhador servil. O dr. Jalal era capaz de levar um auditório ao delírio. Saber que foi pego desprevenido por um vulgar escritorzinho perturba-me.

Esta manhã, ele está amontoado como um feixe de lenha numa poltrona. Dá as costas para a recepção. Seu cigarro se consome lentamente num pequeno bastão de cinza. Olha fixamente para a televisão desligada, com as pernas abertas, os braços pendentes de um lado e de outro da poltrona, parecendo um boxeador aturdido em seu tamborete.

Não levanta os olhos para me ver.

Sobre a mesa, garrafas de cerveja vazias fazem companhia a um copo de uísque. O cinzeiro está cheio de pontas de cigarro.

Deixo a sala de recepção e vou para o restaurante no fundo do hall, peço um bife grelhado, batata frita e salada. O doutor não aparece. Esperei-o com os olhos fixos na porta. Meu café esfriou. O garçom veio tirar a mesa e anotar o número de meu quarto. A porta de entrada do restaurante permanece fechada.

Volto para a sala. O doutor está no mesmo lugar, desta vez com a nuca apoiada no encosto e os olhos no teto. Não ouso aproximar-me dele. Não ouso subir para meu quarto. Saio para a rua e me perco no tumulto.

— Aonde você foi? — pergunta-me Chaker, batendo com força nas mãos quando me vê entrar.

Está imóvel num canapé, em minha suíte, branco como cera.

— Procurei-o por toda parte.

— Distraí-me na esplanada.

— Caramba! Você poderia ter telefonado. Mais um pouco e eu ia dar o alerta. Estava combinado que nos encontraríamos aqui, às dezessete horas.

— Estou dizendo que esqueci.

Chaker controla-se para não me atacar. Minha tranqüilidade o exaspera e minha negligência o enfurece. Levanta as mãos e tenta se acalmar. Em seguida, pega uma pequena pasta de papelão que estava a seus pés e me passa.

— Suas passagens de avião, seu passaporte e os documentos universitários. Você parte depois de amanhã para Londres, às 18h10.

Coloco a pasta sobre o criado-mudo, sem abri-la.

— O que não está dando certo? — pergunta-me ele.

— Por que você sempre me faz a mesma pergunta?

— Estou aqui para isso.

— Será que eu me queixei de alguma coisa?

Chaker apóia as mãos nas coxas e fica de pé. Parece não estar bem; seus olhos estão vermelhos, como se não tivesse dormido desde o dia anterior.

— Nós dois estamos cansados — diz-me ele, exausto. — Procure descansar. Vou passar para pegá-lo amanhã, às oito horas da manhã. Para a clínica. É preciso que você esteja em jejum.

Quer acrescentar alguma coisa, não vê necessidade.

— Posso ir embora?

— Claro — respondo.

Balança o queixo, dá uma última olhada para a pasta e vai embora. Eu não o escuto afastar-se no corredor. Deve estar de sentinela atrás da porta, coçando o queixo e perguntando-se não-sei-o-quê.

Deito-me na cama, ponho as mãos por trás do pescoço e contemplo o lustre acima de mim. Fico esperando que Chaker vá embora. Aprendi a conhecê-lo; quando alguma coisa lhe escapa, não pode decidir nada antes de esclarecer esse ponto. Ouço-o finalmente afastar-se. Sento-me e pego a pasta de documentos. Contém um passaporte, passagens de avião da British Airways, uma carteira de estudante, um cartão de banco, duzentas libras e documentos universitários.

O comprimido que em geral me ajudava a dormir não faz nenhum efeito. Permaneço acordado, como se tivesse tomado uma garrafa térmica de café. Deitado vestido e com os sapatos nos pés, considero o teto que um cartaz externo em neon mancha de reflexos sanguinolentos. Lá fora, o trânsito diminuiu. Raros carros passam num sopro atenuado, como se fosse o caso de perturbar o silêncio que acaba de dominar a cidade.

No quarto ao lado, o dr. Jalal também está de vigília. Ouço-o andar de um lado para outro. Seu estado piorou.

Pergunto-me por que não contei a Chaker sobre a vinda do escritor.

Chaker chega na hora. Espera em minha suíte o tempo que levo para sair do banho. Visto-me e sigo-o até o carro estacionado diante de um bazar. Apesar da brisa glacial, o céu está límpido. O sol ricocheteia sobre as janelas, tão cortante como uma lâmina de barbear.

Chaker não entra no pátio interno da clínica. Contorna o edifício e passa por uma entrada de garagem que dá para um subsolo. Depois de deixar o veículo num pequeno estacionamento subterrâneo, subimos por uma escada secreta. O professor Ghany e Sayed nos recebem na entrada de uma grande sala que parece um laboratório. As portas que dão para a parte superior da clínica são blindadas e fechadas por cadeados. No final de um corredor com luminárias de teto espaçadas, um cômodo inteiramente revestido de ladrilhos cintila muito. Uma baia de vidro divide-o em dois. Do outro lado da vidraça, vejo uma espécie de gabinete dentário, com sua cadeira estendida sob um projetor sofisticado. Em volta, prateleiras metálicas sobrecarregadas de estojos cromados.

O professor despede-se de Chaker.

Sayed evita olhar para mim. Finge estar interessado no professor. Ambos estão tensos. Eu também estou nervoso. Tenho formigamentos nas pernas. Os batimentos de meu coração ressoam como golpes de clava contra minhas têmporas. Tenho vontade de vomitar.

— Está tudo bem — tranqüiliza-me o professor, indicando-me um assento.

Sayed senta-se a meu lado; dessa maneira, ele não é obrigado a se virar. Suas mãos estão vermelhas por terem sido tão apertadas.

O professor permanece em pé. Com as mãos nos bolsos do avental, anuncia-me que chegou o momento da verdade.

— Daqui a pouco, vamos aplicar a injeção — diz ele com a garganta embargada pela emoção. — Faço questão de explicar a você como vai ocorrer. Clinicamente, seu corpo está apto a receber o... *corpo estranho*. Haverá efeitos secundários no começo, sem grande importância. Provavelmente, vertigens nas primeiras horas, talvez um pouco de enjôo, depois tudo vai entrar nos eixos. Faço questão de tranqüilizá-lo imediatamente. Realizaram-se testes em voluntários antes de hoje. Progressivamente, foram feitos ajustes em função das complicações observadas. A... *vacina* que você vai receber é um sucesso total. Quanto a isso, você pode ficar tranqüilo... Depois da injeção, vamos mantê-lo em observação durante todo o dia. Simples medida de segurança. Quando deixar o centro, você estará em perfeita condição física. Acabaram-se os medicamentos que lhe prescrevi. Não são mais necessários. Substituí-os por dois comprimidos diferentes que devem ser tomados três vezes por dia, durante uma semana... Você parte amanhã para Londres. Lá, um médico vai acompanhá-lo. No decorrer da primeira semana, as coisas vão se passar normalmente. O período de gestação não vai lhe causar efeitos indesejáveis maiores. Esse período varia de dez a quinze dias. Os primeiros sintomas vão se manifestar por febre alta e convulsões. O médico estará a seu lado. Depois, sua urina ficará progressivamente tingida de vermelho. A partir desse momento, o contágio é operacional. Você não terá de fazer nada além de ir aos metrôs, às estações, aos estádios e aos grandes supermercados para contaminar o máximo de pessoas. Sobretudo às estações, para estender o flagelo às outras regiões do país... O fenômeno é de uma propagação fulminante. As pessoas que você contaminar transmitirão o germe aos outros em menos de seis horas antes de ser fulminadas. Vão achar que é uma gripe espanhola, mas a catástrofe terá dizimado uma boa parte da população antes que se compreenda que não é nada disso. Somos os únicos a saber como salvar o resto. E temos nossas condições para intervir... Trata-se de um vírus impossível de ser evitado. Mutante. Uma grande revolução. Ele é *nossa* arma absoluta... O médico em Londres vai lhe explicar o que você quiser saber. Pode confiar nele. É meu mais próximo colaborador... Você vai ter de três a cinco dias para ir aos lugares públicos mais freqüentados.

Sayed tira um lenço e enxuga a testa e as têmporas. Está a ponto de desmaiar.

— Estou pronto, professor.

Não reconheci minha voz.

Tenho a impressão de ser outra pessoa.

Rezo para ter forças para me levantar, para poder caminhar até o compartimento que dá para o gabinete atrás da baia envidraçada sem desabar. Durante alguns segundos, meu olhar se atrapalha. Tenho de ir ao mais profundo de minhas entranhas para aí encontrar um pouco de ar. Depois me recupero e, com um esforço dos quadris, ponho-me de pé. A barriga de minhas pernas continua a formigar, minhas pernas a tremer, mas sinto o chão sob os pés. O professor enfia um macacão prateado, que o cobre da cabeça aos pés, com uma máscara e luvas: Sayed ajuda-me a pôr o meu e nos observa transpor o compartimento e passar para o outro lado da baia envidraçada.

Sento-me na cadeira que começa imediatamente a se alongar e a se elevar com um assobio mecânico. O professor abre uma caixinha de alumínio, retira uma seringa futurista. Eu fecho os olhos. Prendo a respiração. Quando a injeção penetra em minha carne, todas as células de meu corpo correm para o lugar da picada, num único movimento conjunto; tenho a impressão de que uma fissura num lago gelado me aspira para profundezas abissais.

Sayed convida-me para jantar num restaurante não distante de meu hotel. Uma refeição de despedida, com o que isso implica, para ele, de constrangimento e inabilidade. Parecia que ele tinha perdido o uso da palavra. Não consegue dizer nada, nem olhar nos meus olhos.

Ele não vai me acompanhar ao aeroporto amanhã. Chaker também não. Será um táxi que virá me pegar às dezesseis horas em ponto.

Permaneci o dia todo no subsolo da clínica. O professor Ghany vinha de vez em quando me auscultar. Sua satisfação aumentava a cada visita. Só tive duas vertigens depois de um sono profundo de quatro horas seguidas. Ao despertar, eu estava com uma sede de náufrago. Serviram-me um caldo e um prato de legumes que não terminei de comer. Não tinha dor; eu estava grogue, com a boca pastosa e um ruído incessante nos ouvidos. Ao sair da cama, cambaleei várias vezes; em seguida, pouco a pouco, consegui coordenar meus gestos e caminhar adequadamente. O professor não voltou para se despedir.

Como Chaker foi dispensado, coube a Sayed permanecer junto de mim à tarde. Tomamos o caminho da garagem para deixar a clínica a bordo de um pequeno carro alugado. A noite caíra e a cidade espalhava suas luzes até sobre as colinas; suas artérias queriam parecer tão tumultuadas como minhas veias.

Escolhemos sentar no fundo da sala para não sermos incomodados. O restaurante está superlotado. Há famílias cercadas de crianças, casais com os dedos entrelaçados, grupos de amigos hilários e homens de negócios de pupilas fugidias. Os garçons movimentam-se por todos os lados, uns com bandejas cheias, equilibradas na mão espalmada, outros anotando obsequiosamente os pedidos em minúsculos blocos. Perto da porta de entrada, um enorme maluco ri a ponto de estufar a carótida, com a boca fendida em dois. A mulher que o acompanha no jantar não parece à vontade; ela se vira para os vizinhos e sorri discretamente, como se quisesse ser perdoada pela conduta inconveniente de seu companheiro.

Sayed lê e relê o cardápio, indeciso. Desconfio que lamenta ter-me convidado.

— Você voltou a Kafr Karam? — perguntei-lhe.

Ele estremece, parece não ter ouvido.

Repito minha pergunta. Isso o relaxa um pouco, pois, finalmente, pousa o cardápio que lhe servia de anteparo e ergue os olhos para mim.

— Não, não voltei a Kafr Karam. Bagdá não me dá descanso. Mas continuo em contato com nossa gente. Eles me telefonam freqüentemente, mantêm-me a par do que ocorre por lá. Pelas últimas notícias, um acampamento militar foi instalado nos pomares dos Haitem.

— Enviei um pouco de dinheiro a minha irmã gêmea. Não sei se ela o recebeu.

— A ordem de pagamento chegou bem... Falei com Kadem por telefone há duas semanas. Ele queria encontrar você. Disse-lhe que não sabia onde você estava. Passou-me então Bahia. Ela queria agradecer-lhe e ter notícias suas. Prometi-lhe fazer o necessário para encontrá-lo.

— Ela não sabe onde estou?

— Ninguém, no Iraque, sabe onde você está. Espero voltar depois de amanhã a Bagdá. Irei ver sua família. Prometo-lhe que não lhe vai faltar nada.

— Obrigado.

Não encontramos mais nada a acrescentar.

Jantamos em silêncio, cada um perdido em seus pensamentos.

Sayed deixou-me diante do hotel. Antes de descer do carro, virei-me para ele. Deu um sorriso tão triste que não ousei apertar-lhe a mão. Separamo-nos sem abraços nem despedidas, como se separam dois córregos no alto de um rochedo.

22

Há um recado para mim na recepção. Uma carta fechada com fita adesiva. Sem nada indicado no envelope. Dentro, um cartão decorado com um desenho abstrato. Atrás, uma linha escrita com caneta de ponta grossa: *Estou orgulhoso de tê-lo conhecido. Assinado: Chaker*.

Ponho a carta no bolso interno de meu blusão.

No salão, uma família numerosa aglomera-se em volta de uma mesa. As crianças brigam dando voltas por entre as cadeiras. A mãe tenta em vão contê-las, enquanto o pai se diverte, com seu telefone celular ostensivamente ao ouvido. Mais afastado, e horrorizado com o barulho dos garotos, o dr. Jalal se afoga em seu copo.

Subo para meu quarto. Uma sacola preta de couro, novinha em folha, está sobre minha cama. No interior, duas calças de marca, camisetas, cuecas, meias, duas camisas, um suéter grosso, um blusão, um par de sapatos numa embalagem, um *nécessaire* de toalete, quatro livros pesados de literatura anglo-saxã. Há um pedaço de papel espetado numa alça. *É sua bagagem. Você comprará o resto chegando lá*. Não está assinado.

O dr. Jalal entra sem bater. Está bêbado e tem de se agarrar à maçaneta para não cair.

— Você vai viajar?

— Pensava despedir-me de você amanhã.

— Não acredito.

Ele titubeia, tenta por duas vezes fechar a porta e apóia-se nela. Largado, com a camisa pela metade para fora e a braguilha aberta, parece um mendigo. Uma mancha cor de terra marca o lado esquerdo da calça; provavelmente causada por um tombo na rua. Seu rosto está transtornado, com as pálpebras intumescidas acima de um olhar esgazeado e narinas chupadas.

Enxuga a boca com a manga da camisa; uma boca mole, incapaz de articular duas palavras em seguida sem salivar.

— Então, sem mais nem menos, você vai-se embora na ponta dos pés como um gatuno? Faz horas que eu espero no salão para não perdê-lo de vista. E você passa sem me cumprimentar.

— Tenho de arrumar minhas coisas.

— Você está me expulsando?

— Não é isso. Preciso ficar sozinho. Tenho de fazer as malas e arrumar umas coisas.

Ele franze os olhos, com os lábios para a frente, vacila e depois, respirando profundamente, fica ereto com todas as forças que lhe restam e me diz:

— *Tozz*!

Embora atenuado, o grito o faz vacilar. Sua mão corre para pegar a maçaneta da porta.

— Você pode me dizer por onde arrastou sua carcaça da manhã até a noite?

— Fui visitar parentes.

— Uma ova!... Eu sei onde você esteve enfiado, cara. Quer que eu lhe diga onde você esteve enfiado o dia todo?... Esteve numa clínica... Deveríamos dizer hospício. Puta que o pariu! O que é esse mundo de tarados?

Estou petrificado. Paralisado.

— Você acha que eu não compreendi?... Um transplante? Imagine! Você tem tantas cicatrizes no corpo quanto cérebro na sua cachola... Mas, porra! Será que você não se dá conta do que fizeram de você nessa porcaria de clínica? É preciso ser idiota de fato para confiar no professor Ghany. Ele é completamente maluco da cabeça. Eu o conheço. Nunca foi capaz de dissecar um rato branco sem cortar o dedo.

Ele não pode saber, repetia para mim mesmo. *Ninguém sabe. Ele está blefando. Está procurando me pegar.*

— Do que você está falando? — perguntei. — Qual clínica? Quem é esse professor?... Eu estava em casa de parentes.

— Pobre idiota! Você pensa que eu quero enganá-lo? É esse cretino de Ghany que está doido. Não sei o que ele injetou em você, mas é seguramente uma bobagem. (Ele põe as duas mãos na cabeça.) Meu Deus! Onde estamos? Num filme de Spielberg? Eu já ouvira dizer que esse maluco fazia experiências com prisioneiros de guerra, entre os talebans. Mas, agora, ele está exagerando.

— Saia daqui...

— Nem pensar! É muito grave o que você vai fazer. Muitíssimo grave. É impensável. Inimaginável. Sei que isso não vai funcionar. Teu vírus de merda vai comê-lo e é tudo. Mas, mesmo assim, não estou tranqüilo. E se esse incompetente de Ghany tiver conseguido? Você se dá conta da extensão do desastre? Não se trata de atentados, de pequenas bombas aqui, de pequenas explosões ali; trata-se de flagelo, de apocalipse. Os mortos vão ser centenas de milhares, de milhões. Se, efetivamente, é o caso de um vírus revolucionário, mutante, quem é que vai detê-lo? Com o quê, e como? É totalmente inadmissível.

— Você dizia que o Ocidente...

— Não se está mais nessa, cretino. Eu disse um monte de besteiras em minha vida, mas não vou deixar passar isso. Toda guerra tem seus limites. Só que, aqui, não estamos mais nas normas. O que se espera depois do apocalipse? O que vai sobrar do mundo, a não ser a pestilência dos cadáveres e o caos? O próprio Deus se arrancaria os cabelos até que seu cérebro lhe escorresse pelo rosto...

Ele me fuzila com o dedo:

— Chega de besteiras! Paramos tudo, dizemos basta! Você não vai a parte alguma. E a sujeira que você carrega consigo também não. Dar uma lição ao Ocidente é uma coisa, fazer o planeta ir pelos ares é outra. Eu não estou brincando. Não se brinca mais. Você vai se entregar à polícia. E imediatamente. Com um pouco de sorte, poderão cuidar de você. Senão, você só tem de morrer sozinho, e será um alívio. Imbecil!...

Chaker vem logo. Esbaforido. Como se tivesse um bando de demônios ao seu encalço. Quando entra em minha suíte e descobre o dr. Jalal imóvel no carpete, com uma poça de sangue como auréola, leva a mão à boca e solta um palavrão. Depois, vendo-me caído na poltrona, agacha-se diante do corpo estendido no chão e verifica se ele ainda respira. Sua mão se detém no pescoço do doutor. Sua testa se ergue. Lentamente, ele retira o braço e se levanta. Com voz pausada, diz-me:

— Vá para o cômodo ao lado. Não é mais problema seu.

Não consigo sair de minha poltrona. Chaker pega-me pelos ombros e me arrasta para o salão. Ajuda-me a sentar no canapé, tenta arrancar o cinzeiro manchado de fragmentos de sangue que aperto com uma mão paralisada.

— Dê-me isso. Agora acabou.

Eu não entendo o que faz o cinzeiro em minha mão, nem porque as juntas de meus dedos estão esfoladas. Depois, volto a me lembrar, e é como se minha mente reintegrasse meu corpo; um arrepio me atravessa de alto a baixo, tão fulminante quanto um raio.

Chaker consegue abrir meu punho e retirar o cinzeiro que põe no bolso de seu sobretudo. Eu o ouço, no quarto, chamar alguém pelo telefone.

Levanto-me para ir ver em que estado eu pusera o doutor. Chaker barra-me o caminho e me reconduz, sem brutalidade mas com firmeza, ao salão.

Uns vinte minutos mais tarde, dois paramédicos entram no quarto, agitam-se em torno do doutor, colocam-lhe uma máscara de oxigênio, põem-no numa maca e levam-no. Da janela, vejo-os empurrar seu fardo para dentro de uma ambulância, fechar as portas e dar partida com o barulho das sirenas.

Chaker limpou o sangue do carpete.

Está sentado na beira de minha cama, com o queixo nas palmas das mãos; fixa sem ver o lugar em que estava estendido o doutor.

— É grave?

— Ele vai ficar bom — diz ele sem convicção.

— Você acha que vou ter problemas com o hospital?

— São nossos paramédicos. Eles o estão levando para nossa clínica. Não se preocupe com isso.

— Ele estava a par de tudo, Chaker. Do vírus, da clínica, do professor Ghany. Como é possível?

— Tudo é possível na vida.

— Ninguém devia saber.

Chaker levanta a cabeça. Seus olhos quase não têm mais azul.

— Não é mais problema seu. O doutor está em nossas mãos. Saberemos tirar essa história a limpo. Pense somente em sua viagem. Você está com todos os seus documentos?

— Sim.

— Você precisa de mim?

— Não.

— Quer que eu fique um pouco com você?

— Não.

— Tem certeza?

— Tenho.

Ele fica em pé e sai para o corredor.

Diz: *Estou no bar, se for preciso...* Fecha a porta. Sem uma palavra de despedida, sem um gesto em direção a mim.

A recepção informa-me que meu táxi chegou. Pego minha sacola, passo em revista o quarto, o salão, a janela ensolarada. O que deixo aqui? O que levo daqui? Será que meus fantasmas vão me seguir, será que minhas lembranças vão saber se virar sem mim? Abaixo a cabeça e sigo pelo corredor. Um casal e suas duas filhas põem a bagagem no elevador. Uma mulher não consegue puxar uma mala enorme; seu marido a observa com desdém sem pensar em lhe dar uma mão. Vou pela escada.

O recepcionista está ocupado registrando dois moços. Estou aliviado por não ter de me despedir dele. Atravesso o hall rapidamente. O táxi está estacionado diante da entrada do hotel. Entro no banco de trás, com minha sacola a meu lado. O motorista me olha pelo retrovisor. É um rapaz obeso, vestido com uma enorme camiseta branca. Seu cabelo comprido cai-lhe nas costas, preto e encaracolado. Não sei por que eu o acho ridículo com seus óculos escuros.

— Aeroporto.

Ele faz sinal com a cabeça e engata a primeira. Seu gesto quer ser desenvolto, ele dá partida suavemente. Esgueira-se entre um microônibus e um caminhão de entregas e entra no tráfego. Faz calor para um mês de abril. As chuvas anteriores lavaram bem as ruas fumegantes. Os raios de sol ricocheteiam sobre a carroceria dos veículos, como se fossem balas.

Num farol vermelho, o motorista acende um cigarro e aumenta o som de seu rádio. Fairuz canta *Habbeytek*. Sua voz me projeta através dos tempos e das fronteiras. Como um meteorito, aterrisso na cratera, perto de meu vilarejo, onde Kadem me fazia escutar as canções de que gostava. Kadem! Revejo-me em sua casa, contemplando o retrato de sua primeira mulher. *As sirenas de Bagdá*... Finalmente, eu não vou saber quais. Deveria ter insistido. Teria acabado por me deixar escutar sua música, e eu teria talvez constatado seu gênio.

— O senhor poderia abaixar o volume?

O chofer franze as sobrancelhas.

— É Fairuz.

— Por favor...

Ele está contrariado, provavelmente horrorizado. Seu pescoço adiposo treme como um bloco de gelatina.

— Se o senhor quiser, posso desligar o rádio.

— Seria bom.

Ele desliga. Está indignado, mas se conforma.

Tento não pensar no que aconteceu na véspera, e percebo que não consigo me livrar disso. Os gritos do dr. Jalal ecoam através dos espaços de meu crânio, tão tonitruantes como os de uma hidra ferida. Transfiro meu olhar para a multidão que caminha pelas calçadas, para as vitrines das lojas, para os carros que se sucedem daqui e dali, e por toda parte só o vejo, com o gesto incoerente, a língua pastosa, mas as considerações imbatíveis. O tráfego melhora na estrada do aeroporto. Abaixo o vidro do carro para deixar sair a fumaça lançada pelo chofer. O vento da corrida me fustiga o rosto sem me refrescar. Estou com as têmporas em ebulição, o ventre agitado. Não preguei os olhos durante toda a noite. Não comi nada também. Permaneci enclausurado em meu quarto, vendo passar as horas e lutando contra a vontade de mergulhar a cabeça no bidê para vomitar até as tripas.

Os guichês de atendimento são tomados de assalto. Uma voz feminina fanhosa fala nos alto-falantes. As pessoas se abraçam, se separam, se encontram, procuram-se na confusão. Parece que todo mundo se prepara para abandonar o Líbano. Faço fila, espero minha vez. Estou com sede, minhas pernas doem muito. Uma moça pede-me que lhe entregue o passaporte e as passagens. Diz alguma coisa que não entendo. *O senhor tem bagagem?* Por que será que ela me pergunta se tenho bagagem? Ela olha para minha sacola. *O senhor vai ficar com ela?* Mas, afinal, o que isso quer dizer? Ela enrola uma etiqueta em volta de uma alça de minha sacola. Indica-me um número no cartão de embarque e um horário; depois estende o braço em direção ao lugar em que as pessoas se abraçam antes de se separarem. Pego minha sacola e dirijo-me a outros guichês. Um agente de uniforme pede-me que pouse minha sacola sobre uma esteira rolante. Do outro lado do vidro, uma senhora vigia uma tela. Minha sacola desaparece num grande cofre preto. O agente estende uma pequena bandeja e me intima a depositar ali qualquer objeto metálico que leve comigo. *As moedas também*. Atravesso um compartimento. Um homem intercepta-me, revista-me e me libera. Pego de volta minha sacola, meu relógio, meu cinto e minhas moedas e chego ao portão indicado no cartão de embarque. Não há ninguém no balcão. Ocupo uma cadeira perto da baia envidraçada e contemplo a dança dos aviões na pista. Aparelhos aterrissam e decolam alternadamente. Estou nervoso. É a primeira vez na vida que ponho os pés num aeroporto.

Acho que adormeci.

Meu relógio indica 17h40. Não há mais cadeiras vazias em volta de mim. Duas funcionárias se agitam atrás do balcão, sob uma tela que se acendeu. Leio o número de meu vôo, a palavra Londres, marcada com o logotipo da British Airways. No banco, à minha direita, uma senhora tira o celular da bolsa, verifica se não há mensagens no visor, guarda-o de novo. Dois minutos depois, volta a tirá-lo e o consulta de novo. Ela está inquieta, espera uma chamada que não vem. Na frente, um futuro papai olha com ternura sua esposa, cuja barriga estica o vestido de gravidez. É cheio de atenções para com ela, à espreita de seus menores gestos para lhe demonstrar o quanto está encantado. Seus olhos estão alegres. Ele vive numa nuvem. De pé ao lado de um caixa eletrônico, um jovem casal de tipo europeu se abraça, com o ouro de seus cabelos sobre o rosto. O rapaz é alto, usa uma camiseta de um alaranjado fluorescente e um jeans apertado. A moça, loira como um feixe de feno, tem de se erguer na ponta dos pés para atingir os lábios do namorado. O abraço deles é apaixonado, belo, generoso. O que acontece quando se beija na boca? Eu nunca beijei uma moça na boca. Não me lembro de ter pegado na mão de uma prima, de ter me aproximado de um idílio. Em Kafr Karam, eu sonhava com moças de longe, escondido, quase envergonhado de minha fraqueza. Na universidade, conheci Nawal, uma morena de olhos melosos. Trocávamos um bom-dia com a ponta dos cílios, trocávamos um até logo com o canto do olho. Acho que sentíamos alguma coisa um pelo outro. Mas em nenhum momento tivemos a coragem de saber o quê exatamente.

Ela estava em outra classe. Dávamos um jeito de nos cruzarmos nos corredores. Nosso eclipse durava o tempo de um passo. Um sorriso bastava para nossa felicidade. Impregnávamo-nos disso ao longo dos cursos. Depois, no final da tarde, um pai ou um irmão mais velho vinha esperar meu fantasma diante das portas da universidade, e me privava dele até o dia seguinte. A guerra que se seguiu deu-lhe um golpe de misericórdia.

Anunciam o embarque dos passageiros para Londres. Um nervosismo desencadeia-se em torno de mim. Duas filas já cercam o balcão. A senhora, à minha direita, não se levanta. Pela enésima vez tira o celular e fixa-o com um olhar triste.

Com a morte na alma, é a última a entrar. Uma funcionária verifica seu passaporte, dá-lhe um pedaço do cartão. Ela vira-se para trás, pela última vez, e depois desaparece no corredor.

Não falta mais ninguém a não ser eu.

As funcionárias e um senhor trocam algumas palavras engraçadas, pois as moças riem. O homem desaparece por uma porta envidraçada, volta alguns minutos mais tarde. Um retardatário chega correndo, com o ranger melancólico de sua mala de rodinhas. As funcionárias sorriem para ele e lhe indicam o corredor por onde ele entra apressado.

O homem consulta seu relógio com um ar aborrecido. Sua colega inclina-se sobre um microfone e anuncia a última chamada para um passageiro que se distraiu em algum lugar. É a mim que ela chama. Ela vai me chamar cada cinco minutos. Finalmente, dá de ombros, põe ordem no balcão e corre para alcançar seus dois colegas que estão mais adiante no corredor.

Meu avião é puxado até o meio do asfalto. Eu o vejo virar lentamente e chegar à pista.

A tela acima do balcão se apaga.

Caiu a noite há um bom tempo. Outros passageiros vieram me fazer companhia antes de desaparecer corredor adentro. Agora, é outro vôo que é anunciado, e os assentos estão de novo ocupados.

— O senhor vai para Paris? — pergunta-me um indivíduo baixo, superexcitado, que acaba de se instalar a meu lado.

— O quê?

— É aqui o vôo para Paris?

— É, sim, tranqüiliza-o um vizinho.

O Airbus para Paris decola majestoso, invencível. As grandes salas estão sonolentas. A maioria dos compartimentos está vazia. Uns sessenta viajantes esperam numa ala, num recolhimento religioso.

Um agente de segurança aproxima-se, com o rádio comunicador à mostra. Ele já passou duas ou três vezes por essas paragens, intrigado com a minha presença. Pára diante de mim, pergunta-me se estou bem.

— Perdi meu avião.

— Eu estava um pouco desconfiado. Era para onde?

— Londres.

— Não há mais vôo para Londres esta noite. Mostre-me suas passagens... Britsh Airways... Todos os postos estão fechados a esta hora. Não posso fazer nada pelo senhor. Vai ser preciso voltar amanhã e explicar-se com a companhia. Eles são intratáveis, eu o previno. Não penso que vão aceitar sua passagem de hoje... O senhor tem para onde ir? É proibido passar a noite aqui. De toda forma, o senhor é obrigado a ver com a companhia, e é do outro lado da zona franca. Venha, siga-me.

Dirijo-me para a saída, com a cabeça vazia. Confio em meus passos. Não tenho escolha. Não tenho nada a fazer no aeroporto. Os halls estão em silêncio. Um agente empurra uma carreira de carrinhos diante de si. Outro passa pano no chão. Algumas sombras ainda freqüentam os cantos. Os bares e as lojas estão fechados. É preciso que eu vá embora.

Um carro detém-se junto a mim, enquanto perambulo por minhas preocupações. Uma porta se abre. É Chaker... *Suba*... Sento no banco do carona. Chaker contorna um estacionamento, dá uma parada antes de entrar na estrada marcada por luminárias.

Andamos durante uma eternidade sem nos falarmos, nem nos olharmos. Chaker não se dirige para Beirute. Toma uma via paralela externa. Sua respiração opressiva cadencia o ruído do motor.

— Eu tinha certeza de que você ia desistir — diz ele em tom neutro.

Não há crítica em suas palavras, só uma longínqua jubilação, como quando percebemos que não nos enganamos.

— Quando ouvi seu nome no alto-falante, eu compreendi.

Bate de repente no volante:

— Por quê, meu Deus!, você nos deu todo esse trabalho para finalmente cair fora no último minuto?

Ele se acalma, relaxa seu punho; percebe que está dirigindo como um louco e levanta o pé do acelerador. Mais abaixo, a cidade lembra um imenso estojo aberto mostrando suas jóias.

— O que aconteceu?

— Não sei de nada.

— Como não sabe de nada?

— Eu estava diante do portão de embarque, vi os passageiros subirem no avião e não os segui.

— Por quê?

— Já lhe disse: não sei de nada.

Chaker medita por um instante antes de se irritar:

— É coisa de maluco!

Quando chegamos ao alto da colina, peço-lhe que pare. Tenho vontade de contemplar as luzes da cidade.

Chaker estaciona do lado. Ele acha que vou vomitar e pede-me que não suje o chão do carro. Digo-lhe que desço para tomar ar. Ele leva automaticamente a mão a seu cinturão, empunha a coronha de seu revólver:

— Não se faça de esperto — previne-me ele. — Eu não hesitaria em abatê-lo como a um cão.

— Aonde você quer que eu vá com esse maldito vírus em mim?

Procuro no escuro um lugar para me sentar, encontro uma pedra, ocupo-a. A brisa me faz tremer. Estou batendo os dentes de frio e os braços estão arrepiados. Bem longe, no horizonte, embarcações cortam as trevas, semelhantes a pirilampos levados pela enchente. O ruído do mar recobre o suspiro das vagas e enche o silêncio de uma noite agitada. Mais abaixo, recuada para escapar aos ataques das ondas, Beirute conta seus tesouros sob uma lua cheia.

Chaker acocora-se perto de mim, com a arma entre as pernas.

— Chamei os caras. Eles vão nos encontrar na fazenda, um pouco mais acima. Não estão nada contentes, nada.

Encolho-me em meu blusão para me aquecer.

— Não vou sair daqui — digo.

— Não me obrigue a arrastá-lo pelos pés.

— Você faz o que quiser, Chaker. Quanto a mim, não vou sair daqui.

— Muito bem. Vou lhes dizer onde estamos.

Ele tira seu celular e chama *os caras*. Estes estão furiosos. Chaker permanece sereno; explica-lhes que eu me recuso categoricamente a segui-lo.

Ele desliga, anuncia-me que *eles* estão chegando, que logo *eles* vão estar ali.

Eu me encolho e, com o queixo preso entre os joelhos, contemplo a cidade. Meu olhar se tolda; minhas lágrimas se rebelam. Estou sofrendo. De quê? Não saberia dizer. Minhas preocupações se confundem com minhas lembranças. Toda a minha vida desfila em minha cabeça; Kafr Karam, minha gente, meus mortos e meus vivos, os seres que faltam e aqueles que me perseguem... No entanto, de todas as minhas lembranças, as mais recentes é que são as mais nítidas. Aquela senhora no aeroporto e que interrogava o visor de seu telefone; aquele futuro papai que não sabia o que fazer com toda a sua felicidade; e aquele casal de jovens europeus se beijando... Eles mereceriam viver mil anos. Eu não tenho o direito de contestar seus beijos, de perturbar seus sonhos, de mudar suas expectativas. O que fiz de meu destino? Só tenho vinte e um anos, e a certeza de ter perdido vinte e uma vezes minha vida.

— Ninguém o forçou — resmunga Chaker. — O que o fez mudar de idéia?

Não respondo. É inútil.

Os minutos passam. Sinto-me gelado. Chaker anda de um lado para outro atrás de mim; as abas de seu sobretudo estalam com o vento. Pára bruscamente e grita:

— São eles.

Quatro faróis de carro acabam de sair da estrada para pegar a via que o trará até nós.

Contra qualquer expectativa, a mão de Chaker pousa sobre meu ombro, compadecida.

— Eu lamento que se tenha chegado a este ponto.

À medida que os carros avançam, seus dedos afundam na minha carne e me machucam.

— Vou lhe contar um segredo, meu valente. Guarde-o para você. Eu odeio o Ocidente o máximo possível. Mas, pensando bem, você fez bem de não tomar aquele avião. Não era uma boa idéia.

O rangido dos pneus nos pedregulhos espalha-se em volta da rocha. Ouço bater as portas e passos que se aproximam.

Digo a Chaker:

— Que eles ajam depressa. Não vou lhes querer mal. Aliás, não quero mal a mais ninguém.

Depois, concentro-me nas luzes desta cidade que eu não soube descobrir em meio à cólera dos homens.

Esta obra foi composta por Eveline Teixeira em
Iowan e impressa em papel off-set 90g/m² da
SPP-Nemo pela Bartira Gráfica e Editora para a
Sá Editora em julho de 2007.